Un gran bravucón

Renee Rose

Lee Savino

Traducido por
Vanesa Venditti

Formateado con Vellum

Libro Gratis - La virgin y el vampiro

Quiere un libro gratis de Renee Rose y Lee Savino? Suscríbete a su newsletter para recibir **La virgin y el vampiro** y otro contenido especialmente bonificado y noticias de nuevos. https://BookHip.com/XJPQQXK

Libro Gratis de Renee Rose

Quiere un libro gratis de Renee Rose? Suscríbete a mi newsletter para recibir **Padre de la mafia** y otro contenido especialmente bonificado y noticias de nuevos. https://BookHip.com/NCVKLK

*A nuestra mejor amiga de la vida real, Aubrey Clara.
Gracias por todo el tiempo y dedicación que pusiste en
ayudarnos a hacer que los libros de Chico Malo Alfa sean lo
mejor posible. Gracias por todos tus memes ridículos y por
animarnos cuando lo necesitábamos. Gracias por ser tú.*

*Advertencia de contenido: El héroe de este libro sufrió abuso
en la niñez. Aunque no se muestra en el libro, se menciona
varias veces. Incluimos esta aclaración para dar contexto
para el comportamiento de Billy. Por favor, cuida tu salud
mental.*

Capítulo uno

Aubrey

Odio a los billonarios.

No, no debería decir eso. Mi mejor amiga lo será pronto, ya sea por herencia o por matrimonio. Es probable que ambos.

Eso es algo extraño a lo que todavía no me acostumbro.

Pero dejando a Madi de lado, el mal olor a engreído está en todos lados en Wall Street. Sobre todo aquí, en Sentience Labs, la empresa de IA que descaradamente les robó el trabajo creativo a artistas, músicos, y autores de todo el mundo.

Y por eso haré algo al respecto. *Esta noche.*

Esta es mi tercera semana acampando en el piso veintiocho del edificio Sentience. Normalmente, mis murales muestran imágenes de justicia social y piden un cambio. Resistencia. Libertad. Soy la Diego Rivera de Brooklyn. Mi mural *Occupy Wall Street* fuera de La Résistance, el café bohemio donde trabajo, ha sido fotografiado más que cualquier otro arte callejero de la ciudad.

Soy la última persona que esperarían que se venda a una empresa como Sentience. Sobre todo una que le quita los derechos a los artistas de todas partes.

Pero puse mi nombre en el gorro con un paisaje cursi de flores por una buena razón.

Una excepcional.

La canción «Karma Chameleon» aparece en la lista de baile de los 80 en mis auriculares y sonrío para mí misma.

Eso es, Sentience. El karma es una maldita perra.

—¿Te quedarás hasta tarde otra vez? —El guardia de seguridad se detiene detrás de mi escalera para observar. Desafortunadamente se ha interesado en mí y en mi trabajo. Quizá porque le gusta mi arte. O tal vez porque puede sentir que soy diferente de los tiburones desalmados que nadan por estos mares. Tengo vida y color en contraste con la monotonía vacía del resto del edificio.

En circunstancias normales, podría coquetear. Mide un metro ochenta y es hermoso, con piel morena y un acento jamaicano sensual. Es totalmente mi tipo. Pero intento ser olvidable. Sobre todo esta noche.

Sigue caminando, amigo. Estos no son los robots que estás buscando.

—Sí. Sólo un par de toques finales, —miento mientras muevo rápido la muñeca con pinceladas expertas junto a una amapola. La verdad es que terminé el mural hace dos horas y ahora estoy haciendo tiempo. No me doy vuelta a propósito ni le presto atención, así seguirá con lo suyo.

Se queda unos minutos más y luego finalmente sigue caminando. Espero hasta escuchar que suena el ascensor y me alejo antes de apagar mi música y quitarme un auricular para escuchar.

Todo está en silencio.

Para asegurarme, voy al baño a lavarme y reviso las luces debajo de cada puerta.

Son las ocho de la noche. Estos ejecutivos suelen irse a las seis, pero necesito estar segura.

Toco la tarjeta de acceso que me dio Jamie, nuestro informante. La despidieron hace dos meses después de imprimir una copia de un correo que le envió un ejecutivo, en el que le decía que sus preocupaciones por la legitimidad de la información que estaban extrayendo eran infundadas.

Resulta que los canallas de aquí son tan Gran Hermano que rastrearon ese «enviar a la impresora» y los guardias de seguridad estaban en su oficina para llevársela, sin el correo impreso, antes del final del día. Ella llegó a la clínica de ayuda legal y Jan, mi amiga abogada y activista, esposa del dueño de La Résistance, el café donde trabajo, tomó su caso.

Como ya estaba planeando con Jan y su esposa, Caroline, acabar con Sentience, ella me conectó con Jamie.

Ahora sólo necesito poner las manos en esos tipos de correos y, con suerte, encontrar el caché de los trabajos pirateados de artistas, así Jan podrá demandarlos. O tal vez llevemos la información a *The New York Times* y expondremos a estos malditos pendejos.

Uso las escaleras de incendio para escaparme al piso diez, donde extraen la mayor parte de los datos. La tarjeta de acceso de Jamie funciona en esa puerta, tal como me dijo que lo haría. Mi corazón late fuerte cuando paso por la puerta.

Las luces están apagadas y está oscuro. Jamie me dijo que no había cámaras en este piso porque no querían registro de lo que realmente hacen aquí. Sigo el mapa que memoricé hacia la vieja oficina de Jamie. Ya contrataron a alguien nuevo para que tome su lugar, pero Jamie tenía una llave extra de cuando perdió la suya y luego la volvió a encontrar. Fue un accidente con suerte en este caso.

Paso la tarjeta en la cerradura y la giro. Puede que sea atrevida cuando se trata de protestas civiles, acampadas, y el ejercicio de mis derechos de libertad de expresión, pero esto es romper la ley. Esta noche, estoy pasando el límite de la propiedad privada y realmente robando documentos empresariales. Jan no lo aprobaría, pero si no lo hago, Sentience seguirá robándome a mí y todos los demás artistas, autores y personas creativas que se están quedando sin trabajo. Jamie intentó hacer algo al respecto y la despidieron.

Yo puedo arriesgarme.

Entro a la oficina sin prender la luz. Desde el bolsillo delantero de mi mono manchado de pintura, saco el disco externo que traje.

La computadora sigue prendida, sale del modo ahorro de energía cuando muevo el ratón, así que llevo rápido el cursor y sigo las instrucciones que memoricé sobre cómo clonar todo el disco duro. Una vez que empiezo a copiar, también descargo todos los correos, aunque no creo que haya algo que nos sirva allí, pero nunca se sabe.

¡Espero que esto nos dé algo con qué seguir!

Dice que la clonación llevará otros treinta minutos, así que vuelvo a la oficina y me dirijo arriba a mi mural por si vuelve a pasar el tipo de seguridad. Uso el tiempo para limpiar mi área, enjuagar los pinceles, y doblar la tela para mañana.

Me suena el teléfono y miro la pantalla.

—Madi, —respondo la llamada. Es probable que esté saliendo ahora del trabajo. Su trabajo como jefa de Torrent Cosmetics ahora ocupa todo su tiempo. Incluso más que el trabajo en Moon Co porque al menos Brick tenía límites. No trabajaba los fines de semana o tarde por la noche.

—¡Aubrey!

—Ey.

—¡Hola! ¿Cómo estás? Lo siento, se siente como si hubiera pasado un siglo desde la última vez que nos vimos.

—Siento un dolor familiar en mi pecho por perder a mi mejor amiga ante su prometido. —Lo sé. Estoy bien. ¿Podemos hacer algo juntas? ¿Sólo tú y yo?

—Sí. Eso me encantaría. Qué hay de... —Imagino a mi mejor amiga abriendo su aplicación de calendario y recorriéndolo—. ¿Qué hay del próximo jueves por la tarde?

—¿Eso es el jueves de la próxima semana? —Clarifico.

—Sí. Lo siento, estoy llena de trabajo esta semana y Brick y yo iremos a Adirondacks el fin de semana.

No dejo de notar que nunca me invita a ir, más allá de su fiesta de compromiso.

—Sí, bueno. Entonces el próximo jueves, —digo sin emoción. Realmente necesito conseguirme una vida. Un novio. Alguien que llene el gran vacío que dejó Madi cuando se mudó.

—¿Qué estás haciendo ahora mismo?

—De hecho estoy pintando un mural en el edificio Sentience esta semana.

—¿*Qué?* —Al menos Madi se sorprende como corresponde. Pero me destruye que ni siquiera sepa por qué estoy aquí o qué planeo. No sabe nada de lo que está pasando en mi vida en este momento.

—Hay una buena causa. Te contaré cuando nos juntemos.

—¡Espera, no! Dime ahora. Tengo que saberlo.

—Lo haría, pero estoy trabajando ahora mismo, así que... no puedo hablar mucho.

—¡Oh por dios! ¿De qué se trata esto? Ahora me estoy muriendo.

—Bien. Entonces puedo estar segura de que no cancelarás la cita.

—Aubrey, lamento lo de la última vez.

—No, no. Está todo bien. Hablaremos la semana que viene. Uh, ¿sabes qué? Hay una banda de covers de los ochenta que tocará en All Night.

La música de los ochenta es mi preferida. Estoy obsesionada con toda la década como resultado del gusto musical de mis padres. En la universidad, Madi y yo teníamos una banda de covers de Go-Go y tocamos en All Night.

—Perfecto. Encontrémonos allí.

Me emociono. Será como en los viejos tiempos.

—¡Sí! No puedo esperar a ponernos al día.

—Bueno. Yo tampoco. ¡Te amo!

Eso me saca una sonrisa de los labios.

—Yo también te amo. ¡Adiós! —Miro el cronómetro en mi teléfono. Veintiséis minutos.

La descarga ya debería estar casi lista ahora.

Vuelvo a escaparme por la escalera y troto hacia el piso diez. El disco está copiado. Lo desconecto rápido y lo meto en el bolsillo delantero de mi mino para luego volver por la escalera.

Bajé dos pisos cuando se abre una puerta.

Mierda. Es el guardia de seguridad.

—Ey, —dice de mala manera. Luego me reconoce—. Ah, eres tú. —Su entrecejo se frunce—. ¿Qué estás haciendo en la escalera?

El sudor me deja las manos pegajosas. Resisto la necesidad de tocar el bolsillo delantero de mi mino para asegurarme de que el disco esté fuera de vista.

—Oh, sólo me estaba yendo. ¡Ya terminé por esta noche! —Digo feliz.

—¿Pero por qué estás aquí? Esta es la escalera de incendios.

—No, lo sé. De hecho tengo algo de claustrofobia, así que prefiero bajar por las escaleras que por el ascensor. Sobre todo a la noche cuando no habría nadie que me escuchara gritar.

Él me mira sin entender.

Mierda. ¿Soy muy mala mentirosa?

—Yo te escucharía gritar.

¿Eso fue una amenaza? ¿Quiere escucharme gritar? ¿Este tipo es un asesino en serie? Pierdo el control mientras mi corazón se traba en mi garganta.

Él se relaja y sonríe y mis rodillas casi ceden del alivio.

—Pero lo entiendo. Yo sólo tomo las escaleras para estar en forma.

—¡Claro! Eso también. —Sueno agitada. Un poco loca—. ¡Bueno, será mejor que me vaya yendo! Es tarde. —Me apresuro en pasar a su lado y troto por las escaleras.

Por unos momentos siento que me mira, pero no levanto la mirada. Sólo sigo corriendo y bajando los ocho pisos de escaleras hasta llegar a la planta baja.

Abro la puerta del recibidor y respiro profundo.

El guardia de seguridad de la recepción me mira sorprendido.

—¿De dónde saliste? ¿Hay un incendio?

Me obligo a reírme.

—Ningún incendio. Sólo bajé las escaleras corriendo para, em, ejercitarme. ¡Te veo mañana! —Grito mientras paso rápido a su lado.

Mierda, mierda, mierda. Eso estuvo cerca.

Respiro profundo el aire frío de primavera mientras voy hasta el subte.

Estoy a media cuadra cuando empiezo a reírme. Y luego

mi risa se transforma en una carcajada real. Estoy riéndome de forma histérica cuando me subo al tren hacia Brooklyn.

Lo hice: mi primer trabajo de espionaje corporativo está completado.

Espero que la información que obtuve haya valido el riesgo.

Capítulo dos

Billy
    Miro una página de Instagram en mi teléfono. Una sirena con forma de humana me sonríe desde el frente de un mural gigante. Ya he visto este mural cara a cara. Es decente. La artista *no* es decente. Ella es una amenaza para la sociedad.

Por milésima vez, estudio su piel morena y sedosa. Los pómulos altos y sus labios hinchados y gruesos. Su cabello negro que cae en trenzas alocadas doradas y rojas por su espalda. Su cabello es más colorido de la última vez que la vi en la fiesta de compromiso de Brick y Madi.

La vez en la que fue muy insolente conmigo y me mostró el dedo.

El deseo de ponerla a prueba por ese atrevimiento me pone la verga dura, también por milésima vez. Me encantaría ponerla sobre la mesada del café bohemio en el que trabaja y escuchar los sonidos que hace cuando le pego en el trasero.

El hecho de que tenga un deseo errante de tocar a una

humana es una locura. Lo que lo hace aún más asqueroso es el hecho de que no he tocado a una mujer, loba o humana, desde esa fiesta de compromiso.

—¿Sr. White? —Annabeth, mi secretaria ejecutiva, interrumpe por el intercomunicador. Es una loba colorada y extremadamente eficiente, por lo que la empleo.

Ella suele saber que no debe interrumpirme.

—¿Qué sucede? —Digo de mala manera, cerrando el teléfono apurado.

—Su, eh... el Sr. White segundo está aquí para verlo.

El segundo.

O sea, mi papá.

¿Qué carajos quiere?

Me paro del escritorio, el respeto instintivo está plasmado en mí como para negarle esa cortesía. No es que la merezca.

—Haz que pase.

Mi papá entra por la puerta.

Sólo verlo me provoca ira y odio hacia mí mismo. Este es el pendejo del que nací. Llevo su ADN asqueroso en mi sangre.

William, Bill, White II es un lobo alto, un metro noventa, y a pesar del gris en sus sienes, parece el alfa de su manada en cada centímetro. Exuda autoridad. Crueldad. Privilegio.

Nunca llegué al metro ochenta y cinco a pesar de la hormona sintética de crecimiento que me dio durante la niñez. Pero sí me volví fuerte. No por todas las golpizas y pruebas a las que sometió a mi lobo y a mí, sino a pesar de ellas. Mi hermana me ayudó a sobrevivir y yo elegí prosperar. Escapar.

Ahora me quedo detrás del escritorio en vez de salir a

saludarlo. Me da una posición de poder dentro de la oficina ejecutiva repleta de ventanas.

Eso es, pendejo; el hijo que despreciaste ahora es un billonario de Wall Street. Segundo en orden de la manada más grande y poderosa de Nueva York. Muy lejano de tu manada de la región apartada de Maine.

He estado trabajando en Moon Co desde que ayudé a Brick a crearla en Yale, pero mi papá nunca vino a verme aquí en Manhattan.

Hasta ahora. ¿Qué quiere?

Observa la oficina y mi posición de poder con una risa burlona.

—¿Qué estás haciendo aquí? —Me salteo las falsedades.

—Tu mamá quería que te saludara.

Mi mamá. La coneja mansa con la que formó pareja para solidificar su posición como alfa. Su papá fue el alfa anterior. Otro líder cruel, según recuerdo.

Ciertamente no fue una pareja destinada. Su unión fue arreglada. Una unión estratégica para tanto mi papá como mi abuelo. Mi mamá no pudo decir absolutamente nada sobre el acuerdo.

¿Un poco medieval?

—¿Qué estás haciendo en Nueva York?

—Tenía que hacer algunos negocios.

Algo acerca de la imprecisión de su comentario hace que las alarmas suenen en mi cabeza. ¿Qué negocios podría tener aquí? Algo que tenga que hacerse en persona.

Inhalo su aroma por mis fosas nasales; sé muy bien que me provocará una respuesta traumática.

Lo hace. Mi cuerpo entra en algún tipo de shock, listo para pelear o ser golpeado.

Pero tengo años de práctica evitando mis detonantes.

Examino su aroma para ver si hay rastros de otros allí. Siento el mal olor de Nueva York, escape de coches y recepción de hotel. Humanos en la calle.

Nada más.

Bien, pisaré el palito.

—¿Qué negocios? —Exijo saber.

Mi papá me mira con una sonrisa cruel.

—Perdiste el derecho de preguntar acerca de mis negocios cuando abandonaste a tu manada.

—Encontré una mejor. —Mi voz y mi mirada carecen de vida—. No recuerdo que alguna vez me extrañaras.

Mi papá levanta su labio superior en una sonrisa burlona.

—No me sirven los traidores. Pero eso podría cambiar.

Oh por el amor de Dios. Debe estar bromeando.

—¿Qué? ¿Ahora que tengo dinero valgo algo para ti? —Salgo de atrás del escritorio y luego me apoyo casualmente contra él, pasando una pierna por encima de la otra—. ¿O quieres usar el poder de Brick?

—Brick no es tan poderoso como crees, —se burla mi padre—. Esa pareja humana será su ruina. Deberías tirarte por la borda antes de que sea demasiado tarde.

Mi papá odia a los humanos. Él ha creado un lugar de poder para sí mismo como el líder del odio dedicado a los humanos. Me criaron completamente separado de humanos. Nunca me mezclé con ellos, nunca interactué hasta que Brick, Nickel, Jake y yo tuvimos que vivir entre ellos en la escuela pupila y luego en Yale.

Mi padre me enseñó de chico a luchar por mi supervivencia, así que eso hice. Me junté con las lobas de sangre más azul del campus y me volví indispensable. En nuestro primer año en Yale, la mamá de Brick envenenó a su papá y los Adalwulf le arrebataron su fortuna. Él necesitaba una mano derecha que lo ayudara a vengarse y a luchar por recuperar todo lo que robaron los Adalwulf. Tenía suficiente venganza dentro de mí como para alimentar toda la electricidad de Manhattan.

Ahora sé que todos nos unimos por el trauma. Nickel, un lobo real de Inglaterra, también estaba escapando de traumas familiares y de manipulaciones políticas. Jake era alguien solitario que nunca había tenido una manada en la que apoyarse hasta que Brick lo trajo al grupo. Los cuatro nos volvimos una nueva familia, unidos por una única causa, reconstruir el estatus y la fortuna de la manada Blackthroat para que Brick pudiera seguir siendo líder.

—La manada aceptó a su luna, —digo con firmeza.

Admito que no estaba exactamente del lado de Madi, y peleé contra la decisión de Brick de formar pareja con una humana, pero no le diré eso a mi papá. Nunca dejaría que viera algo de vulnerabilidad en mi manada o en mi alfa.

Mi papá me observa con atención.

—Escuché que fue un baño de sangre. Tuvo que matar a cientos de los miembros de su manada para mantener la dominancia. Su manada organizará mejor la próxima rebelión.

Sus palabras me provocan escalofríos. Si estuviera en forma de lobo, se me pondrían los pelos de punta, pero tengo cuidado de no responder con emociones. No me gusta que haya pensado tanto en las defensas de nuestra manada. No me gusta su atención cruel sobre la manada Blackthroat de ninguna forma. Mi papá es peligroso e impredecible. Pasé una vida entera intentando controlarme a mí y mis alrededores para evitar la destrucción que crea.

—Espero tener la oportunidad de ver cómo están las cosas por mí mismo en la boda, —continúa.

¿Qué? —No estás invitado.

—Aún no. —Mi papá juega con el gemelo de su camisa —. Pero espero que le hables al alfa para cambiar eso. Tengo una relación de sangre con su segundo, después de todo.

Parece que mi padre pasa la primera mitad de una conversación destrozando a mi manada y la segunda buscando una invitación a lo que le parece el evento más prestigioso de la historia de nuestra manada. No debería sorprenderme su hipocresía. A los ojos de mi padre, los Blackthroat son realeza de sangre azul en el mundo de los transformistas, y él quiere estar cerca de su riqueza y poder.

Levanto una ceja y me muestro tranquilo.

—Me sorprende que quieras estar ahí, ya que se casa con una humana. Sé lo que piensas de ellos—. Él nos inculcó ese odio de cachorros.

Por un momento, estoy de nuevo en Maine, parado con la manada en nuestra tierra. Puedo escuchar a mi padre gritar, —Es hora de cazar al humano. Recuerdo cómo mi hermana me sostenía fuerte, como si intentara protegerme de los lobos a nuestro alrededor y de la violencia que desatarían.

Mis colmillos se ponen filosos en mi boca. La idea de permitirle acercarse a mi luna me enfría la sangre.

Pero mantengo una expresión controlada. *Nunca muestres debilidad.*

—Es la boda del siglo, —dice mi padre—. Seguramente puedas conseguir una invitación extra...

A la mierda con esto. Tengo que ponerle un fin.

—No contengas la respiración. —Le respondo de la misma manera, burla con burla—. Puedo decirte ahora mismo que no habrá otra rebelión. Madison Evans no es sólo una pareja humana. Es una luna verdadera. Ella reclama y tiene un poder que la manada reconoce. Ninguna cantidad de odio puede sobrepasar la ley natural.

Es verdad. Incluso yo seguí ante su posición y poder al lado de mi alfa.

Acepté mi castigo por intentar separarlos. Un castigo que ahora involucra ser el maldito embajador con los humanos.

Eso me recuerda: debería visitar a la Chica del Café para discutir esas obligaciones.

Bill White II se mofa con desdén.

—Mi propio hijo ahora es un amante de humanos.

Sus palabras forman un nudo y se retuercen en mi estómago. Una parte de mí se quiebra y ruge ante la debilidad que insinúa de mi parte. La otra odia que algo de todo esto pueda ser verdad.

Me niego a pensar en la Chica del Café o en su aroma a nuez moscada y miel. En la forma en la que luciría su cabello enroscado alrededor de mi verga. En los ruidos que haría si se lo hiciera fuerte desde atrás.

—Tu propio hijo no quiere tener nada que ver contigo. —De nuevo, mi voz y mi mirada carecen de vida. No muestro emoción y proyecto fuerza, como él me enseñó—. Dile a mi madre que preferiría que me visitara ella en vez de enviarte como mensajero.

Las fosas nasales de mi padre se agrandan con enojo. No sé qué pensó que lograría visitándome, pero no obtuvo lo que fuera que quería.

Bien.

—Eres una decepción. —Ni las palabras ni la amargura en el tono de mi padre son algo nuevo.

—Soy todo lo que tú no eres, —digo. Me ha llevado tiempo darme cuenta de que es un hecho que vale la pena celebrar. Tuve que ser despiadado y trabajar duro, pero para Brick Blackthroat, el alfa más poderoso del país, soy indispensable. Tengo un lugar junto al rey. Mi padre ya no vale nada para mí.

—Eso es seguro, —se burla mi papá mientras voltea y sale.

Tomo la abrochadora en mi escritorio y la aplasto en una bola tensa, luego la arrojo contra la puerta cerrada. Se clava en la madera y se queda allí, suspendida.

Capítulo tres

ubrey
Trabajo todo el sábado en La Résistance, que ha sido mi casa lejos de mi casa desde que tenía dieciséis. Trabajar allí no es mucho trabajo. Es juntarme en un café con onda con las personas que amo.

Ahora mismo es de tarde y me apoyo en la mesa, tomando una taza de chai. El lugar está tranquilo y estoy perdida en mis pensamientos con una música de ensoñación. La canción es un cover de Bossa Nova de «Take on Me» y me recuerda a la cita de los 80 con Madi la semana que viene. No puedo esperar.

La extraño. Este es el tipo de noche en la que vendría al café y hablaríamos entre clientes. Ahora tengo suerte si la veo una vez a la semana.

No quiero resentir su nueva relación, pero todo ha cambiado. Debería estar feliz por ella, y lo estoy. Está enamorada y nunca la vi brillar tanto. Eso es increíble. Pero me siento totalmente fuera de su vida ahora. Al menos al comienzo de la relación me compartía todos los detalles morbosos. Ahora no me da nada.

—Ey, chica, —me llama mi jefa Caroline a la oficina de atrás, donde espera su esposa Jan. Las saludo a ambas. Caroline es una pequeña bola de fuego blanca, apenas mide más de un metro cincuenta y es la mujer más feroz y más amorosa que he conocido. Su esposa, Jan, es alta, negra, y esbelta con un afro corto.

Ellas dos son como segundas y terceras mamás para mí. Son dueñas del café. Jan es la abogada de Apoyo legal y Caroline se ocupa de este lugar a tiempo completo. Han organizado muchas revoluciones dentro de estas paredes a lo largo de treinta años.

—Nos reuniremos con Jamie, ¿verdad? —Les pregunto. Jamie es la delatora de Sentience.

—Sí, está llegando tarde, —dice Jan.

Siento algo de incomodidad ante eso, Jamie no suele llegar tarde a una reunión. Es del tipo de personas que usan camisas almidonadas. Pero probablemente no sea nada. Sólo estoy algo nerviosa; el disco que conseguí en Sentience está quemando un agujero en mi bolso.

—Primero, tengo algo para ti, —Caroline está buscando dentro del vestidor—. Bueno, para Madi y para ti.

Mi corazón se contrae con el nombre de mi mejor amiga. El dolor me sorprende. No es que Madi haya muerto. Sólo está ocupada. Demasiado ocupada para mí.

—¡Ta da! —Caroline gira y sostiene una chaqueta hermosa de color turquesa.

—¿Hablas en serio? —Me acerco para observar la chaqueta. Está hecha de cuero y es corta, pero de un estilo más viejo con solapas anchas—. Esto es genial. Luce justo como...

—¿La de Janet Jackson en la época de Rhythm Nation? —Carolina hace que la chaqueta baile mientras canta parte del estribillo.

—¡Sí! —Ella me la pasa y yo la sostengo para admirarla. Está bastante bien conservada, pero es evidente que la han usado antes—. ¿Es... vintage?

Caroline y Jan se estremecen.

—Detesto esa palabra. —Caroline me señala—. Algún día tu ropa será considerada vintage, y también te dará pavor. Esto es de segunda mano, —enfatiza—. ¡Para ti! Para la próxima vez que tú y Madi toquen en All Night.

Tomo la chaqueta y la sostengo.

—Oh, por Dios, estoy *obsesionada*.

—Rhythm Nation se formó en 1989, —señala Jan, siempre atenta a los detalles—. Así que culturalmente se acerca a los 90.

—Igual cuenta. —Caroline mueve la mano—. Y es Janet Jackson.

—*Miss Jackson if you're nasty*, —canta Jan y, por un momento, puedo imaginarla en su traje de abogada y un sombrero de cuero de teniente. Ella una vez llegó a un karaoke vestida como Grace Jones en la tapa de Nightclub-bing, así que sé que probablemente tenga un armario lleno de atuendos para salir a bailar.

—También tengo estas. —Caroline saca un par de botas blancas go-go—. Si tú y Madi quieren agregar algo de Nancy Sinatra a su set.

—Oh, guau, —me río—. ¿Por qué no? ¿Puedo tomarlas prestado?

—Quédatelas, —dice Caroline al mismo tiempo que Jan dice,

—Son tuyas.

—¿Están seguras? —Les pregunto—. ¿No querrán volver a ponérselas? Ya saben, ¿para una noche en la ciudad? —Muevo las cejas mirando a Caroline, quien sonríe.

Jan se mofa.

—Esos días ya pasaron.

—Bueno, si las quieren en algún momento para un karaoke o algo, sólo me dicen. —Tomo la chaqueta espectacular y las botas go-go e imagino los atuendos que podría ponerme en el escenario. Se los mostraré a Madi el jueves.

Llega Jamie y el clima se pone tenso. Ella luce más demacrada que la primera vez que la conocí, con círculos oscuros debajo de los ojos. Su ropa además está arrugada. Ser delatora es estresante, y además de eso, todavía no ha encontrado otro trabajo. Incluso si Sentience no responde con otras acciones, debe estar despierta por las noches preguntándose qué sucederá.

—Aquí está el disco duro. —Saco el disco de la computadora de mi bolso y lo pongo en el centro de la mesa redonda de trabajo. Esta oficina de atrás es donde trabaja Jan los fines de semana y las tardes, y esta mesa también ha sido el lugar de planificación de al menos cientos de protestas sociales, empezando mucho antes de que yo tomara un marcador para crear mi primer cartel de protesta.

—¿Qué es esto? —Pregunta Jan.

Jamie lo toma.

—Es una copia del disco duro de mi computadora del trabajo. De aquí puedo sacar toda la evidencia que necesitan.

Jan nos mira a mí y a Jamie.

—¿Pero cómo lo conseguiste?

Me encojo de hombros.

—Puede que haya pasado por su antigua oficina mientras pintaba un mural para Sentience.

Los ojos de Jan se abren grande.

—¿Sabes que no podemos usar nada obtenido ilegalmente como evidencia en un juicio, verdad?

—Entonces podemos enviarlo a *The New York Times*, —señalo.

—¿Pero no puedes usarlo en una demanda? —Pregunta Jamie.

Jan niega con la cabeza.

—Cualquier información que nos des puede ayudarnos a citar a los ejecutivos de la empresa, pero no podemos usar esto como evidencia. No a menos que encuentres una manera de tener esta información de forma legal. Pero quizá tengas una copia de algo que encuentres aquí. —Ella mueve las cejas mirando a Jamie.

—Entendido. —Jamie asiente. Ella me mira con agradecimiento—. Muchas gracias por conseguir esto. Arriesgaste mucho.

—Espero que nos dé algo. Claro que no quiero volver a arriesgarme, pero lo haré si es necesario. Se necesita coraje para luchar contra gigantes.

Siento el ruido de alguien que toca la campana en la caja registradora y salto.

—Yo voy. —Salgo hacia el café e inmediatamente voy más lento al ver quién es.

Este no es un hombre por el que vaya a apurarme.

Jamás.

—¿Estás perdido? —Le repito la pregunta que le hice la primera vez que este alfa-diota engreído vino aquí. La vez que robó la foto de Madi y yo del boletín informativo detrás del mostrador y la usó para que despidieran a Madi.

La irritación, una expresión habitual para este chacal, aparece en el rostro de William White tercero.

Me mira con desprecio. No es tan alto como su mejor amigo, Brick, pero igual casi llega al metro ochenta y cinco. Tiene hombros anchos. Está vestido con un traje de billonario. Es el tipo de hombre por el que las mujeres se mojan las bragas, pero su personalidad apestosa arruina el atuendo.

En vez de ponerme detrás del mostrador para servirlo, paso hacia el frente. Su pedido no es bienvenido aquí.

Mientras me acerco, él voltea a verme; su expresión es de asco como si oliera mal.

—¿Qué quieres? —Exijo saber porque todavía no responde mi primera pregunta.

Una expresión de amargura arruina su rostro que de otro modo sería bello.

—Tenemos que hablar.

Vaya sorpresa. No imagino de qué cree que tenemos que hablar. Brick y Madi están felizmente comprometidos. No necesita ofrecerme medio millón de dólares para que ella lo vea como hizo la última vez que estuvo en La Résistance.

—¿Ah, sí? —Mantengo la voz neutra.

Hay algo acerca de su silueta grande e imponente y de la fuerza del poder que emana que me hace preguntarme cómo sería estar debajo de él. ¿Sería rudo? ¿Fríos? ¿Querría que su cita estuviera arriba haciendo todo el trabajo?

¿O es el tipo de hombre que sólo paga por mamadas para ser completamente indiferente?

Me da curiosidad saber qué tipo es. Cuando elige a una mujer, y estoy seguro de que podría elegir a cualquier mujer de Nueva York, ¿le gustan las modelos insulsas? ¿Las rubias de piernas largas con cero cerebro y un hábito de compras? ¿O el tipo de sangre azul que es inteligente nivel Harvard y tiene cara de caballo con un pedigrí más antiguo que el suyo?

—Tú y yo somos... —él deja de hablar y yo inclino la cabeza.

No puedo esperar a escuchar qué viene ahora. Apenas puedo creer que empiece una oración con «tú y yo».

—Responsables de cosas. Para esta boda. Eres la Dama de honor y yo el Padrino.

Frunzo el ceño. De todas las cosas que pensé que podría decir, esta no era una de ellas.

Mueve una mano impaciente. Tiene muñecas anchas. No sé por qué me parecen sensuales.

—No sé cuáles son. No he hecho esto antes.

—¿Y piensas que yo sí?

—Bueno, tú eres... —deja de decir lo que sea que fuera a decir.

—¿Mujer? —Continúo, intentando seguir su forma de pensar. —¿Humana?

Sus cejas se levantan como si lo sorprendiera mi segunda elección de palabra.

—¿Alguien que posee un corazón que late? ¿Alguien a quien realmente le importan sus amigos?

Él se relaja.

—Claro. Eso. —Mira rápido el boletín informativo con las fotos, como si pudiera encontrar una pista para tener una amistad real.

—Todavía tienes mi foto.

—Espero que la desestime, pero asiente. —Te la traeré.

—Eso dijiste la última vez.

Su mandíbula se tensa.

—Escucha, ¿puedo comprar una taza de café? ¿O de cenar o algo? ¿Así podemos hablar?

Este tipo sigue sorprendiéndome.

—¿Quieres comprar *café* o la *cena* o algo? —¿Qué carajos? ¿Está loco?—. No. No somos amigos. No seremos amigos. Ni siquiera sé por qué Brick te pidió que fueras su padrino cuando eres el tipo que los separó en un principio.

La expresión agria vuelve a su rostro.

—Es mi... castigo. —Él murmura la última palabra.

La risa sale explotada de mi boca.

—¿Tu *castigo*?

Pero él luce realmente serio. Como si Brick realmente lo estuviera castigando haciéndolo... Oh por Dios, ¡creo que *sí* habla en serio!

Es una tortura para él tener que hacer las cosas cursis de la boda. Ser un padrino decente y apoyar al novio.

Una sonrisa lenta se agranda en mi rostro.

—¡Oh, por Dios, esto es tan gracioso!

La irritación llena su expresión. Me mira frunciendo el entrecejo.

—Lo haré. Estoy encantada.

Si Brick quiere castigarlo con un regocijo forzado para la boda, con alegría me uniré y empeoraré el castigo. Es incluso mejor si parte de su castigo es tratarme bien a mí. ¡Me comeré esto con una cucharita!

Él levanta una ceja.

—¿Estás de acuerdo? ¿Qué quieres decir con estar *de acuerdo*?

Sonrío con poca sinceridad.

—Me alegra castigarte, Traje. De hecho, podría convertirse en mi nuevo pasatiempo preferido.

Billy no está tan contento como yo. De hecho, su expresión se vuelve tempestuosa. Es una expresión que podría amar.

—Sí, empecemos con la cena, —digo feliz—. Hay un buen lugar de sushi a la vuelta.

Sus ojos se entrecierran, pero no protesta.

Me dirijo a la oficina de atrás para decirle a Caroline y despedirme de Jan y Jamie, tomar mi chaqueta y bolso y volver a salir.

Billy toma mi chaqueta de mis manos con su irritación típica, y por un momento creo que la tirará en el piso o algo, pero la abre y la sostiene para mí.

Miro fijo mi chaqueta abierta, perdida. Tengo veintitrés años. Crecí en Jersey y vivo en Brooklyn. Salí con músicos y artistas. Guerreros de la justicia social. Chicos buenos con grandes corazones. Pero nunca antes un tipo me sostuvo la chaqueta.

La feminista en mí quiere preguntarle si piensa que soy incapaz de ponerme mi propia chaqueta, pero eso sería tonto.

Está claro que ningún hombre sostiene una chaqueta sin razón. Igual que no abren la puerta porque seamos muy débiles para tirar de una manija. Es por cortesía. Buenos modales. Caballerosidad.

Y no lo odio.

Sobre todo viniendo de un tipo que parece que preferiría chupar un limón que mostrarle respeto a alguien. Prefiero ver que tiene buenos modales con sus elegantes escuelas preparatorias y educación de Yale. Casi pareciera que está obligado a hacerlo en vez de *querer* hacerlo. Como con las cosas de la boda.

Así que acepto el gesto, meto los brazos en la chaqueta y dejo que la levante y la deje caer en mis hombros.

Él inhala profundo y luego contiene la respiración.

¿Qué carajos? Es probable que sólo haya olido mujeres con mucho perfume en su mundo privilegiado.

Volteo para mirarlo.

—¿Huelo mal?

Él se frota la nariz y niega rápido con la cabeza.

—Hueles a nuez moscada, —murmura. Pone una mano sobre mi espalda baja y me guía hacia la puerta.

—¿Nuez moscada?

—Y miel.

—Entonces... ¿no mal? —Me paro en la puerta abierta para volver a mirarlo. Estamos cerca: nuestros cuerpos chocan mientras él estira su largo brazo para sostenerme la puerta.

Debe ser una reacción biológica bizarra ante su tamaño y puro poder porque de pronto me siento excitada. Mis pezones se ponen duros y el calor viaja hacia el sur entre mis piernas.

Él me mira de una forma terriblemente odiosa. Apuesto a que miradas como esa hacen que la gente que trabaja con él huya para esconderse.

No me muevo de mi posición, atrapada entre el umbral y él, su brazo extendido pasando mis hombros para sostener la puerta de vidrio. Mis labios se estiran para formar una sonrisa lenta, mi respuesta a su expresión de infelicidad.

Hacer que frunza el ceño es mi nuevo pasatiempo favorito.

* * *

Billy

Nuez moscada y miel. El aroma de la Chica del Café no es menos potente ahora que la primera vez que la vi. Me golpea el pecho y viaja al sur hasta mi entrepierna con una experiencia dolorosa y de éxtasis.

Quiero hundirle los dientes en la piel y...

No, no es correcto.

Definitivamente no quiero *marcarla*. ¿Eso es lo que me estoy imaginando?

Claro que no. De ninguna forma marcaría a una humana. Sobre todo a una don nadie que malgasta oxígeno como esta mujer. ¿Por qué siquiera me imaginaría eso?

Eso está... tan *mal.*

Todo acerca de ella está mal. Su actitud combativa, para empezar. Nunca ha conocido a alguien a quien no desafíe. Dudo que se arrodille ante nadie, incluso si son más poderosos que ella. Es imprudente y está dispuesta a ponerse en peligro por sus convicciones. En mi mundo de perros que se comen entre sí, eso puede ser suicida.

También me excita. Me hace querer tomarla. Ponerla contra el marco de la puerta y envolver ese largo y esbelto cuello con mis dedos. Besarla con una fuerza que deje moretones antes de hacérselo con la lengua.

Quiero enseñarle a arrodillarse ante mí. Que aprenda a complacerme.

Mieeeeeerda. La imagen de ella mirándome desde abajo en sumisión con mi verga entre esos labios hinchados casi me hace venirme en mis pantalones.

No.

Borrar, borrar, borrar.

Mierda. No puedo sacarme esa imagen de la cabeza.

Para mi total sorpresa, ella toca las solapas de la chaqueta de mi traje y las acomoda.

—Esto será divertido. —Ella me mira con una sonrisa alegre y deshonesta.

Algo se retuerce en mi interior. Tengo recelo sobre lo que significa esa sonrisa mezclada con algo más siniestro.

Algo que ni siquiera puedo imaginar.

El deseo de ganarme una sonrisa real de su boca provocativa. El deseo de tener sus manos sobre mí por otras razones.

Quiero pegarle en el trasero por crear esta revuelta en mi interior.

Por dentro estoy hablándole mal para que mueva el

trasero de la puerta, pero las únicas palabras que logran escapar de mi garganta son,

—¿Así es?

Su sonrisa crece más. Ese arito plateado en su nariz brilla. Me quemaría la piel si lo tocara.

—Tan divertido. Vamos, Traje.

Ella finalmente suelta el agarre invisible que tiene sobre mí al moverse de la puerta. Respiro profundo, no a ella, intentando recuperar algunas neuronas. Ella se pasea delante de mí, lucha en sus Doc Martens de cuero blanco como si fueran un par de tacones de quince centímetros. Miro fijo su trasero mientras camina.

Golpeable.

Muy golpeable.

Realmente hermoso. No puedo esperar a verlo al descubierto.

No, espera. Eso no sucederá. No lo haré con esta humana. No se merece mi atención. No vale mi tiempo.

Además, sería un lío. Querría hacerle cosas horribles y ella iría llorando con Madi, quien hablaría con Brick. Ya estoy castigado en la cucha del perro con él.

Quiero volver a ser su consejero y amigo de mayor confianza. Realmente calculé mal cuando intenté deshacerme de Madi. Es un error que todavía me mantiene despierto de noche.

Odio equivocarme.

Aubrey me lleva al restaurante de sushi a la vuelta. Miro el lugar con dudas. Es limpio pero pequeño y de bajo presupuesto.

—¿Has comido aquí antes? —Pregunto dudoso.

Los transformistas generalmente no nos intoxicamos, pero la idea de enfermarme con pescado crudo me pone nervioso.

Ella pone los ojos en blanco.

—¿Qué? ¿Piensas que un buen lugar de sushi tiene que costar cientos de dólares por roll? Esta es buena comida.

Me encojo de hombros.

—Bueno. —Sólo debo apretar los dientes y soportar esta reunión. Descubrir qué se espera de mí para la boda y terminar con eso. Venir aquí a encontrarme con ella en persona fue un error.

Y sin embargo, aunque pienso eso, también estoy seguro de que volveré a cometer el mismo error.

Pedimos en la ventanilla y tomamos un número para nuestra mesa. Me siento y observo abiertamente a la humana.

Ella levanta una ceja preguntando «¿qué?» para mostrarme que estoy siendo muy evidente.

—Entonces dime. —Separo las manos—. ¿Qué tengo que saber acerca de esto de la boda?

—Bueno. Estás a cargo de la despedida del novio y su fiesta.

Frunzo el ceño.

—¿*Despedida del novio?* —He escuchado hablar acerca de despedidas, pero una *despedida del novio* no me suena familiar. Claro, no me junto con humanos, así que podría ser algo nuevo.

Ella asiente.

—Sí. Tienes que hacer un brunch con mimosas e invitar a todos los familiares hombres de ambos para que lleven regalos y jueguen juegos.

Mi labio superior se levanta en un gruñido.

—¿*Qué?*

—¿Qué? —Hay algo demasiado inocente en la forma en que me está mirando.

—Me estás tomando el pelo.

Ella me sonríe de una forma que se va directo a mi verga. Sus labios tienen ese brillo violeta-lila que me hace preguntarme de qué tono son sus pezones. De qué color son sus labios inferiores cuando se sonrojan con sangre y calentura.

—Sí, Traje. Eso hago. Fue demasiado fácil.

Tengo la verga increíblemente dura. Abro las piernas para hacerle lugar a mi erección. No sé por qué parece que me *gustara* que me tome el pelo. Agradezco que estemos sentados para que no pueda ver la carpa en mis pantalones.

—¿Entonces no hay despedida del novio?

Su risa es grave y rasposa. Un sonido ronco que me recuerda la nueva imagen de ella de rodillas. Esta vez está desnuda. Tiene las manos atadas atrás de la espalda, así que esos grandes pechos están levantados y separados para mí.

—No hay despedida del novio. Pero definitivamente una despedida de soltero. —Ella estrecha la mirada—. ¿Brick es de los que le gustan los clubes de strip tease?

Ahora me estoy imaginando a Aubrey sin parte de arriba, colgada de una barra. Esa imagen pone feliz a mi verga, pero a mi lobo lo enoja pensar en una habitación llena de hombres viéndole las tetas. Un gruñido de celos se traba en mi garganta.

No soportaré esta cena. Me obligo a encogerme de hombros.

—No. En realidad no. Sobre todo desde Madi. No miraría a nadie más.

Aubrey se relaja. No estoy seguro de por qué parece sorprendida con la noticia. Pero bueno, no entiende que Brick es un lobo en pareja. Ella no es parte de nuestro mundo.

—Bueno, quizá deberíamos pensar en una fiesta compartida. Sé que Brick es algo celoso, así que es probable que no quiera que *la lleve a espectáculo de Magic Mike*, ¿verdad?

—¿Una fiesta compartida? —No puedo evitar que mi voz suene descreída. Todo esto me parece abominable.

—Una fiesta de soltero/soltera. Puede que hayas escuchado que la llaman la fiesta de Jack-y-Jill. Suele ser un evento en algún destino, como si todos fuéramos a Vegas juntos.

—Hecho, —digo—. Qué hay de este acuerdo: tu organizas todo; yo pago la cuenta —estoy acostumbrado a arrojarle dinero a los problemas. Es la ventaja de ser billonario: contrato para cualquier tarea que no quiera hacer. Pero qué estúpido soy. Olvidé lo mucho que esta mujer odia el dinero. Ya cometí ese error con ella antes cuando intentaba salvar a Brick de la locura de la luna. Ofrecerle dinero sólo la irrita.

Sus ojos color canela brillan.

—No lo creo, Traje. Este es tu castigo. Eso significa que tienes que jugar.

Algo en sus palabras me excita. Ah, sí. Sé qué palabras. *Castigo. Jugar*.

¿Cómo respondería a mi castigo? Mierda, me encantaría doblegarla y calentarle el trasero hasta que su vagina chorree.

Pero... creo que a *ella* le excita la idea de castigarme a *mí*.

Y de alguna forma, eso tampoco me molesta. Podría pasearse en un traje de látex y señalarme con su fusta en el centro del pecho. Ordenar que le lama la vagina hasta que no aguante más placer.

¿Me humillaría por ella? Ni en un millón de años. Pero me comería esa vagina.

Sí. Definitivamente la lamería sin parar.

Tiro de mi corbata para aflojarla. Me siento muy acalorado alrededor del cuello.

—Bien. ¿Quieres jugar conmigo? Juguemos.

Sus pupilas se dilatan y su aroma se espesa. Sip. Definitivamente ella también está excitada.

Mierda. Esa idea hace que mi mente vuele hasta la luna y vuelva.

Bien, esta mujer irritante quiere luchar conmigo. Lo haré.

Ella se arrepiente un poco.

—Debería consultarlo primero con Madi para saber qué quiere. Eso es lo que en realidad importa. Pero no la veré hasta la próxima semana y es difícil contactarla por teléfono últimamente. —Hay algo de amargura en su voz.

Pero es más inquietante que haya un poco de tristeza en su aroma.

Comprenderlo me golpea fuerte. Igual que como yo perdí a Brick, ella está perdiendo a su mejor amiga. O quizá ya la haya perdido. Tiene sentido. No sólo Brick y Madi son inseparables ahora, sino que Madi no puede hablarle a su amiga humana sobre lo que somos. No puede llevarla ni invitarla a nuestro mundo.

A mi lobo no le gusta este aroma a derrota en la humana.

Saco el celular.

—Programaré una reunión conjunta, —digo antes de considerar lo que estoy sugiriendo. ¿Me torturaré con otra reunión cara a cara con esta arpía? Es una idea terrible. Pero ya estoy escribiéndole un mensaje a Brick—. Los cuatro podemos reunirnos a hablarlo junto.

Le envío un mensaje rápido a Brick.

Aubrey y yo necesitamos reunirnos contigo y con Madi sobre: la despedida de soltero.

Mañana por la noche, mi casa.

Me asquea haber escrito las palabras «Aubrey y yo». No hay un *Aubrey y yo*. Eso es absurdo, maldición. Pero no odio la idea de tenerla en mi penthouse. De tener su aroma en mi sofá. En las alfombras. Por supuesto, eso implicaría tenerla de rodillas en el suelo. Mejor aún, recostada boca abajo con las piernas bien abiertas.

Maldición, mi verga está tan dura que se romperá.

—¿Mañana por la noche te parece bien? —Pregunto tarde. Ya envié el mensaje.

La sorpresa aparece en su rostro.

—Eh... sí. O sea, si eso le queda bien a Madi. —Siento la tristeza en su aroma de nuevo, y mi erección se baja.

Me froto la frente y contemplo el problema. Soy extremadamente bueno resolviendo cosas. Fue cómo me volví indispensable para Brick desde el comienzo. Dame una situación y crearé una buena estrategia, maldita sea. Y no tengo miedo de tomar decisiones difíciles o peligrosas. De volver a arriesgarme para alcanzar el resultado deseado.

Lo bizarro es que estoy analizando un problema *emocional*. Es un problema emocional de una *mujer humana*.

Definitivamente es la primera vez para mí.

El mozo llega a nuestra mesa para darnos las bandejas de sushi y llevarse nuestro número.

Tengo que admitir que la comida luce bien, pero sigo masticando la situación de Aubrey.

—Extrañas a Madi, —digo en voz alta.

Sus palillos se pausan de camino a su boca y esos labios violetas-lilas se separan.

Siento una explosión aún más grande de su tristeza, lo que me provoca algo extraño en el pecho.

—Yo... —Hay un destello de vulnerabilidad en su rostro

que simultáneamente me abre el pecho y me hace desear no haberlo preguntado. No me gusta ver que la hice sentir vulnerable.

No así.

Sólo desnuda y atada con mi soga.

Ella se encoje de hombros.

—O sea, sí. No nos veíamos tanto cuando vivíamos juntas, pero era divertido. Y solíamos hablar más por teléfono. Pero... está más ocupada con Torrent de lo que lo estaba en Moon Co., y el resto de su tiempo parece pasarlo en la cama con Brick. —Ella me muestra una sonrisa forzada e intenta mejorar el clima.

Tomo un roll con mis palillos y me lo llevo a la boca.

—Así es, —concuerdo, masticando.

Aubrey tenía razón, la comida es deliciosa. No es que vaya a decirle eso.

—Son asquerosos.

La risa ligera de Aubrey es genuina y mi lobo se relaja un poco.

Comemos en silencio. Parece que Aubrey está muerta de hambre porque se traga la comida. La dejo comer hasta que va más lento y luego procedo a matar el resto.

—Entonces una fiesta compartida. Ninguna despedida del novio. ¿Algo más?

—Tendrás que llevar a Brick a la ceremonia a tiempo y tener los anillos. Y darás un brindis en la recepción.

—Paso, —digo de inmediato.

—Es *obligatorio*. —Aubrey pone una voz firme. No sé si me está tomando el pelo de nuevo o no—.

—¿Estás bromeando?

—Sip. Hablaré sobre lo mucho que todos se esforzaron en separarlos y, sin embargo, perseveraron.

Ella me mira con clara desaprobación. Me limpio la boca con una servilleta de papel y me vuelvo a sentar.

—Y describiré el medio millón de dólares que ofrecí para intentar lograr que volvieran, pero que fue completamente rechazado por su así llamada Dama de honor.

Sus ojos se entrecierran.

—¿Crees que puedes resolver lo que sea con dinero, verdad?

Dudo porque, ¿para ser honesto? Sí. La mayoría de los problemas de la vida se pueden resolver con dinero. Pero esta es la mujer que se puso una camiseta de «Comerse a los ricos» de adolescente. Lo sé porque me robé la foto que lo prueba.

—Creo que el dinero es una ventaja para muchas personas. No todas. No para ti, como aprendí.

La actitud defensiva desaparece de sus hombros. A la gente le gusta ser vista.

No sé por qué quiero ver más de esta persona en particular. Me fascina y me asquea al mismo tiempo. No representa nada que valore. Y sin embargo, quiero abrir bien las puertas de su armario y ver qué hay adentro. Mirar debajo de la cama y encontrar sus secretos más oscuros y sucios. Saber qué hace que una artista que odia el dinero quiera estudiar algo como Estudios de mujeres y trabajar en un café hippie.

—¿Cuáles son tus ventajas, Aubrey? —Mi voz es suave y digo su nombre en ese tono que suena demasiado familiar. Demasiado íntimo.

El rostro de Aubrey se pone algo rosa.

Se para.

—Nunca las sabrás, Traje. —Ella arroja la servilleta sobre la mesa—. Gracias por la cena. Ha sido muy informativa.

Mi cerebro se queda en la palabra *informativa*. ¿Qué cree que ha aprendido sobre mí?

Nada. No le he mostrado nada. Nunca muestro nada. Así puedo ser despiadado.

—Mi casa. Mañana por la noche.

Ella arruga la nariz, pero juraría que siento el leve aroma de excitación femenina. Como si mis palabras demandantes hubieran creado otro escenario más allá de la reunión con nuestros amigos comprometidos.

A mi lobo realmente le encanta.

—¿Supongo que vives en la Calle de los billonarios? —Ella mueve la cadera.

—El mismo edificio que Brick y Madi. Departamento 44. A las siete.

—¿Brick te respondió?

—Me aseguraré de que estén allí. Tú sólo ven.

Sus ojos se entrecierran mientras me analiza por un momento y luego me ofrece la mano.

—Dame tu teléfono.

Se me pone dura la verga. Me gusta que exija. La vuelvo a imaginar en un traje ajustado. Sin entrepierna, por supuesto, así mi lengua puede llegar a los lugares que necesita visitar.

Desbloqueo el teléfono y se lo paso, mirando sin expresión mientras se envía un mensaje.

WWIII.

Mis iniciales, o World War III, tercera guerra mundial, dependiendo de tu interpretación. Me sorprende que sepa mi nombre completo.

Me complace.

Ella empuja el teléfono para devolvérmelo.

—Ese es mi número. Envíame un mensaje si las cosas cambian.

De ninguna forma. No me importa una mierda si la tercera guerra mundial se desata mañana.

Aubrey Jane Cook estará en mi departamento mañana por la noche.

Preferiblemente desnuda y colgada del techo.

Capítulo cuatro

ubrey

Salgo del subte en la calle 57 con «Strut» de Sheena E sonando en mis auriculares. Las canciones me dan la energía que necesito para encontrar un nuevo impulso. Tuve un largo día de clases. Estoy a sólo unas semanas de terminar mi carrera de Estudios de la mujer. Mi plan original era estudiar derecho y ser una abogada de justicia social, pelear por la causa, como Jan, pero eso fue principalmente porque desestimé el arte como una carrera viable. Probablemente todavía lo sea, a menos que quiera venderme a empresas como Sentience, pero para ser honesta no quiero continuar con estudios de posgrado. Estoy quemada por los estudios.

Silbo al compás de la música. Culpo a mis padres por mi adicción a la música de los ochenta, ¿pero quién sabe? Quizá morí joven como la líder de una banda de chicas de los 80 en mi vida pasada. Todo lo que sé es que me hace feliz y esta canción en particular representa la energía que le daré a William White tercero.

Es un verdadero trabajo, el tipo de hombre que contribuye a todo lo que está mal en este mundo. Por eso disfruto de clavarlo con todo esto de planear la despedida de soltero. Me encanta que Brick lo esté castigando. O sea, también es extraño, ¿no son mejores amigos? Pero Brick es su jefe, así que supongo que hay jerarquía allí.

Mientras camino, me llega un mensaje del grupo que creó Jan conmigo, Jamie, Caroline y ella sobre Sentience.

Jamie, ¿encontraste algo útil en el disco?

Aparece como leído, pero Jamie no responde.

Quizás esté ocupada, pero una aprensión persistente me recorre. Es probable que sólo esté siendo paranoica, ¿pero y si alguien la encontró? ¿O su teléfono?

Ella estaba bastante paranoica con que le retribuyeran de otra forma que no fuera sólo despedirla.

Las empresas como Sentience pueden ser lo suficientemente malvadas como para contratar a alguien que «solucione» toda su situación.

No. Estoy loca.

Camino unas cuadras hasta el edificio de Madi en la Calle de los billonarios. Sólo estuve dos veces antes, lo que es extraño si considero que solía ver a Madi a diario antes de que se mudara. Crecimos en el mismo edificio en Jersey y luego nos mudamos juntas a Brooklyn el otoño pasado. Aunque nunca fuimos a las mismas escuelas, solía verla las tardes y los fines de semana. Ahora tengo suerte si la veo una vez cada tres semanas.

Las puertas principales están cerradas, pero a través del vidrio opaco veo al conserje o guardia de seguridad, un hombre enorme con músculos que estiran la chaqueta de su traje, detrás del escritorio. Él se apresura en abrir la puerta.

—Estoy aquí para ver a Madison Evans, —digo. Le envié un mensaje antes para asegurarme de que realmente fuéramos a reunirnos porque de ninguna forma vendría todo el camino hasta aquí cruzando Central Park si no fuera algo seguro. Dijo que estaría aquí.

—¿Eres la Srita. Cook?

Me quedo sorprendida.

—¿Sí? —Madi debe estar retrasada y llamó para decirle. Mierda. Llegué cinco minutos temprano.

—El Sr. White la espera. —Su voz es rasposa y profunda. Menos parecido a un mayordomo gentil y más como un guardaespaldas de la mafia.

El Sr. White. No Madi. Y dios, tan formal.

—William White tercero. —Imito su formalidad con un toque de sarcasmo en la lengua. —Sí.

—Por aquí. —Él me acompaña a un ascensor y usa su tarjeta de acceso para apretar el botón hasta el piso cuarenta —. Número cuarenta y cuatro. —Sale del ascensor y la puerta se cierra.

Lo tomo hasta el departamento de Billy. No lo sé, en edificios de la Calle de los billonarios, ¿puedes decirles departamentos? ¿Son todos penthouses? ¿Cada uno tiene su propio piso? Sé que es el caso de Brick y Madi.

No me encanta no ir primero a lo de Madi. Estar en su edifico sin ella me hace sentir perdida.

Un poco... abandonada.

Pero eso es ridículo. Soy una mujer fuerte e independiente. Puedo ir al departamento de un billonario sin ella.

No es que le tema a William White.

Pero mi corazón se acelera cuando pienso en estar cerca suyo de nuevo. Bajo su cruel mirada de ojos azules juzgadores. Enmarcada con unas cejas gruesas y enojadas y un completo aire de desdén. Recuerdo cómo nos chocamos en la puerta de La Résistance. Porque él me abría la puerta.

No quiero ese tipo de hombre. El tipo que abre puertas y ofrece dinero por ahí como si creciera en los árboles y fuera el dueño de veinte frutales. No estoy interesada en Billy White.

Sólo en hacerlo sufrir.

Arrojo mis rizos cerrados y levanto el mentón mientras salgo del ascensor y busco el número cuarenta y cuatro.

La puerta está algo entreabierta, como si la hubiera dejado así para mí, y eso me provoca algo en la barriga. Hace que se caiga con la familiaridad del hecho. Como si fuera la novia de Billy que llega a casa después de un largo día de trabajo.

O, en el caso de Billy, el escenario sería más parecido a llamar a una chica para que lo atienda.

Y esa idea hace que la piel entre mis piernas se tense. Se levante y se mantenga. Se acalore.

Me deshago de cualquier atracción enfermiza que tengo por este tipo. Es probable que sólo sea la cosa «diferente». Es diferente de lo que suele ser mi tipo. Eso me hace ser terriblemente curiosa, eso es todo.

Abro la puerta sin llamar. La dejó sin llave después de todo.

—¡Cariño, estoy en casa! —Grito. No es tan gracioso, pero fue lo primero que se me ocurrió.

Billy está parado detrás de una larga y hermosa isla de cocina cubierta de mármol, sirviendo un gin tonic. Me mira totalmente horrorizado y me hace pensar que mi chiste no valió la pena.

Cierro la puerta de un golpe para hacerlo enojar más y me encanta cómo se tensa visiblemente. Estoy bastante segura de que puedo ver los músculos alrededor de su mandíbula tensarse en tiempo real.

Es probable que esté rechinando esas muelas blancas sólo por tenerme en su casa.

Miro a mi alrededor. El departamento es diferente de la

apariencia industrial con ladrillo expuesto de Brick y Madi. Este tiene todas paredes y ventanas enyesadas, pero toda la paleta es gris.

Un gris aburrido.

Billy sale de atrás de la mesada con un trago mientras yo me quito mi chaqueta de denim lavada con ácido. Es mi prenda favorita de los 80, con filas de joyas de arcoíris cosidas en los bolsillos y alrededor de los puños. La arrojo sobre el sillón de cuero gris metálico al mismo tiempo que él se estira para tomarla.

—¿Quién decoró tu departamento, un guardiacárcel?

Su labio superior se levanta en un gruñido.

—¿Qué quieres decir? —Toma mi chaqueta del sofá como si fuera un trapo de polvo que olvidó la mucama.

—O sea, ¿por qué es todo gris? ¿Estás deprimido? Quizá deberías ver a alguien por eso.

Billy lleva mi chaqueta hacia el armario del recibidor y la cuelga sin responder, así que insisto.

—¿Alguna vez escuchaste sobre los colores? ¿El arte?

—Lori Ann Beiber decoró el lugar.

Lo miro atónita.

—¿Debería conocerla? ¿Es una ex novia? Tiene un gusto horrible.

—Es dueña de la mejor empresa de diseño de interiores de Manhattan. —Su voz es seca y condescendiente, como queriendo decir que no sé nada sobre el arte o la cultura.

Lo miro con una empatía fingida.

—Un poco de terapia sirve bastante.

Los músculos de su mandíbula vuelven a tensarse.

—¿No me ofrecerás un trago? —Como mi intención es molestarlo lo más que pueda, después de todo trabajar conmigo en esta boda es su castigo, tomo el trago que tiene en la mano.

Sus ojos grises brillan, casi se vuelven un azul helado por un momento. Su mirada me sigue mientras me lo llevo la copa a los labios y bebo bastante.

—Mmm. —Me sorprende lo suave que es el trago. Supongo que no estoy acostumbrada al alcohol caro. ¿Cuánto tienes que pagar por un gin que cubra tu garganta con un calor frío como ese?—. Está bueno.

—Quédatelo. —Su voz es dura, su mirada sigue puesta en mis labios.

Algo acerca de su mirada hace que mi piel tenga cosquillas, pero no sé decir qué. ¿El peligro? ¿La atracción? No está claro.

Vuelvo a mirar a mi alrededor para disipar el momento eléctrico.

—¿Dónde están Madi y Brick?

Billy regresa a la cocina.

—Probablemente haciéndolo, —dice asqueado.

No puedo reírme, pero suspiro para mostrar acuerdo. Considerando todo el sexo que tiene mi ex compañera de piso últimamente, estoy segura de que tiene razón.

Regresa a la cocina y se sirve otro trago, y yo lo sigo hasta atrás de la isla para volverme una peste, y me encanta cuando me mira de lado. Avanzo más y me levanto para sentarme en su mesada junto a la tabla de cortar con limas.

La placa de mármol de la isla es incluso más magnífica de cerca. Es gris, como todo lo demás, pero con rayas blancas, plateadas y violetas, y en vez de ser dos placas unidas en los bordes, parece ser una larga pieza hermosa. Sigo una raya violeta con el dedo.

Él se aleja de la máquina de hielo en la que estaba llenando un nuevo vaso y mira mi nueva posición. Sus ojos se vuelven un azul-gris helado. Camina hacia mí.

—Si te sientas en la mesada de mi cocina, asumiré que te

estás ofreciendo como cena. —Su tono es tan seco que me toma medio segundo registrar el carácter claramente sexual de sus palabras.

Oh. *Mierda.*

El calor se junta entre mis piernas con la sugerencia.

No lo tenía como el tipo de hombre que come mucha vagina. Pensé que contrataba trabajadoras sexuales y las obligaba a todas a firmar acuerdos de confidencialidad. Es difícil imaginarse al idiota frío y reservado devolviéndole algo a alguien, incluso una amante.

Un escalofrío recorre mis piernas al verlo empujando mis muslos para abrirlos y bajando la cabeza para descubrir qué me gusta.

Y entonces me doy cuenta de algo rápidamente. Este es un tipo que es bueno en lo hace. Sostiene las puertas de forma automática, incluso cuando parece que no quiere hacerlo. Conoce la etiqueta apropiada. Lo que significa que también debe saber la etiqueta apropiada en la cama.

Tal vez sí, tal vez no. Pero algo en mí quiere saberlo con desesperación.

Sostengo una de las limas cortadas y me la llevo a los labios para morder la piel agria y succionar.

—Eso quisieras.

* * *

Billy

¿Eso deseo?

¿Quiero usar este cuchillo para cortar cada parte de la ropa de esta chica tan atrevida y callarla con sus propios gemidos?

Mierda. Sí, lo quiero.

Apoyo la copa con hielo y giro rápido para tomar su cintura, levantarla de la mesada y apoyarla de pie.

Me muevo tan rápido que no tiene tiempo de reaccionar. Espero que no procese lo fuerte que soy como para poder levantarla así de la mesada. Pero una vez de pie, no quiero soltarla. Me gusta la sensación de su cintura suave en mis manos. Quiero tocar los otros lugares que son suaves. Quiero quitarle esta maldita ropa. El suéter violeta ajustado y corto que tiene un corte amplio y cuadrado que me da una vista de su escote y la tela tejida que abraza sus pechos y cintura. Lleva unos vaqueros de pierna ancha que están a la moda ahora y un par de botas robustas de tacón. Me pregunto cómo luciría sólo en bragas y botas.

La lujuria me vuelve malvado.

—Bájate de mis muebles, —gruño como si fuera una perra mala que necesitara retos.

Sus ojos se entrecierran y ella me empuja. El arito plateado de su nariz la hace imposible de besar, aunque no estaba pensando en reclamar esos labios provocativos.

La suelto a regañadientes, ya me arrepiento de ser tan idiota. Debería disculparme por tocarla sin permiso.

Aunque considero disculparme, quiero volver a hacerlo. Quiero volver a levantarla. Ponerla sobre esa mesada y cumplir mi oferta de comerme su vagina.

Ella toma el cuchillo de cocina de la tabla de cortar y lo mueve hacia mi garganta. Es una demostración; está a treinta centímetros de distancia. Sé que realmente no intenta defenderse. Huelo el enojo en ella, pero no miedo.

—Si vuelves a tocarme sin permiso, saldrás lastimado.

Me tiemblan los labios. No quiero sonreír. Debería mostrarle que tomo en serio su queja. Pero me gusta haberla irritado. Disfruto verla sonrojada y enojada, lista para pelear.

Controlo mi rostro.

—Entendido. Y... —Maldición. No lo puedo creer. ¿Me disculparé? Tengo que obligar a las palabras a salir de mi garganta—. Perdón, —digo tenso, pero agrego—, la próxima vez que te toque, primero preguntaré.

Porque *sí* planeo volver a tocarla.

Necesito hacerlo.

Necesito sacar esta... *curiosidad*, nada más, de mi sistema.

Una ceja se levanta mientras sus pupilas se dilatan. Definitivamente no está asustada, está excitada. Mi sugerencia de que volveré a tocarla de nuevo aparece en su cuerpo, ya sea o no que su mente esté de acuerdo. Como yo, debe sentir la atracción química entre nosotros. Debe saber que su cuerpo animal está atraído por el cuerpo animal de alguien completamente inadecuado. Alguien con quien nunca podría estar.

Mis manos tiemblan por volver a levantarla. Por envolver esos muslos gruesos alrededor de mi cintura y llevarla a la habitación donde pueda atarla al cabezal y hacerla llorar de placer.

Alguien llama a mi puerta. Aubrey y yo nos miramos. Ella todavía sostiene el cuchillo a la defensiva.

Brick me cortará la verga y me la hará comer si piensa que he amenazado a la amiga humana de su pareja. Todo lo que he ganado en los últimos meses será perdido otra vez. Quizá para siempre. Si cree que no puede confiar en que me comporte con la familia y los amigos humanos de su pareja, me sacará de su círculo íntimo.

Mierda.

Capítulo cinco

Billy

Aubrey inclina la cabeza hacia mí, el cuchillo todavía estirado.

—Hazlo, —dice ligeramente. Ya se recuperó. Ella arroja el cuchillo sobre la tabla de cortar y gira mientras Brick abre la puerta y entra con su pareja.

—¡Ey, amiga! —Madi me ignora y va directo a Aubrey, quien toma mi trago y se pasea a encontrarla.

Tomo mi trago original abandonado y me torturo bebiendo del mismo lugar que marcaron sus labios brillantes mientras las dos mujeres se abrazan y luego abren una botella del prosecco preferido de Madi. Ella es mi luna ahora. Por mucho que hubiera odiado decirlo hace un año, la sirvo a ella tanto como a mi alfa. Preparo cuatro copas por si alguien quiere beber.

Brick viene al otro lado de la isla de la cocina, la posición que adoptaría cualquier invitado normal a mi casa.

Mierda, ¿qué hace que esta pequeña humana venga a mi espacio y se sienta tan en casa? ¿Que entre sin llamar? ¿Que se siente en mi mesada como si fuera mi amante, no casi una desconocida que todavía no me ha dicho algo educado?

—Por el amor del destino, ¿no podían ducharse antes de bajar? —Murmuro cuando siento el aroma a sexo en Brick.

—No.

Por supuesto que no. Ama tener el aroma de su semen en su pareja. Ella lleva su marca, pero él se asegura de que huela como si estuviera recién marcada a cada momento.

Toma una copa de prosecco y la bebe de un sorbo. Cuando la apoya, me observa.

—Te estás tomando en serio tu tarea.

—Sí, al... —contengo la palabra alfa antes de decirla frente a una humana—. Sí.

Quiero decir «tomo todas tus órdenes en serio», pero no quiero sonar empalagoso. Además, lo sabe. Lo he probado cientos de veces. Sólo necesita que vuelva a probarlo de esta forma más vergonzosa. Frunzo el ceño en dirección a Aubrey.

—Ella cree que querrán una fiesta de Jack y Jill.

Las mujeres entran a la cocina. Madi apenas era adulta cuando empezó a trabajar en Moon Co el otoño pasado, pero después de reclamar su posición como luna, dejé de verla como niña. Aubrey nunca me pareció nada más que una mujer fuerte, pero ahora, con ellas juntas, riéndose y hablando rápido con algún tipo de código entre mujeres, la diferencia de edad entre ellas y Brick y yo se siente como eones.

Mi consciencia piensa en lo idiota que he sido con ella.

No es que no pudiera soportarlo.

—Uh, prosecco. Sabes lo que me gusta. —Madi entra relajada y toma una copa—. Gracias. —Ella me sostiene la mirada y hay sinceridad en su tono que hace que mi piel cosquillee.

El poder de ser la luna de la manada irradia de ella. Mi necesidad de protegerla y servirla es física. Sin importar lo mucho que quisiera separarlos antes, ahora lucharía hasta la muerte por ella.

Pero su amiga humana es otra historia. Tomo otra copa que le ofrezco a Aubrey, quien ignora mi mano extendida y bebe mi cóctel mientras me sostiene la mirada.

No odio tener sus labios donde estuvieron los míos.

Que beba de mi trago hace que mi lobo sienta un placer varonil.

Se me ocurre que está intentando molestarme. Se iluminó cuando supo que trabajar con ella era mi castigo. Por eso debe haberse subido a mi mesada e insultado mi decoración.

—¿*Qué es una fiesta de Jack y Jill?* —Brick usa el mismo tono casi de asco que tuve cuando Aubrey lo mencionó.

Aubrey responde antes de que Madi pueda hacerlo.

—Una fiesta conjunta de despedida de soltero/soltera, que suele ser en un destino como Vegas. —Al ver el ceño fruncido de Brick, continúa—, A menos que prefieras que lleve a Madi a clubes de strippers para que tenga un último festejo.

—¿*Qué?* —La voz de mi alfa se vuelve cortante y peligrosa—. Mierda, claro que no.

Aubrey se cruza de brazos sobre sus pechos perfectos con una apariencia engreída.

—Eso pensé.

Brick mira rápido a Madi.

—Entonces Jack y Jill. Lo que quiera mi prometida.

La expresión inteligente de Madi se suaviza con sus palabras.

—Suena bien por mí. Entonces... ¿Vegas?

—¿Qué hay de Montecarlo? —Sugiero porque Vegas es

tan básico. *No* porque quiera compartir un largo vuelo internacional en nuestro jet privado con su molesta dama de honor.

Pero ni bien lo pienso, me imagino pasándole a Aubrey una copa de champaña en donde está acostada durmiendo, desnuda excepto por una sábana enroscada alrededor de su exquisito cuerpo, su cuerpo relajado por habérselo hecho fuerte.

Sí, no me molestaría ese escenario. Por única vez, por supuesto.

De inmediato, Aubrey pone los ojos en blanco.

—Oh, por favor. ¿Por qué? ¿Porque es caro?

—Tiene la mejor noche nocturna del mundo, —respondo de forma neutra.

Otra vez, Brick mira a Madi, quien dice,

—Eso suena genial. Nunca fui.

Sí, qué sorpresa. Dudo que alguna vez haya salido del país antes de conocer a Brick. Ella intenta esconder su falta de sofisticación y normalmente puede hacerlo bien, pero fue demasiado evidente cuando él la llevó al Baile de la Fundación de la Familia Blackthroat como su cita.

Como soy un pendejo de primera, inclino la cabeza y le pregunto a Aubrey,

—¿Tú has ido?

* * *

Aubrey

Respiro profundo e intento no enrojecer por lo que me inspiran las palabras de Billy. Es el pendejo más grande del mundo.

Todavía siento el lugar donde me tocó, desde la cintura por donde me levantó de la mesada. Supongo que tiene algunos músculos decentes debajo de esa camisa de diseñador.

¿Cómo y cuándo entrena? No es tan blanco-pálido como uno esperaría de un traje de Wall Street. Veo pecas y señales de clima en su rostro, como si pasara tiempo afuera los fines de semana. Es probable que sea en Adirondacks con Brick y Madi.

Me obligo a dejar de imaginármelo con ropa de entrenamiento y vuelvo al juego verbal de ajedrez que estamos teniendo.

Es evidente que intenta señalar mi mundanidad. No me importa lo que piense un imbécil como él, no todos nacimos en cuna de oro. Pero supongo que ya dejó en claro lo que quería; no puedo rechazar Monte Carlo si nunca fui. Tampoco he ido a Vegas, para variar. Lo más lejos que he viajado es Atlantic City.

—No. —Le sostengo la mirada y me niego a dejar que me incomode—. Así que supongo que tendrás que encargarte de todos los preparativos. —Lo miro con una falsa pena, y luego agrego felizmente—, ¿ya habías prometido pagar por todo, verdad?

Fue una estrategia equivocada. Olvidé que mi objetivo era obligarlo a trabajar conmigo en todos los pequeños detalles. Él mueve la mano desestimándome.

—Hecho. Dame los números de la gente y haré que Annabeth prepare todo.

Me irrito.

—Oh no, Traje. —Como me bebí la mayor parte de su trago y como él ya me puso las manos encima, mi inhibición normal se ha ido. Hundo mi dedo índice en su pecho—. Ya hablamos de esto. No puedes tirarle dinero a esta cosa para hacer que desaparezca. Y no soy tu asistente para darme órdenes. Estamos trabajando juntos en esta fiesta, ¿recuerdas? —No agrego el recordatorio de que este es su castigo porque sospecho que humillar a Billy White frente a Brick sería peligroso.

Como están las cosas, sus ojos brillan de esa forma extraña que los vuelve gris helado. Él toma mi mano con el dedo estirado y se lo lleva a la boca, me muerde el nudillo.

Grito. No me mordió fuerte; sólo me sorprendió.

Igual de rápido que tomó mi mano, la suelta. Me la llevo al pecho, envolviéndola de forma protectora con la otra mientras lo miro.

Él me devuelve una mirada indiferente. No puedo leer su expresión en absoluto. ¿Esa mordida fue un desafío? ¿Un castigo? ¿Una forma de mostrar dominancia?

Lo que sea lo fuera, me excitó. Mis pezones rozan contra la parte interna del sostén y hay un cosquilleo entre mis piernas.

Siento que Brick y Madi nos miran fijo, pero no parece que pueda moverme o pensar en qué decir.

La mirada inentendible de Billy cambia a una de desdén, como si se estuviera poniendo su disfraz de «pendejo».

—Lo recuerdo, —dice, como si trabajar conmigo ya fuera totalmente desagradable.

Estoy en parte ofendida, y en parte disfrutando la parte del castigo, estar obligándolo a estar conmigo cuando lo detesta. Pero no estoy segura de que *sí* lo odie.

Creo… increíblemente… que podría sentirse atraído por mí.

Y que es probable que también odie *eso*.

Le dedico mi sonrisa más tierna.

—Genial. ¿Entonces hablamos de los detalles?

Billy toma la copa vacía de mi mano y la reemplaza con una de cristal llena de champaña y algo burbujeante, Madi dijo *prosecco*. Nunca antes probé el prosecco. Parece champaña.

Como cuando me sostuvo la chaqueta y me abrió la puerta de La Résistance, su atención no parece coincidir con su personalidad de pendejo. También es un poco desconcertante.

O sea, no *quiero* disfrutar de ser el objeto de su atención, pero así es.

Él mueve una mano en dirección a la sala de estar como un anfitrión hecho y derecho.

—Hablemos.

Sigo a Madi y Brick, y me enoja ser consciente de que Billy está a mis espaldas. Brick se sienta en una gran silla tapizada y pone a Madi sobre su regazo.

Una ola familiar de tristeza me azota de nuevo: dolor porque mi relación con Madi ha cambiado. Estaba tan emocionada por venir aquí esta noche y verla antes del próximo jueves. Pero aunque estamos en la misma habitación ahora, está demasiado envuelta en mí.

Por la vez cuadrigentésima quincuagésima vez, me castigo mentalmente por no sentirme feliz por ella. Por no poder superarlo. Por sentirme tan abandonada.

Me siento en el sofá junto a ellos y bebo la mitad de la bebida burbujeante que me pasó Billy. Está buena, liviana y refrescante. Me bajo la copa y la apoyo sobre la brillante mesa de café cromada.

Billy todavía no se sienta. Parece estar observándonos a los tres.

—Aubrey dice que parece que un guardiacárcel decoró mi departamento.

El alcohol se me debe estar yendo a la cabeza porque me toma un segundo notar lo extraño que es que Billy empiece la conversación de esa forma.

Madi se ríe.

—¿No es cierto? —Ella me mira y me alivia compartir esa familiaridad. Me reconforta todavía compartir creencias y valores similares a pesar de los cambios drásticos en su estatus social y financiero. Todavía tenemos ese lugar común—. Es totalmente carente de color. —Madi mira rápido a Billy—. Necesitas arte aquí. Deberías comprar uno de los cuadros de Aubrey.

—No estoy seguro de que un mural de *Occupy Wall Street* sea mi estilo. —El tono de Billy es cortante, pero empieza a generar un placer en mi barriga el hecho de que conozca mi trabajo. No debería importarme; no necesito su reconocimiento. Pero no puedo negar el calor que aparece en mi interior.

—Hablando de tus murales, tienes que decirme qué pasa con el mural de Sentience, —dice Madi.

—Ah, claro. —Miro rápido a Billy por encima de mi hombro y él por alguna razón desconocida sigue de pie. Supongo que le gusta ser el dueño de su terreno—. Yo, eh, hablemos de eso cuando salgamos la semana próxima. Te contaré todo.

—¿Estás pintando un mural para Sentience? —La voz de Billy se llena de incredulidad.

De nuevo, sólo me halaga un poco que parezca conocerme, o pensar que me conoce, lo suficiente como para entender que el trabajo es algo fuera de lo común para mí.

Muevo la mano desestimándolo.

—Ya lo terminé.

—Para *Sentience*.

—Pagan bien.

Billy de pronto se estira exageradamente en el sofá a mi lado. Es un lindo sofá de cuero, así que no se hunde mucho, pero su gran presencia se registra en cada célula de mi cuerpo. Él se reclina con un tobillo cruzado sobre la rodilla, los brazos estirados en la parte de atrás del sofá a cada dirección y una detrás de mis hombros.

—¿Qué tan bien?

Dios. No esperaba ese interés repentino. Puede que haya desestimado a Billy. Pensé que era un pendejo ególatra. Pero aquí está, metiéndose en mis temas como si oliera mi engaño. Y eso de hecho toma un nivel de empatía y compresión humana.

Tal vez así consiguió el lugar más importante junto a Brick. Es un pendejo ególatra que es lo suficientemente inteligente como para manipular a la gente a su alrededor. Esa es mi nueva teoría.

—Veinte mil. —Es evidente que no lo estoy haciendo por el dinero. Madi lo sabe. Parece que Billy también lo sabe, pero no voy a decirle lo que realmente me lleva a ese lugar. No es de su incumbencia, y no lo entendería.

—Pensé que no te importaba el dinero. —Es una provocación, pero siento que me mira como si realmente quisiera entender el acertijo.

Mierda.

Esto podría ser un problema.

—Necesitaba pagar mis préstamos estudiantiles, —digo rápido, lo que no es mentira.

Los dedos de Brick siguen los muslos de Madi y ella se retuerce en su falda. Es probable que no duren otros cinco minutos antes de desaparecer para volver a hacerlo.

—Cincuenta mil, —escupe Billy.

Giro lento para mirarlo de forma fulminante.

—¿Cincuenta mil qué?

—Te daré cincuenta mil por pintar un mural aquí.

La champaña, o prosecco, definitivamente se me subió a la cabeza. Me mofo.

—¿Por qué?

Sus ojos grises-azules no tienen fondo mientras me mira con tranquilidad.

—No entiendo, —digo honestamente. Odiaría mi arte. No tiene sentido.

—El trabajo de Aubrey es increíble. —Madi empieza a venderme, aunque mis servicios no están a la venta—. Podría transformar este lugar.

Miro a mi alrededor con dudas. Lo que pinto luciría horrible aquí. Pinto con colores brillantes y más que nada es arte de protesta. Me dedico a cambios sociales, no a *bros* billonarios. Pero sería divertido estar en su casa, atormentándolo a diario. Podría insistir en trabajar de noche cuando esté en casa.

Podría volver a ver a Madi a diario. Eso sería lindo.

—Pero sin color, —agrega Billy.

Hago sonar mis labios.

—De ninguna forma. —Pero mi mente ya estaba disfrutando de la idea del trabajo. Mientras digo las palabras, me arrepiento un poco por apresurarme a rechazarlo.

Lo miro rápido. Está sentado demasiado cerca de mí para ver todo su rostro y de pronto estoy muy consciente de los quince centímetros que separan nuestras piernas en el sofá.

La postura de Billy es relajada. Hay una expresión engreída en su rostro. ¿Por qué será que piensa que ganó algo aquí? Acabo de decir, *de ninguna forma.*

—Cualquiera puede hacer una gran pintura con color. Se necesita tonalidad y sutileza para encontrar la vida en los grises.

—¿Ahí es donde vives tú? —Cometo el error de volver a mirarlo. De pronto estoy atrapada en su mirada azul-grisácea—. ¿En el lugar gris?

De pronto me pregunto qué tan gris es. ¿Qué reglas rompe? ¿En qué aspectos de su vida?

Él asiente de una forma casi imperceptible.

—Sí. —Hay un ronroneo en su voz que me irrita. No sé por qué o cómo piensa que de pronto tiene la ventaja, pero pasamos de que yo lo burle a *él* a que él me provoque a *mí*. Está desafiándome, y sus ojos brillan por saber que aceptaré.

No, no lo haré. Eso es una locura. ¿Por qué lo haría?

Miro rápido a Madi y ella mueve las cejas alentándome. Como si quisiera que negocie este acuerdo con él. Y por más que me sienta fuera de lugar con Madi y su nueva vida, la idea de tener este punto de entrada me atrae. Tendríamos una experiencia compartida otra vez. Un lugar común.

—Cien mil por *dos* murales. —Digo porque ese es el número que me haría sentir bien con el hecho de ceder. No busco dinero, pero las cosas definitivamente están ajustadas. La razón por la que me llevó cinco años obtener mi título fue que trabajé a tiempo completo además de ir a la universidad. El trabajo de Sentience me permitió respirar un poco, pero ese dinero se siente sucio. Además, Madi sigue pagando su mitad del departamento y, aunque me encanta tener su vieja habitación como estudio de arte, no me gusta aceptar su caridad.

—Ella lo vale, —agrega Madi.

—No necesito dos murales, —responde Billy.

—Uno gris, —paso la mano indicando la pared detrás del sofá— y uno de color. —Señalo la pared más grande directamente opuesta—. Esa es mi oferta. Tómala o déjala.

Billy me analiza.

—Tengo que aprobar el diseño antes de que empieces.

Guau. ¿Está aceptando mi oferta? Sorprendente. Pensé que me regatearía. Desestimo su condición.

—No hay trato.

—El concepto, —responde de inmediato.

Las luciérnagas bailan dentro de todo mi cuerpo. Estoy encendida por nuestra negociación, tanto física como mentalmente excitada y emocionada.

Considero su contraoferta. Hay muchos grises con un concepto aprobado.

—Bueno, —digo de acuerdo.

Él se vuelve más creído. No estoy segura de por qué parece pensar que me tiene donde quiere. Cobraré una fortuna y planeo hacerle la vida imposible con este proyecto.

—Tú pagas todos los gastos, —agrego cuando se me ocurre.

—Hecho.

Un cosquilleo de emoción me recorre, aunque hay una parte alerta que quiere pisar el freno. Pero no tengo nada que temer. Si no funciona, siempre puedo alejarme. A Billy le gusta mandonear y hacer que la gente se doblegue ante su poder, estatus y dinero.

Soy inmune a todo eso. No puede mandonearme si no me importan ninguna de esas cosas. Preferiría tener dignidad que su dinero.

William White III pronto descubrirá que no le tengo miedo a Un gran bravucón.

Capítulo seis

Billy

¿Qué carajos estoy haciendo? Debo haber perdido la cabeza.

Odio que haya gente en mi casa. Arruina el control sobre mi medioambiente. Hasta mi mucama y mi chef realmente me molestan: y son transformistas de la manada Blackthroat. Totalmente respetuosos y confiables.

¿Por qué me sometería a tener a una *humana* en mi departamento? Un mural debe llevar semanas en pintarse. Quizá más. Y ella quiere pintar *dos*.

Dos murales. Uno a color. Agh. Será espantoso. Pero como sea, puedo hacer que alguien lo cubra en un día.

El punto es que tendré a Aubrey Cook en mi departamento por meses.

Me. Volveré. Loco.

Pero hay una satisfacción engreída que emana de mi lobo con la idea de tenerla aquí. No tengo dudas de que ha creado este resultado. Quiere hacérselo a la pequeña humana.

Es un impulso extraño para un lobo de pura sangre de una línea de alfas. *No puedo* seguir los pasos de Brick: querer reclamar a una humana.

Ni siquiera una que huela tan atractiva como esta.

Mierda, no. Los humanos son débiles. Insignificantes.

Me taladraron eso en la cabeza desde antes de poder caminar. Cuando era un enano que su papá escondía de la manada por vergüenza.

Me pasé toda la vida luchando y peleando por subir a la cima. Primero, para probar que era digno del nombre White, que ahora rechazo. Luego para probar que era digno de ser el segundo en mando de Brick.

Nací pequeño y fui pequeño de cachorro. Mi transición llegó tarde, no me transformé o crecí mucho hasta los quince, mucho después de que mi papá me hubiera abandonado en la escuela pupila.

Mucho antes de eso, aprendí a pelear ferozmente, ganándoles a niños del doble de mi tamaño. Aprendí la estrategia de cortar gargantas.

Y cuando finalmente llegó mi transición y me transformé por primera vez, *quise* crecer rápido hasta llegar a este tamaño.

Así que puedo hacerlo con esta humana ridícula que huele a nuez moscada y miel, pero después de eso tengo que dejarla de lado. Mi historia no termina con una humana en mi vida. Punto final.

Madi junta las manos en un aplauso encantado y toma la botella de prosecco para servir otra ronda.

Aubrey sostiene su copa ahora llena y la bebe. Es difícil que un lobo siquiera se sienta mareado porque metabolizamos el alcohol muy rápido, pero noto que la Chica del Café está a punto de beber demasiado. Sus movimientos se vuelven más torpes y sus reacciones más lentas.

A una parte de mí no le molesta verla con menos inhibiciones. Pero enoja a mi lobo como si estuviera en algún tipo de peligro aquí.

Por mí, quizá.

Ciertamente no por Madi o Brick.

—¿Qué más necesitan de nosotros? —Interrumpe Brick. Tiene sus manos por todo el cuerpo de Madi. Estoy seguro de que quiere estar a solas con ella. Con la cantidad de sexo que tienen esos dos, es sorprendente que todavía no esté embarazada.

—Ayuda con la lista de invitados, —responde Aubrey—. Y necesitamos acordar una fecha.

—¿Queremos que sea justo antes de la boda? —Se pregunta Madi—. Sí. Hagámoslo una semana antes de la boda y llegaremos a casa dos días antes de la ceremonia. Armaré la lista de invitados este fin de semana y se las enviaré, pero creo que sólo seremos ustedes y las dos hermanas de Brick.

Los dedos de Brick se deslizan por el muslo interno de Madi, dentro de la falda de su vestido ajustado. Ella deja salir un leve gemido.

Aubrey se tapa los ojos.

—Dios, ustedes dos. A menos que estén buscando una orgía, creo que deberían irse arriba.

Mi lobo se irrita. La idea de la Chica del Café participando en *cualquier* tipo de orgía, incluso una en la que esté, parece enfadarlo.

Brick levanta a Madi de su regazo y se para al mismo tiempo.

—Billy. Aubrey. —Él asiente de forma solemne.

Está satisfecho conmigo. No lo dice, pero noto la aprobación de mi alfa como mi cuerpo registraría una orden suya. Estoy empezando a lograr que vuelva a confiar en mí.

La sensación de victoria hace que quiera saltar encima de la humana indefensa. Reclamarla como sexo de victoria: rápido y furioso. Sólo lo suficiente como para sacar la agresión de mi sistema y poder descartarla.

Aubrey también se pone de pie.

—Muy bien. Estaremos en contacto. Madi, te veo el próximo jueves por la noche. —Ella abraza a su amiga y, por un momento, algo oscuro y retorcido se mueve en mi interior. Una sensación familiar de mi niñez. Esa sensación de querer algo que le dan a otro.

—¿Puede Tony llevar a Aubrey a casa? —Le pregunta Madi a Brick.

—Por supuesto. —Brick saca el celular.

—No, estoy bien, —dice Aubrey rápido—. Las limusinas no son mi estilo.

—Has estado bebiendo. —Las palabras salen de mi boca como un gruñido cruel.

Ella me mira ofendida y frunce el ceño.

—No vine *conduciendo*.

Ella cree que la estoy acusando de conducir alcoholizada.

Madi la lleva hacia la puerta.

—Creen que el subte es poco seguro. Toma un taxi o te meterán en la limusina, —aconseja mi luna a su amiga.

Por el amor de Dios. ¿En qué universo es una tortura ir a Brooklyn en limusina? Parece que en el mundo al revés de Aubrey Cook.

—Bien, me tomaré un taxi, —dice rápido—. ¡Gracias por las burbujas, Traje! —Ella sale antes que Brick y Madi hacia la puerta.

La sigo, no estoy seguro de por qué estoy tan molesto. Pero la humana ridícula parece mantenerme en un estado constante de molestia.

Finalmente voltea y hace contacto visual después de salir por la puerta.

—Estaré en contacto. —Ella se lleva el pulgar a la oreja y el dedo chiquito a la boca para imitar un teléfono.

—Me prepararé, —murmuro.

Capítulo siete

ubrey

Querían enviarme a casa en limusina.

Sólo ese hecho debería decirme que Madi y yo vivimos en mundos totalmente diferentes ahora. Y ella no regresará al mío. Aunque las cosas no funcionen en su matrimonio, lo que es inimaginable, recientemente descubrió una abuela paterna que también es billonaria y quiere que ella se encargue de su empresa de cosméticos cuando muera. Entonces Madi nunca volverá a ser como yo.

Quizá debería hacer el duelo por terminar lo que tuvimos y seguir adelante.

Tomar un trabajo de pintura con un pendejo que no soporto sólo para estar cerca de ella me parece absurdo ahora que estoy en la calle.

Y a la mierda con lo del taxi.

¿Creen que el subte es peligroso?

Lo he tomado sola desde que tenía doce. Crecí en Jersey. ¿Por qué le tendría miedo al transporte público?

Camino hasta la estación de subte y me subo al tren.

Tomo un asiento mientras me suena el teléfono. Es Jamie.

No estoy segura de por qué me está llamando ella en vez de Jan, pero atiendo.

—Ey, Jamie.

—No uses mi nombre, —dice urgente en el teléfono.

Tengo que presionar mi oído contra el recibidor para escucharla con el ruido del tren.

—¿Qué sucede?

—No podemos seguir escribiendo mensajes. Creo que me están siguiendo.

Empiezan a sonar alarmas. No me sorprende haber percibido una vibra rara antes.

—Mierda, —murmuro—. ¿Qué te hace pensar eso?

—Vi a un tipo cruzar la calle justo antes de sentarse en su coche. No podemos volver a encontrarnos en persona. Escucha, revisé el disco duro y tiene todas las obras de arte pirateadas todavía en las carpetas, pero la cadena de correos en los que ordenaron piratear el trabajo de los artistas no está allí.

Desearía que Jan estuviera en esta conversación.

—Bueno... ¿igual podría ser suficiente, no es cierto? ¿Hablaste con Jan?

—No. Sé dónde encontrar las cosas en el servidor. Tengo un amigo hacker. Si puede acceder a la habitación del servidor, puede instalar una entrada alternativa para mí.

—¿Una qué? —Me imaginario una puerta trasera tallada dentro del edificio Sentience.

—Como... una forma de acceder a los servidores. —Jamie parece demasiado impaciente como para explicar los detalles técnicos del plan—. Está dispuesto a entrar en la habitación del servidor para hacer el trabajo, pero está en el subsuelo del piso -3 y necesitará una tarjeta de acceso para llegar.

—Tú me diste una tarjeta de acceso...

—La mía no seguirá funcionando. Necesito una nueva.

Una nueva tarjeta de acceso. Esto se está complicando. No me gusta que haya otra persona involucrada en nuestra conspiración, aunque sea un hacker dispuesto a ayudarnos. ¿Y ahora tengo que robar otra tarjeta de acceso?

—Ya terminé el mural. O sea, tenemos la gran gala de apertura, pero ya no estoy ahí después de hora.

—¿No puedes decir que tienes que barnizarlo o algo?

Trago saliva. Me late fuerte el corazón como si me estuvieran observando *a mí*.

—Em, tal vez. Pero incluso entonces, ¿cómo obtendré una nueva tarjeta de acceso?

—No lo sé. Pero sin la cadena de correos, sólo dirán que yo fui la ladrona. El riesgo que ya tomaste sería por nada. Si puedes sólo conseguir una tarjeta de acceso, puedo encargarme del resto.

Mierda.

—Bueno, —respondo—. Acordaré regresar esta semana.

Pero son los exámenes y ahora he acordado pintar dos murales en el penthouse de un billonario.

Bueno, Billy White puede esperar. Aquí estoy luchando por justicia.

Cuando me bajo en mi parada una hora después y subo las escaleras, un elegante Porsche azul cobalto está estacionado en doble fila en frente. Está bloqueando el tráfico y los coches le tocan bocina.

—¡Muévete, pendejo! —le grita un taxista por la ventana.

Hay un tipo detrás del volante mirándome. Recuerdo lo que dijo Jamie, que un tipo en su coche la estaba mirando.

¿También me están vigilando? Mi pulso se vuelve a acelerar.

Dejo de caminar y lo miro fijo y el coche de pronto sale disparado, hace que se me ponga la piel de gallina.

Pero el tipo parecía... Nah.

No puede ser.

Alguien me choca desde atrás y empiezo a caminar hacia nuestro... o sea, *mi* departamento, negando con la cabeza.

Por supuesto que ese no era Billy. Sólo tengo bravucones billonarios en mi mente ahora mismo. Un momento no conoces a ningún billonario, y el próximo se siente como si estuvieran en todos lados porque están en tu consciencia. Estás pensando en ellos.

Es probable que haya habido coches caros estacionados en mi calle antes, sólo que no los noté.

Camino un par de cuadras para llegar a casa y entrar al edificio, intento no pensar en Billy White tercero.

La próxima vez que te toque, primero preguntaré. Sus palabras resuenan en mi mente y hacen que se me endurezcan los pezones en el sostén.

Em, ¿disculpa?

¿Quién dice que habrá una próxima vez?

Mientras subo las escaleras, recuerdo cómo se sintieron sus manos en mi cintura cuando me levantó. Tan ardientes. Grandes. Realmente fuertes.

Suelo pensar en los tipos de Wall Street como blancos pálidos y flacos y demasiado cuidados como para ser masculinos, pero debajo de ese traje de cinco mil dólares, Billy White podría ser una bestia.

No. No debería pensar eso.

¿Por qué me excitaría esa idea? Está todo mal.

Pero de pronto me imagino ese empresario despiadado

poniéndose rudo. Arrancando mi ropa. Tirándome en el centro de su cama. Destrozándome.

Me acaloro para cuando llego a mi puerta y no sólo por el esfuerzo de subir las escaleras. Abro la puerta y tomo hielo del congelador. Me acerco a la ventana y lo froto por mi frente y cuello para enfriarme.

Allí, en frente, está el mismo llamativo Porsche azul. La ventana del lado del conductor está baja y su rostro está apuntando en dirección a mi ventana.

El miedo me recorre un segundo antes de identificar al conductor.

No es un matón de Sentience.

No a menos que contrataran al magnate de Wall Street, William White III, para hacer su trabajo sucio.

¿Qué carajos?

La adrenalina de pensar que me estaban siguiendo se transforma en enojo y giro para salir enojada a volver a bajar las escaleras. Salgo volando por la puerta cuando su coche arranca.

—¡Ey! —Grito—. Detente.

El coche a mi lado del camino se detiene y me toca la bocina mientras me apresuro frente a él. Billy también frena y hace que el conductor detrás de él le toque la bocina.

—¿Qué carajos estás haciendo aquí? —Grito y busco su ventana mientras él retrocede rápido hacia el estacionamiento que había tomado junto al camino.

Tiene la ventana baja y me mira entrecerrando los ojos, con la boca formando un ceño fruncido.

—Dijiste que tomarías un taxi, —me responde de mala manera.

Como si eso tuviera algún sentido.

—¿Entonces?

Sus fosas nasales se abren y sus ojos brillan grises bajo la luz de la calle. Mira rápido a su alrededor, como si estuviera en el servicio secreto y revisara si hay francotiradores.

—¿De qué tienes miedo?

También miro a mi alrededor. ¿Parezco asustada? Estoy bastante segura de que me deshice de eso cuando me di cuenta de que me seguía este *bro* billonario.

—No tengo miedo. —El tono cortado de mi voz lo hace sonar como una mentira.

—¿Tenías miedo de *mí*? —Billy suena enojado.

—Vi que un coche me seguía. Así que sí. Eso me dio más miedo que lo que sea que suceda en un viaje en subte.

Billy niega con la cabeza y toca el botón de la ventana, lo que hace que suba.

Toco la parte superior del vidrio con las dos manos intentando detenerla.

—Espera un segundo.

Él vuelve a bajar la ventana.

—¿Intentas romperme la ventana?

—En serio. ¿Qué estás haciendo aquí?

La expresión de Billy es indescifrable. Él se queda mirándome un momento y luego mira mis dedos con intención; todavía están cubriendo su ventana para evitar que se cierre.

Insisto.

—¿En serio me seguiste para asegurarte de que llegara a salvo a casa? —Suena como una locura cuando lo digo en voz alta.

La mirada de Billy se apaga.

—Eres mi peor castigo.

Una sonrisa lentamente cubre mi rostro.

Guau. Soy su castigo. Esto me encanta.

Torturar a Billy será incluso más sencillo y satisfactorio de lo que imaginé.

Capítulo ocho

B *illy*

—Busca las finanzas de estos tres ingresantes en la superconducción y tecnología de baterías que identifiqué para una posible compra. —Le doy una lista escrita a mano a Noah, nuestro mejor analista—. Prepara un análisis completo para la próxima reunión ejecutiva.

—Sí, señor, —responde Noah.

Es lobo, pero no es parte de nuestra manada. Consiguió trabajo en Moon Co de la forma convencional: con un título de una universidad prestigiosa y excelentes referencias. Una vez que entró, lo reconocimos como uno de nuestra especie por su aroma. Sully, nuestro jefe de seguridad, hizo una búsqueda de antecedente completa para asegurarse de que no fuera un espía de los Adalwulf, pero no encontró conexiones a nuestra manada enemiga. Después de eso, rápidamente subió de posición. No hay nada que esta empresa aprecie más que un joven empleado brillante que también sea lobo.

Por eso nunca lo haría con Annabeth, mi asistente, aunque es hermosa. Es demasiado valiosa para la empresa.

Noah se ganó el aprecio de Brick el invierno pasado cuando leyó los labios en un video de Aiden y Madi que probó que yo me equivoqué con su reunión, un error por el que todavía estoy pagando.

Pero igual Noah no es parte de nuestro círculo interno. Brick ni siquiera le ha preguntado si quiere unirse a nuestra manada, algo acerca de que Noah no se presentó para unirse de inmediato cuando llegó a Nueva York. Brick lo toma como una señal de falta de respeto o de estar jugando para ambos bandos y estar a punto de unirse a los Adalwulf si le ofrecían trabajo.

Al principio tuve mis sospechas, pero ahora conozco al tipo y creo que fue por su integridad. No quería usar conexiones de lobo para obtener trabajo en Wall Street. Puede que sea alguien que quiere probarse a sí mismo después de ser discriminado en algún momento de su vida por ser sordo.

Ahora que estoy seguro de que es de confianza, he llegado a depender de él porque es más inteligente que la mayoría de quienes trabajan aquí y muy observador. Le pedí a mi equipo que aprendiera la lengua de señas americana y tomé clases con un tutor privado hasta ser competente yo mismo.

Estoy tentado a plantear el tema de que se una a nuestra manada, pero sigue siendo un momento de inestabilidad. La manada está acomodándose después de todos los desafíos a nuestro Alfa.

—Eso es todo, gracias, —le digo a Noah con señas y lo sigo al salir de mi oficina hasta pararme frente al escritorio de Annabeth—. Necesito que coordines una fiesta de despedida de soltero para el Sr. Blackthroat en Monte Carlo, —le digo a Annabeth.

Ella me mira, sorprendida. Hay algo de miedo en su

aroma. Es competitiva como yo, así que no le gustan las sorpresas que no sabe cómo manejar.

—Sé que no sabes nada acerca de estos rituales humanos.

Ella ya se recuperó, tomó un bolígrafo y apunta su cuaderno para mirarme.

—Puedo investigarlo. Por supuesto, —me asegura. Ella escribe «despedida de soltero» en la parte superior de su cuaderno de páginas amarillas.

—Es una fiesta conjunta con la Sra. Evans. Su dama de honor tendrá la decisión final en todo.

Annabeth asiente.

—¿Quiere que me contacte con ella ahora para empezar el proceso?

Dudo. Debería decirle que sí y lavarme las manos. Pero sé que Aubrey no me dejará salirme con la mía fácilmente. Ella no quería que asignara este proyecto o que lo resolviera sólo con dinero.

Fui un tonto al revelar el hecho de que esto es un castigo para mí. A ella le gustó demasiado esa idea.

Pero me gusta verla excitada por algo, aunque me torture.

Por supuesto, pienso devolverle la tortura.

A estas alturas, sólo estar cerca del otro parece ser suficiente tortura para ambos.

—No. —Resoplo—. Seré el intermediario por ahora.

Annabeth no logra ocultar su sorpresa.

—Soy el padrino, —digo, como si eso fuera una explicación.

Por supuesto, Annabeth no entiende estas ceremonias humanas más que yo.

—El Sr. Blackthroat quiere que me lleve bien con el lado humano.

—¿Usted, señor? —Annabeth no logra ocultar su incredulidad. Sabe que fui quien logró que despidan a Madi porque ella siguió mis órdenes para toda la investigación de seguridad. Sabe que sólo me rodeo de lobos. Preferiría tener un lobo detrás que un humano, siempre. No trabajo con humanos a menos que sea absolutamente necesario. Ningún humano trabaja en mi piso o en mi departamento.

—Yo. Como homenaje a nuestra luna. —La única razón por la que estoy explicando esto a alguien fuera del círculo es porque confío en Annabeth y espero que proteja mis intereses.

—Ah. Por supuesto.

—Todos los preparativos se deberían cargar en mi tarjeta dorada personal. Estamos pensando en el fin de semana antes de la boda.

Annabeth asiente.

—¿Tomarán el jet de la empresa?

—Sí. El que tiene camas cerradas.

No sé nada sobre despedidas de soltero, pero de pronto me imagino que la fiesta comienza en el jet. Rebalsa la champaña. Resuena la música. Aubrey se quita la roba como una estríper que sale de un pastel.

No, no, no. Eso está tan mal. Aubrey *no* será el entretenimiento de la despedida de soltero. Nadie la verá desnudarse.

A menos que sea yo. En una cama privada.

—¿Cuánto se quedarán?

—Piensa cuánto sería lo ideal.

Ahora imagino a Aubrey con una bikini blanca, su piel bronceada en la playa. Su aroma a nuez moscada y miel tendría un gusto salado. Mi verga comienza a endurecerse. Me aclaro la garganta e intento alejar la imagen de mi mente.

—Necesitaremos unos días para disfrutar la playa, además de la vida nocturna.

—Entendido. ¿Número de invitados?

—La Sra. Evans hará una lista. —Me alejo antes de que Annabeth me vea tirar de mi corbata para refrescar mi cuello.

La irritación aumenta cuando entro a mi oficina.

El deseo de hacer que la humana molesta pague por ser tan colorida. Más grande que la vida. Tan absorbente que me devora, maldición.

Saco el teléfono y marco su número.

—William White tercero. —Ella acorta las consonantes de mi nombre distinguido, cargándolo de sarcasmo.

Mi verga se pone dura al verla arrojar su cabello hacia atrás y sonreír malvada como si decir mi nombre fuera algún tipo de insulto.

—Chica del Café.

—¿Así me llamas?

—No te llamo de ninguna forma. Pero tú puedes llamarme «jefe». —Ella aceptó un pedido mío después de todo.

Se mofa.

—No eres mi jefe. Soy una contratista independiente. Y ni siquiera he comenzado.

—Por eso llamo. Necesito saber cuándo empiezas.

Ella duda.

—Tengo que regresar a Sentience esta noche.

Hay algo de tensión en su voz que no comprendo. Pero tampoco tiene sentido que esté pintando un mural para ellos. Parecen exactamente el tipo de empresa a la que ella despreciaría.

—Pensé que habías terminado.

—Sólo tengo que aplicar barniz para asegurarme de que dure.

—¿Por la noche?

Algo acerca de esto se siente extraño.

—Soy estudiante a medio tiempo. Además, me gusta estar ahí cuando no hay nadie más.

Esa parte parece sincera y tiene sentido. Pero a mi lobo no le gusta la idea de que esté allí sola de noche. Luego que camine al subte. Que camine a casa desde el subte.

—¿Qué tan tarde? —Exijo saber.

—¿Qué?

—¿Qué tan tarde te quedas? ¿Cuánto te llevará?

—¿*Por qué?* —Ahora suena molesta.

—Te recogeré.

—No, gracias.

Corto la llamada, demasiado irritado como para seguir negociando. Estoy perdiendo mi toque. Suele serme fácil manipular cualquier situación para conseguir lo que quiero. Por alguna razón, pierdo toda la lógica con esta mujer absurda.

Muevo mi brazo hacia atrás para arrojar el teléfono a la pared y luego me contengo y rechino los dientes.

Tendré a esa pequeña provocadora de rodillas rogando por mi verga para cuando termine. Sostengo esa visión como mi meta. Este puede ser un largo juego, pero es uno que ganaré.

Porque en lo que me destaco es en llegar de la nada para robarme todo el juego.

Mi padre nunca lo vio venir.

Aubrey Cook cree que es inmune. Impenetrable. Desinteresada.

Pronto descubrirá lo mucho que se equivoca.

Capítulo nueve

ubrey

No sé cuánto puedo perder el tiempo aquí fingiendo que sigo sellando este maldito mural. O sea, ¿cuántas capas de sellador invisible se necesitan?

Eso es lo que Jack, el guardia de seguridad, acaba de preguntarme.

—Esa fue la última. —Muevo el pincel al lado de la lata de poliuretano para limpiarlo.

No consulté mi plan con Jan porque pensé que me diría que no lo hiciera. Eso me dijo cuando me ofrecí a conseguir los contenidos del disco duro de Jamie.

Lo que contemplo esta noche es incluso más difícil. ¿Tengo que robar una tarjeta de acceso? Esto es una locura. Pero puede ser posible. Sobre todo con la omnipresencia de Jack.

Su tarjeta de acceso cuelga de su bolsillo. Todo lo que tengo que hacer es distraerlo y quitársela.

—Empezaré a limpiar aquí arriba y luego dejaré de molestarte.

—Oh, no, no me molesta para nada que estés aquí, —agrega rápido—. Sólo me fascina tu proceso.

O mi trasero. Pero como sea. No me molesta su interés. Me jugará a favor en un minuto.

Pongo el cepillo en la bandeja de pintura con el rodillo y lo levanto.

—Sólo iré a lavar estas cosas y luego me iré.

—Claro. Te acompañaré.

Qué caballero.

Cuando paso a su lado, dejo que el lado del rodillo se deslice de la bandeja.

—¡Ups!

Se agacha de inmediato para levantarlo. Me choco con su cadera y al mismo tiempo busco con mi mano derecha. Cuando lo choco, tiro de la soga que cuelga de su bolsillo y me guardo la tarjeta en el bolsillo trasero.

—Lo tengo, —dice, y ambos nos paramos, riendo.

—Gracias. —Tomo la bandeja para evitar mirarnos fijo y tener un momento con este tipo. La culpa me invade.

Espero que no se meta en problemas por perder su tarjeta.

Lo más importante es que espero que nunca se dé cuenta de que yo la tomé.

Me apresuro en salir del baño de mujeres y limpiar el cepillo, el rodillo y la bandeja. Cuando vuelvo, Jack ha doblado la tela para evitar manchas en una pila prolija y guardado el banquito que tomé prestado del armario.

Voltea a verme e inhala.

Mierda.

Me pedirá salir con él.

Me agacho a recoger la lata de poliuretano y la apoyo sobre la bandeja de pintura.

Es lindo, pero no estoy interesada. Y lo que es más

importante es que no puedo involucrarme con él ahora que le robé su tarjeta de acceso. Lo pondría en peligro de perder el trabajo, o aún peor.

Me salva que suena su radio de seguridad.

—¿Jack?

Él saca el walkie talkie y toca un botón.

—Adelante.

—¿La artista sigue allí arriba?

Ambos nos miramos sorprendidos. Él me sostiene la mirada mientras habla.

—Sí, estoy con ella ahora. ¿Qué sucede?

—Hay un tipo aquí abajo que dice que es su conductor.

Mi conductor.

¿Billy?

¿Qué carajos? Me río internamente ante la idea de que el Billonario Billy actúe como mi taxista.

Al menos su llegada fue la interrupción perfecta. Sonrío alegre.

—Ese es mi... novio. —Eso lo detendrá.

La luz y esperanza desaparecen de su expresión.

—Ah, bueno.

—No tienes que acompañarme hasta abajo si no quieres.

—Nah, lo haré. Deja que lleve estas cosas por ti. —Toma la bandeja de pintura de mis manos y la apoya sobre la tela protectora.

Un verdadero caballero. Hasta cuando lo han rebotado.

El recorrido en ascensor por suerte es corto y me bajo para tomar las cosas de sus manos.

Billy está parado frente al escritorio de recepción en la entrada oscura, con el entrecejo fruncido y la boca tirante. Como si hubiera pedido que me lleve y llegara tarde o algo.

Este tipo es un pendejo arrogante.

—Gracias, Jack. —Volteo para caminar hacia atrás mientras él sale del ascensor, mirando a Billy.

Me recorre la culpa otra vez y doy dos pasos rápidos hacia atrás para darle un abrazo.

—Eres un tipo genial, —le digo.

Él parece un poco confundido, pero sonríe.

Juraría por Dios que escucho a Billy gruñir. O sea, literalmente gruñir como un animal.

—¡Adiós, chicos! —Grito y saludo tanto a Jack como al otro guardia de seguridad mientras paso a Billy y lo ignoro por completo.

Escucho otro gruñido justo detrás de mí.

No me detengo ni volteo, sólo sigo derecho por la acera. Debería seguir ignorándolo y caminar hasta el subte.

¿Me detendría?

¿Por qué está aquí? Dije, *no, gracias*.

Pero sería demasiado maleducado sólo alejarme. Mi consciencia no me deja. Me detengo y giro, sorprendida de ver a Billy justo detrás de mí. Él me saca las cosas de pintar de las manos; su ceño sigue firmemente fruncido.

—¿Por qué estás *aquí*? —Exijo saber.

Él inclina la cabeza hacia un costado.

—Sube al coche.

—¿Por qué debería hacerlo?

—Porque no quiero que camines sola de noche.

No quiero que me guste esa afirmación. Odio el calor que sube por las suelas de mis pies justo hasta mi pecho.

Maldición.

Suena como algo que mi papá le diría a mi mamá. Dulce. Innecesario, pero dulce.

Pero eso no puede ser correcto.

Billy White no es para nada dulce.

Ahora él me está ignorando, lleva mis artículos de

pintura a su coche. Está estacionado ilegalmente justo frente al edificio. Este tipo piensa que las reglas no aplican para él.

Pero supongo que no hay una multa que no pudiera pagar.

Es difícil imaginar tener la cantidad de dinero que tiene. Del tipo que Madi tendrá pronto. Podrías hacer tanto bien con ese dinero. Instalar espacios verdes por la ciudad. Financiar programas para los que no tienen techo. Respaldar candidatos políticos a quienes les importan sus votantes.

Bueno, pronto tendré cien mil para usarlos en una buena causa.

Nunca siquiera imaginé tener ese tipo de dinero. Podré pagar mis préstamos estudiantiles de la universidad de la ciudad. Podría pagar mi renta de este año por adelantado y reducir mis horas en La Résistance, aunque me encanta trabajar allí. Después de este trabajo para Billy, podré concentrarme en mi arte. O en estudiar para el LSAT, que era mi plan educativo original.

Todavía es bueno, pero ya no me encuentro emocionada por la idea. Crear arte es más gratificante. Aunque crear un cambio como abogada probablemente también sería gratificante, sólo que de una forma diferente.

Billy abre la puerta del pasajero; de alguna forma sostiene la bandeja de pintura con la lata medio llena de poliuretano en una mano. El tipo debe tener muñecas biónicas.

Me estiro, esperando que se mueva del paso, pero se queda allí como un chofer. ¿Realmente *me dará la mano para entrar al coche?*

Es absurdo, pero mi cuerpo se calienta como respuesta, igual que lo hizo con todos los otros gestos caballerosos que ha tenido. Me detengo justo frente a él, demasiado cerca, y levanto el rostro.

—¿Ahora qué, grandulón? —Lo provoco.

Su mirada baja a mis labios. Sus ojos brillan de un gris helado.

—Entra al coche, Aubrey.

—No pedí un aventón.

—Lo tendrás, —me contradice.

Una de las comisuras de mis labios tiembla. Le ofrezco la mano.

—¿Así funciona esto?

Él es tan elegante. Su palma ya envuelve la mía, una presencia firme y estabilizadora para que me sostenga mientras bajo al coche.

Estiro las manos para tomar los artículos en mi regazo durante el viaje, pero él le da un portazo a la puerta, da la vuelta y los deposita en el baúl antes de ponerse detrás del volante.

Esto de repente se siente como una cita. ¿Cuál es la verdadera razón de que Billy esté aquí? ¿Está interesado en mí?

¿Por eso me ofreció el trabajo?

La idea parece una locura, pero no se me ocurre otra razón. A menos que Brick le haya ordenado chuparme las medias o algo.

Pero incluso así no sería necesario que me hiciera de taxista a mí, la pobre «Chica del Café», como me dice.

—¿Qué pasa contigo y el tipo de seguridad? —exige saber mientras se une rápido al tráfico.

Inclino mi cabeza hacia atrás y me río despacio.

Bueno. Supongo que tengo mi respuesta. No lo estaba imaginando. William White tercero está interesado.

En *mí*.

El último tipo en el mundo que esperaría atraer quiere meterse en mis pantalones. La antítesis de lo que busco en una pareja.

Mis partes íntimas de pronto cosquillean con el flujo sanguíneo.

Ah. Me excita la idea de hacerlo con mi tipo «no hay chance».

Si ese no es el giro más extraño y menos esperado de la historia de mi vida, no sé cuál es.

* * *

Billy

—¿Celoso? —Pregunta Aubrey.

—No, —me mofo demasiado rápido. Ni bien vi a Aubrey ponerse de puntas de pie para abrazar al musculoso guardia de seguridad, mi lobo enloqueció. Incluso ahora está aullando, demanda que la traiga a mis brazos y reemplace el olor del extraño con el mío.

Pero eso es ridículo. No tengo motivos para ser tan posesivo de esta humana. Rechino los dientes y siento la sangre cuando el borde de mi colmillo roza la parte interna de mi mejilla. Me duelen los caninos, lo que tampoco tiene sentido. La única razón para que se afilen mis colmillos es para prepararme para marcar, reclamar, a mi pareja.

Y de ninguna maldita forma es esta humana alguien a quien reclamaría. Sólo necesito sexo.

Y dejar salir a mi lobo. Por eso me estoy sintiendo salvaje: la luna llena se acerca y necesitará correr. En bosques profundos, rodeado por una manada y lejos, muy lejos de cualquier humano. Incluso de los que huelen a miel y nuez moscada. *Sobre todo* ese tipo.

El aroma delicioso de Aubrey llena mi coche, me hace

agua la boca. Ha separado las piernas, y libera un aroma que florece en el aire. Contengo un gruñido.

—Hmmm, —dice, girando la cabeza para esconder una sonrisa. El movimiento hace que la luz brille en su piercing plateado y tengo la necesidad de acercarme y presionar la boca contra la suya, saboreando el sabor de su lengua. La plata me quemaría, pero esa parte sería divertida.

Niego como para sacudirme estas ideas de la cabeza. Besarla es una tentación prohibida y siempre he aceptado un desafío.

Mi verga se levanta. Sólo necesito recordar que la meta es hacerla rogar por mí.

—¿Por qué estaría celoso? —Obligo a mis hombros a relajarse.

No hay ninguna razón. Ella se relaja en el asiento, totalmente relajada. El movimiento envía más de su aroma por el aire, y tomo el volante con más fuerza, como si eso fuera a ayudarme a mantener el control.

—Parece que te estás esforzando por pasar tiempo conmigo.

—Tú eres la que aceptó trabajar en mi casa.

—Tú eres quien lo ofreció. —Ella voltea para observarme. Me concentro en el camino, pero mi lobo disfruta su total atención—. ¿O estabas buscando que te pintaran un mural antes de que llegara?

—No, —admito. No suelo compartir mis verdaderos sentimientos con nadie fuera de mi círculo interno, pero esto no se siente como ceder. Podría ponerle una trampa, atraer a la humana a una confesión a la vez—. Me gusta tu trabajo.

—Sí claro, —se mofa—. Nombre un cuadro mío que te guste.

—La pared de La Résistance, —digo, sorprendiéndome a

mí mismo—. No la que está afuera, la pequeña junto al baño. Con el puente de Brooklyn en el fondo. Ese es tu trabajo, ¿verdad?

Siento su sorpresa.

—Una de mis primeras piezas públicas, sí.

—Me gusta. —Sueno reticente, y lo estoy. No quiero que me guste nada hecho por una humana, sobre todo no esta que me enloquece, pero el mural es colorido y alocado—. Tiene... corazón.

—Muy bien, Traje. Acepto tu halago. —Ella gira su sonrisa hacia la ventana y quiero decir su nombre. *Mírame. Sonríeme.*

Agh, suelo tener un mejor juego que esto.

Su estómago hace ruido y ella no parece notarlo, pero yo me pongo alerta. La humana está hambrienta, y necesito alimentarla.

—¿Has cenado?

—Comí una barrita de proteína. ¿Por qué?

Me muevo por el tráfico.

—Elige un restaurante.

—¿Qué?

—Me escuchaste. —La miro rápido y la observo sopesar sus opciones—. Tienes hambre. Así que comamos.

—¿Me estás invitando a salir, Traje? ¿En una cita?

—¿Nos llevará más rápido a una cena?

—¿Quién dijo que quiero comer contigo?

¿Todo tiene que ser una pelea con esta mujer? —Podemos pedir para llevar. O comer en mesas separadas. Su estómago vuelve a hacer ruido y contengo las quejas de mi lobo—. Sólo intento alimentarte.

—Lo entiendo. Me pregunto por qué.

Algún idiota en una camioneta me corta el paso y toco

fuerte la bocina, descargando mi frustración en el conductor maleducado. No ayuda.

—¿No puedo simplemente hacer algo lindo? —balbuceo.

Aubrey se ríe, y me doy cuenta de que está jugando conmigo.

—Cenar estaría bien.

Decido volver a molestarla.

—¿Sólo bien? La mayoría mataría por cenar con un billonario.

—Un cripto billonario, —Su labio forma una sonrisa—. Y no soy la mayoría.

—¿Qué tienes en contra de la tecnología de cadena de bloques?

—Oh, no lo sé, el desperdicio creciente de recursos que exacerba el cambio climático.

—Es un campo sucio, —concuerdo—. Por eso Brick y yo nos aseguramos de que todas nuestras empresas funcionen con energía renovable. Tenemos una huella negativa de carbono. Pero necesitamos que todos los negocios se tomen el cambio climático en serio. Como especie, no estamos haciendo lo suficiente.

Ella se queda atónita. No esperaba que yo dijera eso. Luego sus ojos se entrecierran y escondo mi sonrisa. Ella quería la oportunidad de hacerme mierda, y ahora está enojada.

La cena será divertida.

Abro la boca para preguntarle si prefiere sushi o tacos cuando se prenden mis luces con un mensaje de texto. Es Sully, uno de mis hermanos de la manada. *Te necesito en HQ ahora.*

Pongo responder y dicto con un gruñido, *Estoy con un cliente. ¿Puede esperar?*

No. Sully no habla mucho, pero es el jefe de seguridad de la manada, así que cuando pide una reunión en persona sé que es importante.

—Así que... ahora soy un cliente. —Las cejas de Aubrey se levantan.

Maldigo y hago un giro en U ilegal, volviendo al departamento de Aubrey.

—Sólo para tener tiempo juntos. —Voy rápido por las calles, pasando coches lentos y camionetas de entregas y llego a la puerta de Aubrey en tiempo récord.

Estaciono ilegalmente y me bajo para abrirle la puerta, pero ella ya salió para cuando llego.

—Buscaré tus cosas.

—No hace falta. —Ella mueve una mano agraciada pero manchada con pintura—. Puedes dejarlas en tu departamento y ahorrarme un viaje.

La idea de que vaya a estar en mi espacio pronto me calma. Debería odiar tenerla cerca, ¿por qué me molesta tanto la idea de dejarla ahora mismo?

Cierro la puerta fuerte.

—Adiós, gracias por el aventón que no pedí, —grita por encima del hombro mientras se pasea para alejarse de mí. Su trasero es una perfección que muero por golpear.

No me molesto en responder, pero sospecho que mis ojos brillan con mi lobo. Él quiere que la siga por las escaleras y que la haga rodar en la cama toda la noche. Desnuda. Estoy duro como el acero, imaginando su piel suave cubierta de mi aroma.

Llamo al restaurante italiano que sé que le gusta a Madi y pido uno de todo para que le lleven a la puerta de Aubrey. Hace que mi lobo se sienta mejor.

Cuando llego a la oficina de Sully, prácticamente saco la puerta de las bisagras.

—¿De qué se trata esto? —Gruño. Mi lobo está malhumorado porque nos sacaran del lado de Aubrey.

Por suerte, Sully no me hace perder el tiempo. Gira en su silla, inmutado.

—Estaba revisando las cámaras y encontré esto. —Hace clic en un botón y la imagen de la calle de la esquina llena todas las pantallas. Reconozco el edificio, es el rascacielos Adalwulf, justo frente a la oficina de Moon Co—. ¿Entonces?

—Mira. El video continúa y muestra un movimiento constante de tráfico en la calle que sale de Adalwulf Asociados. Un par de segundos después, aparece un rostro familiar. Sully toca pausa y agranda la imagen.

Es mi papá. El video es prueba de que tuvo una reunión con el enemigo jurado de mi manada.

No debería sentirme traicionado por las acciones de mi padre, pero así es. Sabía que haría lo que fuera por poder, ¿pero una alianza con nuestros enemigos? Me afecta.

—Esto se tomó unos minutos antes de que entrara a nuestro edificio y te visitara, —dice Sully—. ¿Hay alguna razón por la que tu padre estaría visitando a los Adalwulf?

Maldigo. Maldito sea. Por supuesto, está arruinándome la vida de nuevo. Muestro asco en mi rostro.

—Conociéndolo, está tanteando ambos lados. Llegó aquí buscando una invitación a la boda de Brick. También insinuó que la posición de Brick en nuestra manada era débil.

Sully no dice nada, sólo me mira fijo.

—¿Estás insinuando que yo sabía esto? —Le pregunto.

—No insinúo. Te estoy preguntando de frente.

—No controlo los movimientos de mi padre. —Le respondo la mirada seria a Sully, irritado porque me esté interrogando como si fuera el sospechoso de un crimen—.

Si se encontró con nuestro enemigo, yo no tuve nada que ver.

El hecho que me lo preguntes me hace pensar: ¿mi lealtad está siendo cuestionada?

Sully se inclina hacia atrás en su silla, en una pose falsamente casual. Podría salir de su silla con facilidad y empezar una pelea.

—Has estado en desacuerdo con las decisiones de Brick últimamente.

—¿Estás hablando de mi oposición a que Brick reclame una pareja humana? Eso está en el pasado. Quiero lo mejor para la manada. Ahora que Madi es luna, la apoyo a ella y a Brick, igual que tú. —El calor me recorre, mi enojo espera ser desatado. El hecho de que Sully me agruparía con un perro como mi padre me hace querer explotar—. Apoyo esta manada.

—Qué bueno escucharlo, —dice Sully. Su tono es medido, como si discutiéramos el clima y no una acusación de traición—. Entonces no tendrás problemas en averiguar qué era exactamente lo que hacía tu padre cuando visitó a los Adalwulf.

—Sé que tienes espías en la manada Adalwulf.

—Pero no en la de tu padre. Eres nuestra mejor apuesta para descubrir qué planea.

Rechino los dientes.

—Felizmente espiaré a mi padre por ti, cuando sea.

—Maravilloso. Le diré a Brick que espere un informe en una semana.

Mierda, ahora tengo que hablar con mi papá. Mi humor acaba de pasar de mal a peor.

Es probable que mis ojos estén brillando. Mi lobo no le responde a Sully, y por eso tiene cuidado de clarificar que yo le informaré a Brick, no él. Pero la próxima vez que estemos en una corrida, soltaré a mi lobo con él. Tiene que recordar que yo soy segundo, no él.

—No te molestes. Le diré yo mismo. —Camino pesado hasta la puerta y lo desafío a una pelea de dominando justo en su oficina. Los lobos y el equipo de seguridad no se mezclan.

Estoy enfadado por tener que lidiar con esto, pero Sully tiene razón. Cualquier amenaza a nuestra manada tiene que controlarse de inmediato. Tengo que cazar a mi papá y eliminar la amenaza.

Saco el teléfono, busco mi segundo contacto favorito y toco hablar.

—¿Billy? —Responde mi hermana Boudicca, quien suena confundida—. ¿Está todo bien?

—Nuestro padre está aquí.

—¿Qué? —Le toma un momento entender lo que le estoy diciendo—. ¿En la ciudad?

—Sí. —Rechino los dientes.

Ella suspira.

—Escuché que planeaba un viaje. Lo habría detenido si pudiera.

—Lo sé.

Cuando mi hermana cumplió veinte, la expulsaron de la manada por ponerse en pareja con una loba. Porque, por supuesto, mi papá también es homofóbico además de intolerante. No soporta dejar que la gente ame a quienes aman: sólo quiere esparcir odio.

Ahora ella vive en New Hampshire con su pareja, pero sabe lo que pasa en la manada. Siempre fue valiente y fuerte y se concentró en proteger a otros. En protegerme a mí. Cuando la expulsaron, intentó llevarme con ella, pero mi padre y sus matones no la dejaron.

Escuchar su voz me lleva a una época pasada y más

oscura. Por un momento, estoy en los bosques de Maine en el territorio de mi padre. Puedo escuchar que la manada grita. Tenía cinco cuando atraparon a un cazador ingresando a la tierra de nuestra manada. Todavía recuerdo el mal olor a sudor y miedo y la luz malvada en los ojos de mi padre.

Hizo que la manada se reuniera y mirara cómo sus matones arrastraban al humano. *«Este humano cree que puede cazar en nuestra tierra»*, se burlaba mi padre. *«¡Le enseñaremos quién caza por aquí!»*

Los aplausos frenéticos desaparecen cuando mi hermana dice mi nombre.

—¿Billy? ¿Sigues aquí?

Niego con la cabeza para borrar el recuerdo.

—Estoy aquí. Necesito que me ayudes a averiguar dónde se está quedando. —Sé que mantuvo una relación con los miembros más decentes de la manada de mi padre. Ella hace lo posible para ayudarlos a vengarse de la tiranía de mi padre.

—Haré lo posible, —promete.

Le digo que la amo y cortamos, pero sigo atrapado en la fuerza del recuerdo.

Sólo tenía cinco cuando encontraron al cazador en el bosque. En ese momento, mi hermana era mi niñera. Me mantuvo cerca mientras mi padre hablaba sin parar, quejándose de los humanos y de lo débiles que eran.

—¡Creen que pueden ocupar toda la tierra! Pero son débiles. —El asco en su voz me hizo esconderme. Si estuviera en forma de lobo, habría metido la cola entre mis patas.

Podía sentir el enojo y el triunfo en mi padre, y eso nunca era una buena señal. Era un niño pequeño y a menudo tenía que soportar el odio de mi padre.

Y él estaba juntando a la manada, alistándolos para la violencia.

En un momento, lloré. No quise emitir sonido, pero una vez que salió, fue demasiado tarde.

Mi padre me escuchó.

—Tráelo aquí, —le ordenó a mi hermana. Ella negó con la cabeza. Sólo doce, y era lo suficientemente valiente como para hacerle frente, aunque fuera a golpearla por eso. Intentó protegerme.

No quería que la lastimaran. Me alejé y me obligué a ir con piernas temblorosas a pararme ante él.

—Esto es un humano. Cree que es fuerte, pero quítale el arma y... —mi padre levantó una mano y el hombre gritó detrás de su mordaza. No hacía falta escuchar lo que decía para saber que rogaba por su vida.

Mi papá y sus secuaces se reían.

—¿Ves? —Gritó mi padre—. Débil. Ven aquí, niño. —Tomó mi hombro y sus dedos se clavaron en el músculo y en el hueso. Dolió. Contuve el llanto—. Eres un lobo como yo. Mi hijo. No quieres ser débil. ¿Verdad?

—N-no...

Me dio una cachetada.

—Más fuerte.

—No, señor —grité. Podía sentir la preocupación de mi hermana detrás de mí. Tuve que ser fuerte. Podía hacerlo.

—Buen chico. Entonces te pararás aquí y mirarás. Un día, todo esto será tuyo. Y será tu trabajo encargarte de cualquier amenaza.

Miré fijo al humano. Estaba temblando y las lágrimas caían por sus mejillas, humedeciendo su mordaza. No parecía una amenaza.

—Somos lobos, —señalé—. Somos más fuertes.

—Así es. —Mi papá me golpeó la espalda—. Lo entiende. Y ahora... ¡es hora de cazar al humano!

Dejaron ir al humano. Él corrió, pero no llegó lejos. Se convirtieron en lobos y lo trajeron de regreso.

—No mires para otro lado, niño, —se quejó mi padre antes de convertirse en lobo e ir a matar. Y no lo hice.

Me quedé muy quieto y con los ojos abiertos hasta que la sangre del humano me manchó el rostro.

Y ahora he crecido para ser todo lo que mi padre quiere. Frío, astuto, controlado. Alguien que ayuda a una manada poderosa.

Pero no soy igual a mi padre. Lo quiero fuera de mi ciudad y de mi vida, pero más que nada, lejos de cualquier humano que pudiera herir.

Y ahora yo debo detenerlo.

Capítulo diez

ubrey

Camino hacia el subte desde La Résistance después de terminar mi turno. Los sábados por la mañana son mi momento preferido de la semana para estar allí. El café está lleno de los clientes de siempre que tienen tiempo de sentarse y hablar entre sí. La Résistance no sólo es espressos y comida de café. Es música y poesía. Comunidad y amor. Crecí en una casa amorosa con padres maravilloso, pero incluso así, La Résistance ha sido un hogar lejos de mi hogar desde que conseguí mi primer trabajo ahí de adolescente.

Llamo a Madi el sábado mientras camino.

—Estoy de camino a tu casa. ¿Por favor dime que estarás ahí este fin de semana?

—¡Ah! ¿Por qué no me dijiste antes? Ya estamos en Adirondacks. ¿Irás a lo de Billy?

—Sí. Insistió en que revisáramos mis dibujos del concepto antes de empezar el lunes.

—¿En serio? Eso es tan extraño. Estuvo aquí anoche.

Debe haber vuelvo en helicóptero esta mañana para encontrarse contigo.

Dejo de caminar y alguien me choca desde atrás.

Algo hace que mire la calle buscando el Porsche azul eléctrico.

—*Es* un poco extraño, ¿no es cierto? —No veo nada inusual, así que vuelvo a caminar.

—¿El qué?

—¿Que acorte su fin de semana para encontrarse conmigo? ¿Por un mural que ni siquiera quería?

Madi está callada, lo que me descoloca. Esperaba que se pusiera de mi lado de inmediato y me validara.

—¿Qué? —Pregunto.

—Sí, es extraño. Sólo intento pensar en qué podría estar tramando.

La piel de gallina aparece en mis brazos.

—¿Sospechas que está tramando algo?

—No lo sé. Es difícil confiar en él después de todo. Y no le gusta... —Respira profundo.

—¿No le gusta *qué*?

Ella vuelve a dudar.

—Eh... bueno, sólo me parece un poco... clasista.

Intento pensar por qué está siendo tan poco directa al respecto.

—¿En realidad quieres decir *racista*?

¿Esto es porque el color de mi piel es más oscuro que el suyo?

—No, —dice de inmediato, así que estoy segura de que lo es—. No es eso. Pero él no creía que yo fuera lo suficientemente buena para Brick.

—Claro. ¿Porque no eras rica? ¿O de sangre azul? —Troto para bajar los escalones al subte.

—Lo último. Pero estoy pensando en todo esto y no

puedo imaginar que pudiera estar tramando algo contigo. Sufrió mucho cuando estuvo mal con Brick. O sea, parecía que no dormía.

Esa noticia me forma un nudo en la garganta.

No quiero pensar en Billy como alguien a quien se le rompe el corazón tan fácil. Lo hace menos tortu-rable.

—A menos que realmente sea malvado y siga intentando separarnos a mí y a Brick, —-agrega Madi.

—Bueno, me dijo que planificar la despedida de soltero era su castigo por meterse con tu relación. —Encuentro una banca en el subte y me siento a esperar el tren. Después de estar parada toda la semana, estoy lista para descansar.

Madi deja salir una pequeña risa.

—Ah. Eso lo explica. Sigue intentando solucionar las cosas. Así que supongo que está chupando las medias.

—Vino a recogerme a Sentience hace dos noches. —Dejo caer esa bomba para ver si cambia su perspectiva.

—*¿Qué?*

Bien. Está apropiadamente sorprendida. No soy la única que pensó que era extraño.

—Sí, y luego quería saber si pasaba algo entre el guardia de seguridad y yo.

Madi se queda sin aliento.

—Maldición. *Le gustas.*

—Eso parece.

—Le gustas tanto que te contrató para que estuvieras en su piso los próximos dos meses. —Madi suena encantada.

Mi corazón se acelera un poco, aunque no estoy segura si es por la alegría de Madi o por tener algo de que hablar juntas de nuevo o porque el traje de Wall Street guste de mí.

—Sí. Me envió el contrato y me giró el pago el día siguiente.

—Lo que le permitió presionarte para que se reunieran este fin de semana.

—Aján. —Eso vuelve a calmar mi corazón—. Ninguna cantidad de dinero hará que lo deje mandonearme, —digo con firmeza—. Los fines de semana de hecho son mejores para mí con la universidad o no lo haría.

—Bien por ti. Sí, nunca muestres miedo con Billy. Puede olerlo y usará cualquier ventaja que pueda encontrar.

Recuerdo la sensación de su gran mano ayudándome mientras me acompañaba a entrar al coche. ¿Está buscando un ángulo conmigo?

Puede que sí. Pero sospecho que sólo busca meterse en mis bragas. Como dijo Madi, es demasiado un pendejo estirado de alta sociedad como para estar interesado en algo real.

Es probable que sólo quiera saber cómo es hacerlo con una barista pobre. ¿Qué me dice? ¿¿*La Chica del Café*??

Pero como sea. No estoy totalmente opuesta a una o dos rondas calientes en las sábanas con él.

Díganme curiosa. Quizá sólo quiera saber cómo es hacerlo con un billonario.

Mi tren llega a la estación y presiono un auricular en mi oído para terminar la conversación mientras me paro.

—No me afectará. Pienso hacerlo sufrir.

Madi se ríe.

—Bien. ¿Cómo?

—Bueno, ya decidí que si la despedida de soltero es su castigo, no se lo haré fácil.

—¿Y ahora?

—Y ahora, supongo que no tengo por qué rechazar un poco de provocación de su verga. Si quiere estar entre mis piernas, tendrá que esforzarse.

Madi deja salir un grito exagerado y escandalizado.

—¿Te gusta?

—Mmm, —delibero.

—¡Te *gusta*! —Suena encantada.

—Por supuesto que no.

—¿Pero?

Me río.

—¿Escuchaste un *pero*?

—O sea, diste a entender que *sí* estaría entre tus piernas.

—Bueno, estoy un *poquito* interesada, —admito mientras me subo al tren y encuentro una manija de la que agarrarme. El tren avanza y mi peso cae hacia atrás.

—Sí, no lo sé, —dice Madi—. Parte de mí cree que tener sexo con Billy sería horrible. Como que sería todo sobre él.

—¿Por qué carajos estás hablando de tener sexo con *Billy*? —Escucho que pregunta Brick de fondo, como si acabara de entrar a la habitación.

Madi se ríe.

—Estoy hablando con Aubrey, —le dice. A mí me dice —, pero también es muy bueno en saber qué quiere la gente. Eso lo hace un estratega brillante. Así que quizá sería decente.

—Dejarás de pensar en esas teorías ahora mismo, —gruñe Brick, y Madi grita como si la acabaran de levantar o hacer cosquillas o algo.

—Oh oh. El Sr. Posesivo se está poniendo celoso. —No quiero sonar tan prejuiciosa como suena.

Para ser honesta, yo soy la que está celosa.

La vergüenza se tensa en mi pecho. Odio resentir a Brick por robarme la atención de Madi. ¿Qué tengo, doce? Debería ser capaz de compartir a mi mejor amiga con el hombre que la ama.

—Sabes que no quiero a Billy. —La voz de Madi está

rasposa y estoy segura de que le habla a Brick y no a mí. Es probable que estén mirándose a los ojos a punto de desnudarse de nuevo, si ya no lo hicieron.

—Bueno, te dejaré seguir con lo que sea que esté por suceder allí. —Intento hacer que mi voz sea un poco más ligera esta vez—. ¡No puedo esperar a verte el jueves por la noche!

—¡Yo tampoco! —dice alegre y corta.

Me caigo en el asiento que se libera en la próxima parada. No estoy segura de por qué de pronto desearía haberme puesto algo un poco más tentador. Llevo mi ropa estándar para un día lindo de primavera: un suéter corto y ajustado, pantalones bien cortos y unas Doc Martens en mis pies.

Pero no sé qué preferiría vestir para torturar a un tipo como Billy, ciertamente no unos tacones. Ya se siente atraído por lo que ha visto. No necesito cambiar para ser algo que no soy. Pero podría llevarlo al límite.

Mi imaginación empieza a pensar en todas las formas en las que podría tentar a Billy White.

Eso es, gran bravucón.

Te haré arrepentirte de lastimar a mi mejor amiga. Por tus prejuicios engreídos sobre las mujeres jóvenes de familias de clase trabajadora en Jersey.

Te pondré el mundo de cabeza y te lo serviré al revés, y al final, veremos quién molesta a quién.

* * *

Billy

Abro la puerta cuando Grayson, uno de los tipos de seguridad de nuestra manada, me dice que Aubrey está subiendo. Luego vuelvo a mi mesa desayunadora de vidrio junto a los ventanales que dan al Central Park mientras leo *The Times*. Ella puede entrar sola. No es una huésped en mi casa. Está aquí para trabajar.

Pero estoy oliendo el aire esperando sentir su aroma a nuez moscada y miel. La dulzura y las especias del café donde trabaja. Nunca pensé que se volvería uno de mis aromas preferidos. Después de la reunión con mi padre, he estado ansioso por verla.

Mi padre realmente la odiaría. Es humana y está orgullosa de ello.

Bien. Ir en contra de los deseos de mi padre es una victoria últimamente. Y le probaré a Madi que no me controlan los prejuicios. Puede que hasta gane algo de ventaja con Madi al acercarme a sus mejores amigas. Y podré jugar a ser el jefe de Aubrey. Mato tantos pájaros con la misma piedra.

Ella entra a mi casa con un movimiento de caos colorido. Es el desastre de mi orden. Patrones y colores en mis líneas rectas y paleta monocromática.

Juraría que una brisa cálida la sigue: del tipo que promete un clima agradable después del invierno tan frío.

Mi labio se curva mientras la miro relajado desde mi diario y veo su atuendo.

—Luces como... —dejo de hablar.

Hacen casi veinte grados hoy: un día cálido de primavera, pero para nada caluroso. ¿Por qué carajos lleva esos pantalones cortos de denim?

Y su abdomen está descubierto. Destino, ¿tiene un piercing en su ombligo? Un aro de plata. Realmente sensual pero me quemaría muchísimo si se lo hiciera de frente. Será mejor que no se haya hecho un piercing también en el clítoris.

—¿*Qué*? —Hay desafío en su postura y mirada. No vino aquí como una contratista feliz de complacerme.

Está aquí para joderme.

La idea del mural probablemente sea la más enroscada hasta ahora.

Necesito volver a tomar el control de la conversación. La miro de forma sombría, estudiándola; noto el cuaderno de bosquejos debajo de su brazo.

—¿Trajiste los conceptos?

—¿Que luzco como *qué*? —Ella se acerca con botas pesadas y se detiene frente a mí, moviendo su cadera de forma atrevida.

Quiero ponerla sobre la mesa y enseñarle algo de subordinación. Desabrocharle esos pantalones cortos de denim y bajarlos por sus muslos superiores. Quizás acariciar ese trasero grande un par de veces antes de golpearlo.

—Como si fuera verano, —murmuro.

Ella levanta las cejas. Están esculpidas en arcos perfectos. Tengo la necesidad de seguir la forma de uno con la punta de mi dedo, lo que es... perturbador.

Pero quiero tocar alguna parte de ella. Poner las manos sobre esa cintura desnuda y sentir la textura de su piel suave. Levantarla de nuevo y medir su peso. ¿Cómo se sentiría encima de mis caderas y montando mi verga?

Guau. Acabo de ir demasiado lejos con esa idea. Mi verga se agranda con sangre.

—Siéntate, —digo porque no hay forma en que pueda pararme ahora sin mostrarle el efecto que tiene en mí. Pero igual no iba a pararme. Necesito establecer algunas reglas básicas con ella hoy.

Yo soy el jefe.

Ella está trabajando para mí.

Se sienta en la silla opuesta con más gracia de la que

esperarías de una chica que camina pisoteando un par de botas militares y luce como si quisiera patear algunos traseros.

Y sólo es una chica. Veintitrés años. Toda una década más joven que yo. Básicamente estoy lidiando con una adolescente insolente.

—Muéstrame tus conceptos.

—También es bueno verte. —Su sonrisa me dice que no se inmuta con mis malos modales—. Gracias por enviarme comida la otra noche. Tengo sobras en mi congelador para todo el mes.

No respondo. Todavía no sé por qué lo hice. Algo acerca de escuchar que le hacía ruido el estómago hizo que mi lobo se sintiera ansioso, y no pudo soportar que me fuera conduciendo sin estar seguro de que tuviera para comer.

Lo que es estúpido. Ella es una mujer que se alimenta todos los días.

Abre su cuaderno de bosquejos sobre la mesa y me lo pasa.

La página tiene un rectángulo prolijo marcado para designar los bordes del mural. Dentro de las líneas, ha bosquejado una cacofonía de brotes. La perspectiva es cercana, a lo Georgia O-Keefe, pero el lienzo está cubierto de ellos, como si presionaran hacia adelante y se cayeran de la página.

—Este es para el de color, —digo.

Aubrey sonríe.

—No. —Hay desafío e insinuación en la sílaba. Me está poniendo a prueba.

Me quedo mirando fijo el bosquejo otra vez.

—Quieres pintar flores negras y blancas. —Pongo una voz firme en vez de levantarla con la pregunta.

Ella asiente.

—¿Y qué diseño pensaste para el mural a color?

Ella se relaja en la silla.

—Todavía no lo he decidido. Quiero algo de tiempo en tu casa para inspirarme.

Oh, la inspiraré.

La inspiraré a que se quite la ropa. A abrir esos hermosos muslos y gritar mi nombre con toda su fuerza cuando acabe.

Para distraerme de esa imagen mental, finjo mirar el bosquejo.

—¿Has visto flores grises? —Sus labios hinchados forman una gran sonrisa.

—Nunca. —Sus ojos se encienden con el desafío—. ¿Tú sí?

Intenta probar que un mural sin color no tiene sentido.

Con esa tigresa en mi casa, se siente real. Antes de que entrara, la paleta me parecía relajante. También es verdad que ella me parece disruptiva, caótica, y perturbadora.

Realmente necesito hacérselo a esta mujer hasta sacarlo de mi sistema.

—Usa este diseño para el otro mural, —le ordeno.

—Este es para el que es en blanco y negro, —me contradice con firmeza.

Está jodiéndome. Me desafía. Intenta mostrarme la locura de mis ideas.

Una parte de mí, la más conocida, quiere hacerla pedazos. Darle un castigo verbal, despedirla del proyecto y enviarla a pie hasta Brooklyn con esas botas blancas de cuero.

Pero entonces no regresaría el lunes.

Y todavía tendría que lidiar con esta fiesta de despedida de soltero/a. Y la boda. Brick se enojaría conmigo por causarle problemas e incomodidad a mi luna.

Mierda.

La otra parte de mí se niega a que le enseñe una reunión esta diabla. ¿Quiere mostrarme que una paleta de grises está mal?

A la mierda con eso. Yo di la limitación para este mural. Ella es quien tendrá que hacer que sea hermoso dentro de eso.

—Aprobado, —digo de forma neutra—. ¿Empiezas el lunes?

Ella esconde su sorpresa rápidamente.

—Sí. Puedo estar aquí en la mañana. ¿Cómo entraré?

Lo normal sería darle una llave. Después de todo estaré en el trabajo. O Grayson podría acompañarla y dejarla entrar.

—Estaré aquí, —digo antes de siquiera darme cuenta de que me decidí.

Sus cejas se levantan.

—¿No confías en que esté en tu casa? ¿Qué, crees que te robaré la plata o algo?

—Creo que necesitas supervisión.

Sus labios se separan con indignación, pero ella suspira y se ríe.

—Creo que tienes problemas de control.

Le sostengo la mirada.

—Definitivamente.

Ella me sonríe de una forma que me dice que el gato se comió al canario.

—Buena suerte controlándome a *mí*.

Mi verga se pone dura. Tengo media docena de ideas sobre cómo me gustaría controlarla. Los castigos que le daría cuando se comportara mal:

Restricciones de ropa.

Nalgadas.

Una bola de mordaza.

Hacerla llegar al límite.

Atarla a la cama.

—Buena suerte *trabajando debajo* de mí. —Puede que le haya dado cierta insinuación a mi respuesta.

Ella deja salir otra risa sorprendida. Sus ojos se dilatan como si estuviera excitada. Siento el aroma de su excitación por encima del olor a nuez moscada. Traga de forma audible.

La quiero de esta forma. Descolocada. Excitada. A mi merced.

Ahora, actúo como anfitrión.

—¿Puedo traerte algo para beber?

—Nop. —Ella se levanta de la silla e inmediatamente me arrepentimiento de darle una vía de escape—. Me voy yendo. Necesito buscar algunos artículos para el trabajo.

Saco mi Amex dorada y se la paso.

Sus gruesas pestañas se abren de pronto cuando se estira para tomarla. No suelto la tarjeta, y queda atrapada en mi mirada.

—Para tus gastos. O para cualquiera que tengas en la despedida de soltero.

—Pensé que no confiabas en mí con tus cosas.

—Ah, te confiaría mi cosa. —Esta vez, la insinuación es clara. Suelto la tarjeta y ella la voltea para ponerla entre nosotros.

—Cuidado, Traje. No tienes idea de lo que acabas de desatar.

Capítulo once

Billy
        Después de que Aubrey se va de mi departamento, estoy nervioso.

Debería regresar a los Adirondacks a descargar esta agresión. Que Aubrey esté con poca ropa en mi penthouse me tiene realmente ansioso. La imagen de sus piernas y su abdomen desnudos sigue apareciendo en mi mente. Su abrumadora me tiene enloquecido y ahora la necesidad de masturbarme es casi abrumadora.

Pero tengo autocontrol como para hacerlo.

Además, volverá el lunes. Puedo vengarme entonces porque me haya arruinado el fin de semana.

Ahora mismo, necesito lidiar con querido padre.

Sigue en la ciudad y Boudicca pudo conseguir que un miembro de la manada de Maine le dijera donde se está hospedando. Las residencias del Four Seasons son encantadoras, pero lejos del presupuesto de mi padre. Su pequeña manada de Maine no tiene los recursos que tiene la manada Blackthroat. O bien está haciendo abuso de la tarjeta de crédito, usándola para su propia ganancia personal, o alguien como Aiden Adalwulf lo está financiando. Mi papá es un sorete, así que es probable que ambas.

Se termina ahora.

Entro a la recepción del Four Seasons y me dirijo al centro de ayuda.

—Me estoy hospedando en las residencias, pero me dejé la tarjeta de acceso arriba. William White, —le muestro la identificación y uso mis encantos para que no noten que no soy el William White que registraron.

Con mi nueva tarjeta de acceso, camino por el pasillo del elegante hotel como si fuera dueño del lugar. Cuando llego a la residencia de mi padre, toco y cuando alguien viene a la puerta, la pateo antes de que puedan abrirla del todo.

El lobo que está detrás de la puerta gruñe, se ve empujado hacia atrás mientras me apresuro a entrar. Es uno de los matones de mi papá, y probablemente esté aquí como guardaespaldas.

—Hola, Chip, —Lo golpeo con la fuerza suficiente como para hacerlo caer al suelo—. ¿Dónde está Dale?

Dale llega, ve a su compañero caigo y me apura. Con un golpe rápido a la garganta, también lo dejo inmóvil. Una tráquea aplastada no matará a un transformista, pero lo incapacitará por un rato.

Mi ataque fue brutal y eficiente, tal como me enseñó mi padre.

Mi papá se asoma y ve a sus matones en el suelo, quejándose.

—¿Qué significa todo esto? —No estaba esperando un ataque sorpresa de su hijo preferido.

—Trajiste a Chip y Dale, —muevo el pulgar hacia los matones semi conscientes.

—Sus nombres no son...

—No me importa. ¿Por qué los trajiste? ¿Esperabas problemas? ¿De los Adalwulf tal vez? Sé que probablemente intentaste hacer un trato con ellos, pero se sabe que apuñalan a sus socios por la espalda.

Él se estremece y agrego,

—Ah, sí. Sé que te reuniste con los Adalwulf. ¿Ahora me dirás por qué?

—¿Me estás interrogando? —Sus fosas nasales se abren, se inclina hacia adelante y se transforma en una figura paterna desaprobadora ante mis propios ojos.

Pero perdió el derecho de ser mi padre hace mucho tiempo.

—Así es. En nombre de mi manada. Dime por qué te reuniste con los Adalwulf. —Él duda, y yo ladro— ahora, maldita sea.

—Quería hacer un trato, —dice mi padre entre dientes, como si mi orden lo hubiera obligado a hablar—. Intenté intercambiar información tuya con Aiden.

Pensé que había llegado a lo más profundo de la decepción con mi papá, pero estamos alcanzando un nuevo límite.

—¿A cambio de qué?

—Una sociedad. Inversión en nuestra manada...

—Intentaste vender a mi manada por dinero. Déjame adivinar, Aiden no quiso hacer un trato. —Mi papá aprieta los labios, se queda callado, lo que me dice lo que necesito saber—. Le diste toda la información que tenías, que no es mucho, y luego él dijo que no era suficiente y te pidió más. Te mantuvo interesado para ver qué tanto estabas dispuesto a traicionar a tu propio hijo. Por eso viniste a pedirme una invitación a la boda.

No necesito que lo confirme o lo niegue. Sé que esa fue la jugada de Aiden. Es lo que haría yo. No culpo a los Adalwulf por ser serpientes. El verdadero traidor es mi padre.

De cachorro casi me maté por ganarme su aprobación. Por ser fuerte como él. Pero ahora lo veo con claridad. Es débil. Por eso odia tanto a los humanos; no puede hacerles frente a otros lobos, así que golpea a los más débiles.

Por alguna razón, el rostro de Aubrey aparece en mi mente. Pensar en que pusiera su mirada abusadora en ella hace que mi lobo se enerve. No quiero que ni siquiera sepa que existe en el mundo.

—Me das asco.

Los ojos de mi papá brillan. Su lobo se está mostrando. Quiere pelear conmigo, pero sabe que no puede. No tiene la fuerza necesaria para pelear contra mí y ganar. Es hora de que lo recuerde.

Igual intenta decir,

—Te atreves a venir aquí...

—No, estoy hablando yo. —A mi padre le encantaría la historia de cómo entré a la casa segura de un opositor y obtuve el poder incluso siendo más ellos, pero en ese caso, él es el oponente. Utilizo sus propias tácticas en su contra. No sólo eso, sino que lo estoy haciendo mucho mejor que lo que él lo hizo alguna vez. El estudiante se volvió el maestro y es hora de que mi papá aprenda su lección—. Viniste a mi ciudad y te reuniste con los enemigos de mi manada antes de llamar a mi puerta. Eres un alfa débil que lidera a una manada poco importante. No puedes hacer mucho más que buscar sobras debajo de nuestras mesas, pero no aprecio que intentaste formar una alianza con los Adalwulf antes de venir aquí a rogar.

—Increíble. —La saliva vuela de la boca de mi padre—. No puedes hablarme así.

—Acabo de hacerlo. —Y debería haberlo hecho hace mucho. Me siento realmente fantástico—. Y ahora te diré que empaques tus cosas y regreses a Maine. Déjales los acuerdos encubiertos a los expertos.

William White II balbucea. Está totalmente en modo charlatán, moviendo su dedo para señalarme mientras se para en una tarima imaginaria. Tengo la edad suficiente como para verlo por lo que es en realidad: un mentiroso hasta el final. No tiene nada: una manada que debilitó con su propia tiranía, un grupo de aduladores que ni siquiera pueden resguardar una habitación de hotel contra un intruso. Todo lo que puede hacer es fanfarronear.

—Llegará el día cuando tengas que elegir un lado.

—Ya he elegido mi lado. Así que depende de ti decidir de qué lado estás. Y te recomiendo que elijas con cuidado. —Me doy vuelta y regreso hacia la puerta, pasando por encima de los cuerpos que se retuercen en el camino.

Mi padre me sigue de lejos. No se atreve a acercarme a mí y tampoco levantará una pata para ayudar a sus compañeros.

—La sangre pesa más que el agua, —grita desde el final del pasillo.

Me detengo a treinta centímetros de la puerta. No soporto que la gente cite mal las cosas.

—Ese no es el dicho. La frase real es: «La sangre del pacto es más pesada que el agua del vientre». Que es lo opuesto de lo que la gente piensa que significa el dicho. Gracias por asistir a mi Charla Ted.

—¿Te pondrías del lado de Brick contra tu propio padre?

Pongo la mano en la puerta, sin molestarme a voltear para responder.

—Eso te estoy diciendo. Si no me crees, entonces... siéntete libre de meter la pata por ahí y enterarte.

Capítulo doce

ubrey

El lunes por la mañana llego a lo de Billy con un atuendo que me parece *sensual-funcional* tanto como para pintar como para torturar hombres. Llevo un conjunto violeta con una parte de arriba de bikini de tiras blancas que luce genial contra mi piel oscura. Mi cabello está recogido en la parte superior de mi cabeza y le da una vista de mi largo cuello. Me tomé el tiempo de refrescar mi brillo de labios en el ascensor cuando subía.

Ayer me volví loca con la tarjeta dorada de Billy, sólo para joderlo. Esperaba recibir notificaciones porque hice cinco compras distintas. No sé si lo sabe todavía; no me llegó ninguna queja, incluso después de comprar y pagar por el envío de todas cosas nuevas: telas para cubrir, pinceles y bandejas, una lata de literalmente cada color de pintura, aunque empezaré por el mural en blanco y negro, ¡ja! Nada de eso era necesario. Él ya dejó allí mis telas protectoras y artículos de pintura. Todo lo que en realidad necesitaba era una lata de pintura negra y una blanca. Quizás algunos grises con matices cálidos.

Pruebo abrir la puerta sin llamar y, como antes, la encuentro abierta.

Me saco los auriculares.

—¡Cariño, estoy en casa! —Fue una broma tonta la primera vez, y es incluso más tonta ahora, pero mi meta es volver loco a Billy.

Él alejó los muebles de la pared que se supone que pinte y todas las cosas que pedí están prolijamente apiladas junto a ella. Hay una escalera apoyada contra la pared. Hasta sacó el candelabro que planeaba esquivar cuando pintara. ¿O contrató a algún empleado de mantenimiento para hacerlo?

Lo veo sentado en la barra desayunadora de la cocina, bebiendo una taza de espresso mientras trabaja en la computadora. La taza parece minúscula en sus grandes manos.

Maldición, tiene manos sensuales para ser un billonario de Wall Street. No son cuidadas y pálidas; son grandes y lucen fuertes. Nunca antes pensé en las manos de un hombre, pero algo acerca de las de Billy me hace preguntarme cómo se sentirían en mi cuerpo. Recuerdo lo fuerte que fue cuando me recogió por la cintura. Esos dedos podrían cerrarse alrededor de mi garganta y probablemente me ahogarían por completo. Imagino la sensación su mano gigante golpeando mi trasero.

Apenas me mira.

Como la última vez, está marcando el tono. El mensaje es que no somos amigos. Trabajo para él. Debajo de él.

Ups. No debería haber pensado eso, sobre todo no después de tener pensamientos pervertidos acerca de sus manos grandes. Mis pezones se tensan debajo de la parte superior del bikini. La humedad se junta entre mis piernas.

Sus fosas nasales se agrandan y su cabeza se levanta de

la pantalla. De pronto se levanta y se mueve hacia mí antes de poder planear mi ataque.

Mi estrategia contra sus intentos de ponerme en mi lugar es seguir actuando demasiado confianzuda. Dejar mis cosas en todos lados. Ocupar la energía de su lugar.

Enloquecerlo.

Pero esa idea no se siente correcta. En realidad, no quiero enloquecerlo tanto como para que se vaya. Me gusta la idea de que esté aquí en donde puedo torturarlo.

Me gusta la idea de que tenerlo cerca todo el día.

Quizá debería sacarme las ganas con él.

Llega frente a mí y me quedo un poco sin aliento. Se para demasiado cerca. Su posición es demasiado dominante. Él mira hacia abajo con una mirada de odio que me hace levantar la cabeza y mirarlo fijo de forma desafiante. Espero un reto sobre lo mucho que gasté, pero en vez de eso me pregunta de forma brusca:

—¿Qué necesitas?

Tu mano en mi cabello.

Que me lo hagas fuerte contra la pared.

Ups. Me estoy desconcentrando. Es hora de ponerlo en *su* lugar.

Me vuelvo a poner los auriculares. Una lista de Lunes de los 80 sigue sonando.

—Nada de ti, —digo ligeramente y lo ignoro, estirando la tela protectora.

Siento su mirada fija como un láser en mi trasero mientras me agacho y saco la tela larga.

No se ofrece a ayudar.

Tengo que preguntarlo.

—¿Quitaste el candelabro tú solo?

Él frunce el ceño.

—Por supuesto.

—Guau.

Levanta las cejas.

—¿Eso te parece asombroso?

—Bueno, no me pareces alguien que haga cosas de mantenimiento.

Él se encoge de hombros.

—Mi padre era la definición de masculinidad tóxica, — dice—. No hay ningún trabajo manual que no me hubiera obligado a aprender para cuando tenía doce. Quitar el candelabro me tomó treinta segundos.

Hmm. Eso me parece sorprendente. Asumí que había tenido cuna de oro y que nunca lo habían obligado a hacer trabajo manual. Me guardo esta pequeña información suya para pensarla más tarde.

Sigo trabajando mientras él mira hasta que finalmente se cansa de que lo ignore y se aleja por el pasillo a lo que presumo que es su habitación.

No pienses en su cama. O en cómo sería estar atada a ella.

Me pregunto si es así de travieso. Es más que dominante; es autoritario. Pero, como pensábamos con Madi, eso podría significar que todo pasa por él. Atarme a la cama sería más por mí.

Oh Dios. Necesito dejar de pensar en estas cosas porque me estoy excitando más cada minuto.

Saco una cinta métrica y mido la pared; luego apoyo la escalera y hago marcas suaves con el lápiz.

Esto fue lo primero que aprendí cuando empecé a pintar murales. Es difícil tener una perspectiva completa de tu trabajo cuando estás tan cerca pero creando algo a gran escala para que sea visto a la distancia. Si divides tus bosquejos iniciales en secciones, y luego haces el mismo número de secciones en la pared, puedes agrandar tu visión fácilmente. Es como crear píxeles en imágenes digitales.

Una vez que tengo las secciones preparadas, saco mi lápiz de carbón y empiezo a bosquejar la silueta de la flor más grande en la pared.

La canción "I don't like Mondays" de Boomtown Rats suena en mis oídos y tarareo relajada mientras encuentro mi ritmo.

A medida que la flor toma forma, me pierdo en el trabajo y me olvido de dónde estoy. Me olvido de que no estoy sola. No me doy cuenta de que estoy cantando en voz alta hasta que escucho lo que suena como un quejido desde el dormitorio.

* * *

Billy

Ella está *cantando*.

Cantando, maldición.

Y mierda, tiene la voz de un maldito *ángel*.

Pero en vez de alegrarme, en vez de transportarme, la belleza de su voz me provoca una ola feroz de lujuria.

Además está el hecho de que lleva la misma tira blanca de bikini con la que me la imaginé cuando pensaba en ella en las playas de Mónaco, y mis pantalones están demasiado ajustados en la entrepierna.

Mis colmillos se hunden en mi labio inferior mientras contengo un gruñido.

No debería haberme quedado en casa hoy. Su aroma a nuez moscada se filtra en todos los lugares de mi penthouse, y además juraría que sentí el olor a su excitación cuando llegó.

Entro al baño en suite y abro la canilla para cubrir otros

gemidos. No puedo soportarlo. O bien me descargo un poco o le haré algo poco aconsejable a esa humana.

Algo que involucra cortarle ese enterito en pedazos y correr los triángulos diminutos de su bikini a los costados para llegar a esos pechos sabrosos.

Me abro la bragueta y meto la mano en mis bóxeres para tomar la base de mi verga.

Ella se excitó ni bien entró a mi penthouse. Planeaba ignorarla y luego sentí su aroma y mi lobo prácticamente se levantó de un salto.

Aprieto mi verga fuerte y deslizo mi puño para que baje por la cabeza y regrese.

Ella se puso ese bikini para mí. Muevo mi puño más rápido. Mierda, definitivamente se puso esa parte de arriba de la bikini para mí. Y sus pezones estaban duros cuando me acerqué.

Así que está tan físicamente atraída por mí como yo a ella.

Y eso no debería ser una sorpresa. Me molestó desde la primera vez que la conocí, pero siempre fue de forma sensual. No fue el desdén frío que podría esperar considerando que había lastimado a su mejor amiga. Ella emanaba calor, pero no de ira.

Del tipo que quema.

Como si supiera que es una diosa caliente y quisiera que yo lo reconozca al mismo tiempo que me muestra lo poco que piensa en mí.

Mi verga está muy dura, y mis bolas llenas de semen. Me toco y me permito incursionar en mis pensamientos más sucios.

Aubrey, desnuda y de rodillas, sus labios hinchados expandiéndose en el ancho de mi verga.

Yo dándosela de comer a su boca mojada mientras ella juega con mis bolas.

Mierda. Sí... destino. Mierda.

Mis bolas se tensan y se contraen. Me vendría en su rostro. No, en esos pechos con los que me provocó esta mañana.

La sangre aparece en mi boca por los cortes en mi labio y disfruto del dolor. Del momento de concentración que me da para...

Apunto al lavamanos. Chorros de semen caen sobre la mesada, el piso. Un tributo a la diabla en mi sala de estar.

No, no es una diabla.

Tengo un momento de claridad antes de mi descarga. Mi resistencia ante Aubrey se desmorona.

Por supuesto que no es apropiada. No tiene potencial de pareja.

Es humana. Me odia.

Pero alguna parte de mí ya piensa en ella como mía. Está aquí en mi penthouse. Haciendo lo que le pedí.

Puede que esté actuando como si no fuera a seguir mis órdenes, pero el hecho es que está aquí porque quiere estarlo. Siente la química entre nosotros igual que yo.

Ella es mía.

Capítulo trece

ubrey

Estoy totalmente absorbida por el trabajo cuando escucho que tocan fuerte la puerta.

Sorprendida, grito y pierdo el equilibrio en el escalón de la escalera.

Manos fuertes toman mis caderas desde atrás y de pronto estoy haciendo equilibrio y sostenida a la perfección por Billy.

—Guau. —Mi mano vuela a cubrir la suya—. Bueno. Supongo que me tienes.

Su rostro es una máscara sin expresión, pero parece no querer soltarme.

No puedo decir que me moleste.

Después de un momento, sus manos me sueltan y camina hasta la puerta sin decir otra palabra.

Un tipo que hace envíos está frente a ella con tres bolsas grandes. Debe ser el almuerzo, huele celestial. Como a comida tailandesa. Toma las bolsas y le da propina al tipo.

—¿Tendrás un almuerzo?

Él voltea y me mira frunciendo el ceño.

—¿Por qué dices eso?

—¿Te comerás toda esa comida?

—No estaba seguro de qué querías, así que pedí uno de cada cosa. —Su voz es malhumorada, como si lo enojada que tuviera que pedir uno de todo para mí.

Como si no pudiera haberme simplemente *preguntado* qué quería.

Uno de todo es lo que me envió a casa la noche que me llevó desde Sentience.

—¿Quién podría comerse todo esto?

Él no responde, me ignora y lleva la comida hasta la cocina.

De pronto soy consciente de que muero de hambre y lo sigo. Reviso mi teléfono: ya es la una y media. Trabajé durante mi hora normal de almuerzo.

—Gracias. No me di cuenta de que ya había pasado la hora de almorzar.

—Escuché que te hacía ruido el estómago desde aquí. —Billy pone las bolsas gigantes de comida en la mesada y empieza a sacar y abrir contenedores.

En serio, hay comida suficiente como para diez personas aquí.

—Eso fue cuando pude escucharlo por encima de tu canto.

Oh Dios. Estaba cantando para afuera. Siento que mi rostro se calienta, pero me apresuro a tapar mi vergüenza.

Levanto el mentón.

—Cantar es parte de mi proceso. Si no te gusta, puede que tengas que encontrar otro lugar de trabajo.

Sí, definitivamente acabo de cruzar un límite.

Los ojos de Billy brillan con la luz. No muestra irritación ni rastros de emoción en su rostro.

—¿Cantabas en Sentience?

Me sonrojo de nuevo.

—Bueno, no lo sé. No sabía que estaba cantando para afuera hasta que lo señalaste.

Él levanta una ceja como si no me creyera.

—Creo que sólo quieres atención. —Inclina la cabeza. Con esa mandíbula esculpida e inteligente ojos grises es realmente sensual y desearía no ser tan consciente de ese hecho. Su voz se convierte en un ronroneo grave y sus párpados bajan un poco—. ¿Quieres mi atención, Aubrey?

Qué bastardo.

Quiero quitarle esa expresión engreída del rostro con una cachetada aun cuando mis pezones se endurecen en puntos rígidos.

—Oh, confía en mí, Traje. Cuando quiera tu atención, lo sabrás.

Su mirada sigue mi rostro y baja por mi cuello acalorado. Él inclina la cabeza para mirar el costado de mis pechos en el espacio entre mi pecho y el enterito. Me puse la parte de arriba de la bikini porque resalta bien mis pechos cuando me miras desde arriba.

Él está dejando en claro que sabe eso.

Sabe que me vestí para él.

Ah, que quería su atención.

¡Maldición!

Exagera levantar su cabeza y mirarme.

—¿Estás segura de eso? —Él mueve las cejas. Lleva la punta de su dedo a la hebilla de mi enterito—. Si desabrochara esto, ¿qué encontraría, Plata?

—¿Plata? —Intento seguirlo, confundida. Primero fue Chica del Café. Ahora Plata.

—Plata. Por el arito en t nariz. Y en tu ombligo. Tú me llamas Traje. Yo te llamo Plata. —La punta de su dedo acaricia el botón. Quiero que me toque a *mí* en vez del metal. Mi piel. Mi pezón.

Él notó el arito en mi ombligo. Tiene un apodo para mí. No me equivoqué al pensar que le gusto.

—¿Tus pezones están duros por mí, Aubrey?

Mi vagina se tensa.

—No. —Las comisuras de mis labios forman una leve sonrisa.

—Mentirosa. —Él lleva su otra mano a la hebilla—. Abriré sólo un lado de tu enterito para averiguarlo. Si tengo razón, te lo dejarás abierto por el resto del día.

Por supuesto, al empresario despiadado le gusta hacer tratos. Dios, quiero que lo haga. Quiero que tome esto entre nosotros y dé otro paso. ¿Cuál sería el problema?

Pero mi orgullo está en juego. No me gusta dejarlo ganar en nada. Él es un hombre billonario blanco y cis que trabaja en Wall Street. Ya es dueño del mundo. Podría tener a cualquier mujer.

Pero no soy cualquier mujer.

Y no lo dejaré seducirme tan fácilmente.

Golpeo su mano para sacarla.

—No hay trato. —Luego cruzo otro límite al estirarme para pincharle su tetilla. Debajo de esa camisa planchada de mil dólares y camiseta, siento algo de su gruesa tetilla y está dura como mi pezón—. Parece que *tú* eres el que está duro, —lo provoco.

Él toma mi muñeca y se mueve realmente rápido.

—¿Ahora quién toca sin consentimiento? —Su voz es grave y peligrosa.

Los pelos de mi nuca se quedan parados por la amenaza, aunque estoy un 99 por ciento segura de que es todo sexual.

Oh Dios.

Algo loco me sucede cuando sostiene mi muñeca. La piel entre mis piernas no sólo se tensa. Tiene un espasmo. Estoy teniendo un mini orgasmo sólo porque Billy Billones me tome la muñeca con fuerza.

Sus fosas nasales se agrandan y él baja la cabeza e inhala, como si sintiera mi aroma.

Antes de saberlo, mi espalda choca contra los gabinetes de la cocina.

—¿Te gustan las caricias dominantes, Aubrey? —Su voz es puro pecado. No sabía que unas pocas palabras podían llevar tanto sexo, lujuria e insinuación.

Otro orgasmo me lleva a la cúspide.

—N-no. —La parte de atrás de mis rodillas tiembla. El calor recorre mis brazos y piernas. La parte entre mis senos.

Me cuesta recuperar el aliento.

—Otra mentira. Acabas de venirte cuando tomé tu muñeca. ¿Estás a punto de venirte otra vez, verdad?

Oh Dios.

Lo *estoy*.

Mis muslos internos tiemblan. Todo en mí se tensa, como la trampa de un ratón lista para cerrarse.

Estoy realmente enojada conmigo misma cuando un pequeño quejido de sumisión sale de mi garganta. No. No perderé esta batalla. No voy a...

—No moveré otro músculo. —Él está tan cerca; su respiración se siente cálida en mi rostro. Sus ojos azules tienen un brillo extraño y plateado en ellos—. Pero apuesto a que si moviera mi rodilla entre sus dulces muslos y te diera algo contra qué presionarte, me darías otro.

—No... lo haré. —Mi voz sueña ahogada. Estoy demasiado hipnotizada por la reacción de mi cuerpo ante él como para responderle, algo en lo que suelo ser experta.

—¿Deberíamos ponerlo a prueba? —murmura.

No quiero que lo haga.

Espera, sí, quiero.

¿Lo quiero?

Nunca quiero ceder el control; sé eso. Pero maldición, realmente quiero ver cómo siguen las cosas. Sé que tiene razón. Podría moverme contra su muslo y venirme, *fuerte*.

Más fuerte que hace un momento.

Intento y no puedo tragar. Luego logro decir,

—De rodillas.

La única forma en la que me vendré es si puedo tener el control y él me atiende.

De nuevo, se mueve más rápido de lo que hubiera creído posible. Como un arma ya cargada y preparada, me baja el enterito de camino al suelo. Su pulgar toca mi clítoris antes de que me mueva las bragas al costado con su otra mano.

Pongo las manos sobre sus hombros anchos y lo alejo, aunque lo quiero más cerca. Ni bien presiona mi clítoris con la yema de su pulgar, me vengo, pero no espera a que termine. Sigue para rematarla.

Su lengua se desliza entre mis labios expuestos y me penetra con su dedo del medio.

—¡Dios! —Grito. Mi orgasmo late alrededor de su dedo; cada músculo debajo de mi cintura se sacude y se tensa.

Él empuja lo que cubre mi clítoris hacia arriba y pone los labios alrededor, logrando succionar el pequeño conjunto de nervios. Mete un segundo dedo dentro de mí y los dobla para acariciar mi pared interna.

Grito y aprieto más.

No puedo creer que siga viniéndome. Ni siquiera tuvimos sexo. Bueno, supongo que esto es sexo, pero suelo necesitar penetración para venirme.

—Billy...

Él se detiene y me mira. Sus labios están brillantes por

mis flujos y sus ojos tienen ese brillo plateado extraño; como los de un gato cuando reflejan la luz de noche.

Su expresión es salvaje, pero algo de locura se desvanece cuando me ve, y luego aparece la pedantería.

Maldito sea.

Me hace ruido el estómago.

Sus cejas se bajan y saca los dedos de adentro de mi canal empapado para ponerlos en su boca y succionar mis flujos.

Pensé que iba a recogerme y llevarme a la habitación. O sea, que esto era juego previo. Ahora nos sacaremos las ganas que ambos teníamos y terminaremos con esto. Quizás hasta cancelemos toda esta farsa del mural después. Aunque ya usé la seña del cincuenta por ciento que me envió para pagar mis préstamos estudiantiles, así que quizá no insista con eso.

Pero parece ser que cree que terminamos. Me sube las bragas blancas de encaje, las que usé para que combinaran con la parte blanca del bikini, y luego me vuelve a subir el enterito.

Mi estómago cosquillea cuando lo hace. Es extraño que deje que me cuide así.

No es extraño porque no suele dejar que los tipos me cuiden, sí lo hago. Sino que lo es porque no habría pensado que él era capaz de eso.

Nunca me habría imaginado que sabía cómo tener intimidad. O ser delicado.

Recuerdo lo que dijo Madi, que es muy bueno sabiendo qué quiere la gente.

Pero no le di razón alguna para creer que quería algo de él más allá de molestarlo cada vez que entraba a la habitación.

Él me sube una de las tiras por encima del hombro, pero

desabrocha la otra, dejando que la parte del frente se doble en una diagonal y mi pecho quede expuesto. Luego roza mi pezón en punta con la parte de atrás de su nudillo.

—Tenía razón.

* * *

Billy

Aubrey sabe celestial. Como algo extranjero y familiar al mismo tiempo.

Como si fuera mía.

Es realmente bueno que me haya masturbado antes o no habría podido contenerme. La habría tirado al suelo y se lo hubiera hecho sin parar.

Pero como están las cosas, gané esta ronda. Le di un poco del placer que podría tener conmigo.

Ahora querrá más.

La primera prueba es gratuita.

La próxima vez, pagarás por ello, querida.

Ella pagará con su sometimiento. Quiero su cuerpo y su alma. Totalmente entregada a mí. Mía para destrozarla.

Ahora mismo no puede decidir si está enojada o encantada conmigo. Está considerando si tengo la ventaja.

Si necesita pelearme.

Dejo que recupere su dignidad volteándome hacia el gabinete y sacando dos platos.

—¿Qué te gustaría comer? —Mi voz es casi amistosa. Mis tonos que suelen ser cortantes se han suavizado en algo más cálido.

No puedo negar cómo se eleva mi cuerpo. Mi lobo celebra haber puesto las manos sobre la humana exuberante.

Es satisfactorio a pesar del hecho de que sea todo lo que

no quiero en mi vida. Puede que me encante cómo sabe, pero definitivamente no necesito nada más de ella. Mi vida estaba completa sin una artista caótica que destruye todo sentido de orden y estructura.

Que invade mi santuario y lo transforma en su parque de juegos personal.

Le paso un plato y hacemos contacto visual por un momento mientras lo acepta.

Juraría que veo el momento exacto en el que decide sólo relajarse y dejar que me encargue de ella. La oxitocina del orgasmo probablemente esté invadiendo su cuerpo con sensaciones de sentirse bien y querer vincularse.

Eso es, Plata. No tiene sentido luchar contra mí.

Siempre gano.

Sólo es cuestión de cómo quieras sentirte cuando bajes.

Ella podría disfrutar de tener mi verga por su garganta. O podría ahogarse con ella. De cualquier forma, sucederá.

Eso sólo fue una metáfora vulgar, por supuesto. Nunca tomaría a una mujer sin pleno consentimiento.

Miro una pila de comida sobre su plato y mi lobo se siente bien habiéndola satisfecho de dos formas hoy.

Pero ella todavía no me dio satisfacción, protesta el empresario despiadado en mí al pensar si el intercambio de hoy fue justo.

No es verdad. Estoy satisfecho. La tengo exactamente donde la quiero. En mi penthouse, debiéndome algo. Trabajando para mí. Tengo sus flujos en mi lengua y ella acaba de darme dos orgasmos hermosos.

Mi lobo está satisfecho.

Yo estoy satisfecho.

No puedo esperar a ver cómo lucirá cuando ruegue por más. O cómo lucirá cuando la haga montar mi verga.

De pronto estoy más duro que el mármol.

Mierda, espero hasta que se baje mi erección antes de llevar la comida a la mesa junto a la ventana, donde ya se invitó sola a sentarse.

No tiene sentido darle algún tipo de poder.

Mi meta es quitárselo por completo y dejarla sin aliento y rogando más.

Puede que no sepa esto, pero no hay negociación que no haya ganado.

Ella se pone los auriculares cuando me siento; es su versión de mostrarme el dedo del medio. Escucho notas cursis de pop de los 80 que salen de ellos.

Ella come rápido y luego se para, camina hasta cocina donde enjuaga su plato y lo deja en el lavavajillas. En parte esperaba que lo dejara en la pileta como otro mensaje para mí, pero tiene demasiado inculcado hacer lo justo.

No nació como realeza de la manada como Brick o yo. Trabaja duro por su dinero.

Empieza a cantar «Manic Monday» fuerte mientras se pasea de nuevo a la sala de estar.

Ahora sólo me está jodiendo. Tengo reuniones virtuales esta tarde con los miembros de mi equipo. No puedo permitir que su voz se escuche de fondo sin importar lo hermosa que sea.

Sobre todo porque es hermosa.

A mi lobo de pronto se le ponen los pelos de punta por posesividad. *Mía.*

Nadie más puede escucharla.

Verla.

Tocarla.

Como envía agresión a mi centro, digo de mala manera,

—Basta de cantar.

Aubrey se detiene y voltea de a poco para mirarme por encima del hombro.

—Necesito música para trabajar.

—Tengo reuniones por la tarde. Necesito completo silencio.

Ella mete el mentón hacia adentro y una sonrisa aparece en su hermoso rostro. Esa sonrisa es una advertencia. Si fuera loba, estaría lista para atacar.

Su obsesión con la música de los ochenta se me debe estar pegando porque la primera parte de *Running with the Devil* empieza a sonar en mi cabeza.

Mierda. Esta humana no sabe que está lidiando con un gran bravucón.

Esto debería ser divertido.

Capítulo catorce

ubrey
Encuentro una banca en la estación Penn y me hundo en ella.

Terminé tarde hoy y me fui mientras Billy estaba en una videollamada. Lo último que necesito es que insista en llevarme a casa hoy.

O en seguirme.

Porque me reuniré con Jamie y Jan aquí para hablar sobre dónde estamos con el caso Sentience.

Jamie ha estado súper paranoica; no sé si es legítimo o si sólo tiene miedo, pero no quería reunirse en La Résistance esta vez.

Un tipo con una energía extraña se sienta en la banca junto a mí y yo me muevo para poner algo de espacio entre nosotros. Lleva una gorra de beisbol, un cubrebocas, como las que usaban las personas cuidadosas durante el Covic, y la cabeza gacha.

—Soy yo.

Mi cabeza se levanta rápido para identificar a Jamie debajo del tapado y su ropa.

—No mires.

Me inclina hacia el costado para mirar más allá de ella, como si viera un cartel.

—¿Está todo bien? —Le pregunto.

—No. Me están vigilando. ¿Qué hay de ti?

Escalofríos de miedo se filtran en mi pecho con esa pregunta. Pero no, nadie me vigila más allá de Billy White.

De quien no hablaré ahora mismo.

Definitivamente no estoy pensando en cómo se sintió tener su lengua entre mis piernas.

—No, todo normal.

Llega Jan y parece un poco molesta por este lugar de reunión.

—¿Aquí querías reunirte? —dice de mala manera.

—Shh, —advierte Jamie, poniéndose de pie rápido y dándonos la espalda.

Jan se sienta en la banca junto a mí.

Jamie mueve su cuerpo hacia nosotras, pero cruza los brazos y mira por encima de nuestras cabezas.

—¿Conseguiste la tarjeta de acceso?

—¿Una tarjeta de acceso? —Jan frunce el ceño—. ¿Por qué necesita eso?

—El disco duro no fue suficiente, —digo y miro a Jamie para que lo confirme—. Necesitaremos acceder a los servidores.

Jan ya está negando con la cabeza.

—Esto está yendo demasiado lejos.

—Jan...

—No, Aubrey, esto es demasiado. Demasiado arriesgado. Y no puedo usar nada obtenido de forma ilegal.

—¿No puedes requerirlo? —Pregunto al recordar nuestra última conversación.

—Todavía no tenemos lo suficiente como para demandarlos.

—Pero lo tendremos si podemos acceder a ese servidor de correos, —murmura Jamie.

—De nuevo, —Jan está totalmente impaciente con la conversación ahora, pero puedo ver ambas partes.

—Si tuviéramos los contenidos del servidor de correos, no serían admisibles en el tribunal, pero podrían filtrarse a *New York Times*, como dijiste en nuestra última reunión. Luego el fiscal del distrito podría tomar el caso y requerir todo.

Jan respira hondo y suspira.

—No apoyo ningún plan que involucre ingresar ilegalmente.

—Ya está hecho, —digo—. Ya tengo la tarjeta de acceso. ¿Eso es lo que necesitas, verdad, Jamie?

—Es el primer paso, —dice Jamie—. También tienes que entrar a la habitación del servidor.

—¿Qué? —Decimos Jan y yo al mismo tiempo.

—Pensé que tenía a alguien que lo haría por mí. Pero cambió de opinión.

Jan y yo nos miramos. Ambas nos sentimos intranquilas con que Jamie incluya a otra persona en nuestra conspiración.

Jamie no parece notar nuestros rostros preocupados.

—Y no puedo ser yo; no puedo entrar a las instalaciones. Pero tú, Aubrey...

—De ninguna forma, —dice Jan—. No te quiero allí.

Me muerdo el labio inferior.

Tampoco quiero hacerlo, ¿pero quién más puede? Ya están vigilando a Jamie. Tengo una excusa a medias para estar en el edificio. O al menos puedo inventar alguna.

—Regresaré al lugar. Hay una gala para descubrir el

mural y me invitaron. Si es fácil alejarse de la fiesta y meterse en la habitación del servidor, lo haré. Si no, abortaré la misión.

—No les responderé por qué dejé que algo te pasara, —dice Jan—. Si hacen esto, no las representaré a ninguna de las dos.

Miro sorprendida a Jan. *Mierda*. Amor del duro.

Jamie está mirando mi rostro con una expresión preocupada. Cuenta conmigo para hacer justicia. Se arriesgó y perdió el trabajo por sus ideales. Ideales que comparto. Ella haría más, pero piensa que la están vigilando.

Me pongo de pie.

—Veré qué puedo hacer. No prometo nada, —digo.

—Aubrey —Jan suena enojada.

Muevo la mano.

—No te preocupes. Lo tengo. No tomaré riesgos innecesarios.

Ella frunce el ceño y niega con la cabeza.

—No te quiero allí de nuevo.

—Entendido. —Levanto las cejas para marcar la firmeza de mi voz. Ella no quiere. Yo sí. Soy una adulta que puede tomar sus propias decisiones.

Sus hombros caen y niega con la cabeza.

—Hablaremos más de esto, —dice y se aleja.

Miro rápido a Jamie.

—Si logro hacer esto, ¿qué necesitas que haga?

—Hay una unidad de salto en mi taza de café, —asiente hacia la taza descartable que dejó junto a la banca. Ni siquiera la había notado—. Una vez que estés dentro, te insertarás en cualquier servidor. Me dará una puerta trasera de entrada a toda la red.

Mi boca queda seca mientras proceso lo que me está

diciendo. Básicamente estoy ayudándola a hackear a una empresa billonaria.

—¿Estás segura?

—Tú puedes, —dice.

Asiento y recojo la taza. Hace algo de ruido; no hay líquido adentro, sólo la unidad de salto.

Sí.

Lo tengo.

Se lo debo a los artistas del mundo. No está bien que una gran empresa se robe su trabajo y luego vigile a los ex empleados para intimidarlos y que no hablen. No está bien, y alguien tiene que hacerles frente.

Tengo una forma de entrar allí.

Tengo que ser yo.

Capítulo quince

Billy

Tomo el ascensor hasta el helipuerto de la terraza a las seis de la tarde.

No escuché cuando Aubrey se fue de mi casa, pero le puse un rastreador en el teléfono.

¿Qué? No estoy obsesionado. Sólo tengo problemas de confianza y soy realmente controlador. Aubrey ahora trabaja para mí, lo que significa que tengo que saber qué está haciendo. Si puedo confiar en ella.

Para cuando termino mi videollamada de la tarde, ella está en Penn Station. Pero no se tomó el tren. Al juzgar por la forma en la que su rastreador se mantuvo en un lugar por veinte minutos y luego salió de la estación, parece que se encontró con alguien.

En la estación más concurrida de la ciudad.

Si eso no es bastante sospechoso, no sé qué lo sea.

Tampoco me creí su historia de estar pintando un mural para Sentience. Una mujer como ella, una guerrera/artista de la justicia social, no tomaría un trabajo para ellos por principios.

Son los diablos de los zurdos. Explotan niños en países de tercer mundo para escanear y subir información que le dan a la inteligencia artificial y todos saben que no les pagan a los creadores originales de ese contenido.

Ella, como artista, no haría una excepción ante su evidente robo.

Así que me hace pensar que está allí como una artimaña. Revisé su bolso esta mañana mientras estaba en el baño y encontré un artículo muy interesante: una tarjeta de acceso a Sentience con la foto del bastardo que había abrazado la noche en la que la recogí.

Todavía quiero pisotearlo, pero mi lobo dio una voltereta al darme cuenta de que puede haberlo abrazado para robarle la tarjeta.

La idea alternativa es que lo estén haciendo y que él la haya olvidado en su casa.

Quizá fue a la estación Penn a encontrarse con él para devolvérsela.

¡Mierda!

Si ese es el caso, lo tiraré del techo del edificio Sentience y lo miraré gritar.

Ahora mismo la tensión de todo esto me tiene salvaje, por eso necesito ir al bosque. Mi lobo necesita quitarse la correa.

El helicóptero toca el techo del helipuerto. Tenemos uno aquí en la cima de Moon Co. Llamé al piloto de la empresa, John Acker, para que me recoja y dijo que ya estaba estipulado que volaría a Adirondaks, pero que había lugar para uno más.

Claro, Jake, Vance y Sully están sentados en la parte de atrás del helicóptero. Me subo en el asiento de pasajero del frente y me pongo los auriculares.

Volteo y los saludo.

—¿Irán a correr?

—Claro que sí. —Jake mueve sus grandes hombros—. Sólo se puede descargar cierta tensión en el gimnasio.

Sully asiente para mostrar que está de acuerdo.

—¿Adónde carajos estuviste todo el día? —Exige saber Vance.

Volteo para volver a ver el frente y darles la espalda para terminar la conversación.

—Trabajando desde casa.

—¿Por qué? —Vance no deja ir el tema.

No respondo.

—¿Lo estás haciendo con ella? —La voz de Sully es neutra.

Quiero matarlo. Es el matón de nuestra manada y hace que los asuntos de cada uno sean los suyos. No es sólo músculo, sino todo una empresa de seguridad en un sólo tipo.

—¿Seguro que quieres hablar de eso? Dudo que quieras que me meta en tu vida sexual.

Sully es un sádico que frecuenta clubs de BDSM. Si no fuera nuestro matón, consideraría sus hábitos sexuales una vulnerabilidad para nuestra manada si pienso en todas las mujeres diferentes con las que ha estado a lo largo de los años. Pero tiene cuidado y entiende que su trabajo es eliminar todos los riesgos de la manada y de Moon Co.

Se ríe con mi réplica.

—Entonces lo *estás*. Sólo arriesgué algo cuando la vi en el ascensor y no entraste.

Recuerdo su sabor en mi boca. La forma en la que tiró la cabeza hacia atrás y se quedó sin aire cuando acabó. Es la razón por la que necesito transformarme en lobo y correr esta noche. Hay demasiado poder y potencia vibrando en mis células ahora mismo. Necesito destruir algo. Correr hasta que me duelan las patas. Hacerlo.

No puedo hacer eso último esta noche, pero mañana regresará a mi penthouse. No puedo esperar.

—Brick me ordenó que trabajara con Madi por el contingente humano de la boda. Eso estoy haciendo.

—¿De qué tipo de *trabajo* estamos hablando? —Brome Jake.

—Estoy sirviendo a mi alfa, —gruño.

Los tres se ríen, y quiero tirarlos del helicóptero uno por uno.

—Suena a que estás sirviendo a una humana. ¿O ella te sirve a ti? —Pregunta Vance.

Mi lobo sale hacia la superficie. Me arrojo hacia sus asientos para pegarle a Vance en la nariz. Soy demasiado rápido como para que él me bloquee y ruge como protesta cuando se rompen sus huesos.

El piloto grita «¡Ey!» pero algo en mi rostro debe decirle que se meta en sus asuntos porque vuelve a prestar atención al parabrisas.

Vance se endereza la nariz. Es un transformista sano; se curará para la mañana. Pero dejé algo en claro, sólo eso.

—Mierda, —murmura Jake—. Realmente sucede algo ahí.

Quiero gruñir «¡No, no es así!», pero sé que sólo me haría sonar débil.

Haría que pareciera real.

No es verdad.

Por supuesto, no es verdad, maldición.

Ella es humana. No es nadie. Odia mi tipo. No me sirve su especie. Somos incompatibles de todas las formas posibles.

Bueno, necesito terminar con este tema ahora mismo.

De pronto me doy cuenta de lo mal que actué. Debería haberla hecho ver como un juguete.

—Ella no es nada, —murmuro y giro porque sé que mis ojos siguen brillando de un tono gris claro que es el de mi lobo y no quiero que los chicos lo vean—. Sólo un lindo trasero y una obligación con mi alfa.

—Amigo, no hay de malo en hacerlo con una humana, —dice Sully.

—Sí, él lo hace todo el tiempo. —Jake mueve un pulgar en dirección a Sully.

—Sé que tu papá es algo Nazi con ellos, pero tienes que superarlo. Sobre todo con Madi como nuestra luna, —continúa Sully.

Genial. Ahora están haciendo terapia conmigo. Esto es lo último que necesitaba.

Pero tengo que dejar de reaccionar. Ya mostré demasiado.

—No es mi primera humana, —miento.

Soy buen mentiroso. Tuve que serlo creciendo un padre psicópata. Los transformistas pueden oler las mentiras, así que aprendí a apagar todas mis respuestas emocionales cuando había conversaciones difíciles. Es lo que me hace el mejor negociador y solucionador de problemas para Brick.

Por alguna razón, perdí el control de mi habilidad esta noche.

Pero todavía creo que se lo creyeron hasta que escucho que Vance murmura algo que suena algo dudoso «Aján».

Capítulo dieciséis

ubrey

Sólo para joder a Billy, pongo mi escón y mi café de la mañana en su tarjeta dorada de camino a Central Park. No puedo decidir si es el tipo de hombre que es tan rico que ni siquiera lo notará o si es un detallista controlador que intentará crucificarme por eso. Camino por la vereda en un par de vaqueros rotos y llenos de pintura que tienen agujeros con red por debajo y un bralette con push up debajo de una camisa de pintar que tomé de la pila descartada de mi padre hace años.

Mi mamá guarda todo lo descartado para ropa de pintura o trapos.

Camino por la acera frente al edificio de Billy cuando un Toyota azul aparece en la esquina. La puerta trasera se abre y alguien tira una caja de cartón sobre la vereda antes de que el coche se marche.

Todos los que están en la acera se quedan helados y la miran con desconfianza. Supongo que esperamos que sea una bomba. O gas venenoso o algo así, pero hay pequeños ruidos de llanto dentro del contenedor.

Ay, mierda.

—¡Ey! —Le grito al coche que se marcha y me acerco.

Unos idiotas acaban de abandonar a su perro.

—Qué pendejos, —me digo a mí misma mientras abro las solapas de la caja. Adentro está el cachorro blanco y negro más lindo. Creo que es algún tipo de perro mestizo con un largo pelaje enredado y grandes ojos marrones.

—¡Oh, bebé! —Me digo mientras lo levanto.

Rápidamente se hace un poco de pis encima de mí.

—¡Mierda! —Murmuro y lo mantengo alejado de mi cuerpo, inclinado—. ¿Qué sucede, cosita linda?

Intenta lamerme la cara.

—¿No tienes las orejitas más dulces? —Uso mi voz para bebés—. ¿Alguien te tiró?

Su pierna trasera se mueve con la fuerza de su cola en movimiento.

—Eres una dulzura. ¿Quién querría abandonarte? —Miro a ambos lados de la calle. Sus dueños se fueron hace rato, aunque no merecen ser dueños de una mascota. ¿Qué haré? No llevaré a este cachorro a un refugio y necesito encontrarle un buen hogar.

Mi departamento no permite mascotas.

También se supone que esté en lo de Billy en dos minutos.

Una especie de plan empieza a tomar forma en mi cabeza y mis labios se levantan levemente.

Sí. Llegar con un cachorro hará que Billy White tercero realmente pierda la cabeza. Y definitivamente quiero ver su reacción.

Me llevo el cachorro al hombro y lo sostengo con un brazo, tomando mi taza de café con la otra mano.

Que empiecen los fuegos artificiales.

El portero me abre la puerta mientras me acerco.

—Hola, Grayson. —Me aseguré de aprenderme el nombre del guardia gigante y corpulento ayer. Intento que pase la etapa formal, pero él se resiste.

—Srita. Cook. —Él mira el cachorro con algo de alarma —. ¿El Sr. White sabe que llevará un perro a las instalaciones?

—No pudo evitarse. —Paso rápido a su lado, directo a los ascensores, aunque sé que tiene que usar su tarjeta de acceso para que yo acceda al piso de Billy.

El cachorro le ladra a Grayson y se retuerce en mis brazos para que lo baje.

—No, no. —Giro al cachorro para que me vea y lo miro de forma seria. Intenta lamerme.

Grayson se sube al ascensor, acerca su tarjeta de acceso al sensor, y luego presiona el botón para el piso de Billy.

El cachorro le vuelve a ladrar.

—Buena suerte con eso. —Suena seco, lo que me hace pensar que realmente estamos haciéndonos amigos después de todo.

Le dedico una gran sonrisa.

—Espero lo peor.

Mientras se cierran las puertas, veo que sus cejas suben con sorpresa y lo escucho murmurar «Oh, cielos» mientras sube el ascensor.

Cuando llego al piso de arriba, la puerta de Billy está abierta y entro, lista para que enloquezca.

Está en la cocina haciendo un espresso. Su cabello sigue mojado de la ducha; su camisa planchada está abierta en la garganta. Una corbata rayada negra y gris yace a su lado sobre la mesada de la cocina.

Oh... mierda. No estoy preparada para lo ardiente que se le ve no estar vestido. Me pregunto cómo luciría saliendo de la ducha. ¿Tiene vello en el pecho? ¿O es el tipo de hombre que se depila la espalda y el pecho?

Me pregunto cómo sería estar atada con esa corbata suya...

Tantas preguntas sin respuesta.

La más importante es, ¿sabré las respuestas a todas ellas? Sé que podría. Una pregunta mejor sería, ¿debería?

Las fosas nasales de Billy se agrandan mientras voltea a verme.

—¿Qué. Es. *Eso*? —Dice las palabras de a poco como un castigo.

—Acaban de arrojar a este pequeñito de un coche. —Levanto el rostro del cachorro junto al mío para darle un beso en la cabeza.

—¿Y por qué lo trajiste aquí?

Para atormentarte.

—¿Adónde más iba a llevarlo? —Pregunto con una inocencia fingida.

—A la perrera. Adonde pertenecen los mestizos abandonados.

Como si el cachorro sintiera su desaprobación, mete su pequeña cola entre sus piernas y llora.

Él se acerca a nosotros y el perro llora más fuerte.

—¿Te hizo pis?

—¿Qué? ¿Puedes olerlo? —Alejo al perro para ver dónde cayó el pis. No fue tanto; no puedo creer que pueda olerlo.

Él se acerca al perro y lo alejo para protegerlo.

La máscara de Billy es su típico rostro cruel, pero no parece estar más molesto que otras veces.

—Dame al mestizo. Ve a limpiarte.

Dudo. Realmente no confío en que este tipo no tire al perro por el balcón.

Bueno, supongo que eso es demasiado injusto. Le paso el perro de forma dudosa y él lo toma, levantando al cachorro a la altura de sus ojos.

—Sé bueno con Pepper.

—¿Ya le *pusiste nombre*?

Lo miro con un movimiento de hombros que dice *¿por qué no?*

Pepper llora e intenta lamer a Billy.

Él se queda mirando fijo a Pepper por un momento. No sé qué carajos está haciendo, pero luego dice, «está bien» como si hubieran llegado a un trato.

Como intentaba verme sensual y oler a pis no lo es, tomo su consejo y me dirijo al baño para limpiarme.

Cuando regreso, lo encuentro arremangado con el reloj sobre la mesada, junto a la corbata. Los músculos marcados de sus antebrazos se flexionan mientras lava al perro en el fregadero.

Ay, maldición.

Mis ovarios acaban de producir un óvulo. Tal vez dos.

Eso no debería ser sensual, pero por alguna razón me cautiva. No es de si es ver sus antebrazos, la imagen semi doméstica de él en el fregadero, o ver a un pendejo que suele ser frío y serio haciendo algo generoso por otro.

Aunque ese ser sea un cachorrito.

El cachorro abandonado empapado llora y mueve la cola, sus grandes ojos marrones miran a Billy con adoración.

Él me mira a mí.

—¿Qué quieres hacer esta cosa?

Apoyo mi vaso descartable en su mesita de café y me quito las botas.

—¿Para ser honesta? No he pensado un plan más allá de molestarte trayéndolo aquí.

Los ojos de Billy brillan de ese azul-plateado extraño que tienen a veces.

—¿Ese también era tu plan con la tarjeta de crédito?

Algo acerca del hecho de que lo remarque hace que se tensen mis pezones. Como si quisiera que me castigue por esto. Quiero ver qué pasa cuando el poderoso Billy Billones intenta usar su poder conmigo.

Lo que no tiene sentido porque me paso todas las horas del día pensando en cómo conservar mi poder ante él.

Muevo la cadera.

—¿Está funcionando?

—No.

—Bien. Porque planeo usarla para comprarle cosas a Pepper.

Él cierra el agua y toma una toalla de la cocina para secar al perro. Cuando termina, apoya al dulce cachorro sobre el piso y se me acerca. El perrito sigue sus talones; mueve todo el trasero con la fuerza de su cola.

—¡Buen chico, Pepper! —Lo felicito—. ¿Estás muy limpio? —Sí, estoy hablando con el perro para distraerme del peligro que se acerca.

Intento no mirar a los antebrazos desnudos de Billy. No son tan sensuales. No son sensuales. Oh dios, *¿por qué son tan sensuales?*

Billy se me acerca e invade mi espacio.

—¿Qué reacción estabas buscando? —Si no sintiera el magnetismo eléctrico que lleva mi cuerpo hacia el suyo, podría parecerme intimidante. Estoy segura de que sus empleados se estremecen cuando pone esta expresión severa.

Llevo una mano a su pecho para empujarlo hacia atrás; él toma mi muñeca para girarla y me hace voltea hasta que está detrás de mi espalda. No duele, pero la agilidad del movimiento me sorprende. Como si este tipo fuera alguna especie de experto en Taekwondo o algo así.

Usa su agarre en mi muñeca para llevarme contra su cuerpo.

—¿Esperas que te castigue? —Su voz es un ronroneo grave. Tan sensual. Está tan cerca que puedo oler su aliento fresco a menta. Soy muy consciente de que el mío probablemente huela a café. Cierro los labios.

Sus ojos siguen el movimiento.

—Tenía la sensación de que eso te gustaba, —lo acuso, intentando devolvérsela. Odio que suena a que me falta el aliento.

Una sonrisa salvaje aparece en su rostro. No estoy segura de haberlo visto sonreír antes. Cambia todo su rostro. Lo hace veinte veces más hermoso. Oh, definitivamente soy ese tipo de hombre.

Todo dentro de mí se enciende y mi interior se vuelve lava derretida. Mi vagina se moja; se empapa. Estoy lo suficientemente cerca como para observar su mandíbula cuadrada afeitada a la perfección. La línea en su mentón. La nariz patricia.

—Tenía la sensación de que anhelabas ser controlada. —Los graves aterciopelados de su voz parecen lamer entre mis piernas.

Me mareo con el impacto de su observación. No es algo que haya identificado en mí, pero las palabras parecen resonar en alguna parte de mi interior tan profunda que es como si cada terminación nerviosa de mi cuerpo reaccionara.

No me gusta lo fuera de control que me siento. Lo expuesta.

—Eso quisieras. —Lo digo con tanto desdén como puedo.

El fantasma de una sonrisa reaparece en las comisuras de los labios de Billy. Me resulta alarmantemente atractiva.

—Plata, —resuena— te vi venirte en el medio de mi cocina con sólo *tomar tu muñeca.*

Un soplo de aire sale de mis labios. Ahora me ha hecho perder el equilibrio y lo odio. Dios, ¡todavía no puedo creer que haya visto eso!

—Podría hacerte venir de nuevo en menos de sesenta segundos ahora mismo. Sólo pídelo.

Mi pulso se acelera. Pídelo. *¡Pídelo!* Sí, por favor. Pero no. No puedo darle la satisfacción.

Me rodeo de desdén como si fuera una capa.

—¿Te la crees un poco?

Él me mira de forma fría. Estoy hirviendo y él es pura contención en calma.

—Sólo digo los hechos. Creo que quieres saber cómo es que te quiten todo el control.

Algo se retuerce en mi barriga: una mezcla de emoción y tensión. Lo niego todo.

—No sabes nada de mí.

Él inclina la cabeza, todavía frío como un palito de helado.

—Sé un poco. Para el resto tengo algunas ideas. ¿Quieres escucharlas?

Todavía soy su cautiva; mi brazo está doblado detrás de mi espalda y mi frente contra su cuerpo. Lucho por liberarme, pero tiene razón: me encanta sentir su fuerza y poder. Y quiero saber qué sucederá ahora.

Levanto la mano que tengo libre y hago un movimiento de llamada, del tipo que se ven en las películas de artes marciales. *Veamos qué tienes, Traje.*

—Escuchémoslas.

—Te sientes atraída por mí, pero también te caigo realmente mal. Por eso no quieres darme nada, incluido tu cuerpo sensual. Crees que no puedes confiar en mí. Entendible. Primero jodí a tu mejor amiga, un acto del que parcialmente me arrepiento.

Abro la boca para preguntar por qué sólo parcialmente, pero está encendido.

—Después tienes dudas acerca de los tipos de Wall Street en general. O quizá sólo sean los adinerados en general. Asumes que soy conservador políticamente porque me encanta el dinero y tú estás tan a la izquierda que llegas a girar a la derecha. Sin importar eso, estoy tan lejos de tu tipo como es posible. —Su cabeza se inclina hacia un costado. Su mirada gris me quema—. Quizá eso sea parte de la atracción.

Ahora interrumpo porque no puedo dejar que mi enojo quede sin registro.

—¿Por qué sólo te arrepientes *parcialmente* de joder a Madi? —Exijo saber.

—Proteger a Brick de todas las amenazas a su empresa es mi trabajo. Sobre todo si ha perdido perspectiva porque piensa con su verga, o su corazón como resultó ser el caso.

Es extraño escuchar que Billy Billones habla del corazón de alguien. No creería que siquiera supiera que el órgano existe.

—Entonces no me arrepiento del impulso de exponer cualquier amenaza. Pero sí de haberme equivocado con la dirección de la amenaza y de herirlos a ambos.

Hmm. Eso implica que ahora le importan los sentimientos de Madi. Eso sería un cambio. Madi todavía no confía en él, pero le creo.

—Pero volvamos a ti. —Empieza a masajear el borde de mi mano, la que ha doblado detrás de mi espalda. Su pulgar amasa los músculos adoloridos de mi palma. Guau. ¿Quién hubiera dicho que mis dedos estarían tan doloridos de pintar ayer?

—Continúa. —No estoy segura de si estoy alentando sus observaciones o sus caricias.

—Creo que sospechas, y tendrías razón, —él arquea una ceja sensual— que puedo cumplir todas las fantasías que hayas tenido sobre ceder el control. Quieres saber cómo es ser atada por mí. —Él deja de masajear mi mano y desliza su gran palma ligeramente sobre su nalga. El calor de su piel se registra a través de mis pantalones cortos y red—. Con los ojos vendados en mi cama. —Me aprieta el trasero—. Atada a mi techo. —Su caricia se aligera de nuevo y siento que un dedo sigue el borde de mis nalgas. De algún modo pasa uno para meterse entre ellas, exactamente por encima de mi ano.

Las sensibles terminaciones nerviosas responden a la estimulación. La tensión se enrosca en mi centro.

—Quieres que te ponga encima de mi regazo y le dé nalgadas a ese hermoso trasero hasta que se sienta caliente al tacto.

Oh dios mío. Me vendré de nuevo.

Debe sentirlo porque noto que la pedantería empieza a aparecer en su expresión. Él continúa sin piedad.

—Quieres saber cómo se siente que te sostenga mientras te lo hago fuerte.

Estoy sin aliento mirando sus ojos gris pálido. Hasta ahora tiene tanta razón.

Lleva su otra mano al frente de mi cadera, entre nuestros cuerpos. Ni bien me toca desde el frente, estimula tanto mi ano como mi clítoris al mismo tiempo y me vengo.

Mis caderas se mueven y suspiro. Pierdo el equilibrio pero estoy atrapada entre sus brazos fuertes. Apenas hace algo; no está moviendo los dedos. No está frotando ni haciendo círculos. Sólo les aplica presión a ambos lugares y me hace venirme como si nunca antes me hubiesen tocado.

Inclina la cabeza hacia adelante y me muerde el cuello, es un poco demasiado fuerte.

Me sacudo con la sensación.

El bulto de su miembro forma una carpa en sus pantalones y presiona contra mi barriga. Estoy a punto de tocarlo y darle placer, pero el bastardo creído se regodea:

—Un poco más de sesenta segundos, pero igual, ahí está de nuevo.

Me alejo, pero no quiero que se detenga.

Ahora empieza a deslizar sus dedos lentamente tocando mi vagina hacia arriba y abajo, acariciando por encima de mi ropa. Los temblores me recorren como una ola de placer que llega a la playa.

—Creo que quieres que te saquen el control así no tienes que estar a cargo para variar. Eres una potencia muy capaz, inteligente y creativa que ha estado moviendo montañas por sí sola, probablemente desde chica. Quieres que alguien más lidere para variar.

Eso hace que me ardan los ojos. Tal vez realmente me entienda. Hasta ahora creía que él sólo veía lo que yo quería que viera. La mejor amiga ruda de la chica a la que jodió. La que lo haría pagar por sus pecados.

Pero ahora de repente estoy expuesta. Preguntándome cómo y cuándo logró ver a través de mi pared de defensas a la persona real, no la caricatura.

El dedo entre mis nalgas presiona hacia adentro con un latido lento. Me froto contra su meno en el frente.

—Quieres fingir que estás a mi merced mientras sabes que estás a salvo. —Él levanta la cabeza y me mira. Sospecho que mis ojos están llorosos porque es difícil concentrarse en su apuesto rostro—. Aubrey, puedes confiar en que, si en algún momento dices que no, lo respetaré.

Ahora no me está analizando, me está ofreciendo algo.

—Propongo un acuerdo que nos beneficie mutuamente. Tu retienes el derecho a todo tu desdén y asco hacia mí mientras que te entregas al placer de mis manos. —Él me frota otra vez de forma deliciosa con sus dedos entre mis piernas y libera otra ola de placer—. Te garantizo satisfacción sexual, seguridad física y emocional, y ningún compromiso o relación.

* * *

Billy

Algo se vuelve amargo en el aroma de Aubrey. Siento un relámpago de enojo en sus ojos café.

La suelto de inmediato y ella se mueve hacia atrás.

Veo que su expresión se cierra y mi lobo sale a la superficie. Casi la tenía. Está furioso de que dejé ir la oportunidad.

—Sentí que me perdí de algo que es importante para ti, —digo.

Entre más diga en voz alta, mejor podré negociar. Necesito saber cuáles son las cosas que le duelen. Qué quiere de mí. Qué no soportará.

¿De qué me perdí? No es posible que quiera una relación. Nunca querría que la asocien con un hombre como yo. Igual que yo no querría ser asociado con una mujer como ella. Una humana. Una artista hippie que deja caos y problemas a su paso.

Me encojo de hombros de la forma más casual que puedo.

—Esto es una negociación. Siéntete libre de presentar tu contraoferta.

El mestizo que trajo para molestarme elige este momento para ladrar. Es algún tipo de mestizo caniche, todavía cachorro. Es probable que sea el enano de la camada. Tenemos eso en común.

—No, no. —Hago que el reto sea severo y responde inmediato, baja la cabeza y se pone boca arriba mostrando su barriga. Al menos es inteligente.

Dominar a un perro es fácil para un transformista. El cachorro reconoce mi dominancia alfa, y compartimos una telepatía de bajo nivel como animales de manada.

El rostro de Aubrey está enrojecido y eso le da un brillo glorioso a su piel oscura. Levanta el mentón hacia mí.

—Yo estoy a cargo. *Tú* te sometes.

Ja. Es realmente adorable. Mil veces más linda que la pequeña rata de cachorro que está a nuestros pies mirándome con grandes ojos marrones. Aubrey quiere mandar. Me encanta.

Me recuerda a la última navidad cuando la sobrina de cuatro años de Brick, April, nos puso a todos en su «cárcel» y luego nos sirvió el té con su nueva vajilla. Estaba mareada con el poder que le dieron seis enormes adultos transformistas dispuestos a fingir estar a su merced por media hora.

Así que, claro. Al igual que con el cachorro de Ruby esa tarde, jugaré. Si Aubrey quiere tomar las decisiones en la cama, la dejaré ir arriba. O sentarse en mi cara. O lo que sea que su imaginación loca y extraña pueda pensar. Me alegra darle la ilusión de control mientras mi lobo la prueba. No importa que pueda dominarla físicamente con sólo mover un dedo.

Sus labios hinchados se aprietan. El arito plateado me guiña el ojo. Me doy cuenta de que espera que rechace su contraoferta. De hecho, cree que no me sometería a ella en la cama de ninguna forma.

Pero subestima la seguridad de mi masculinidad. No podría saber que me crio un alfa que era la definición de masculinidad tóxica. La paranoia por mi pequeño tamaño de joven significaba que no crecería para tener el tamaño de un alfa y tomar su lugar; eso hizo que me indoctrinara sin cesar todas las cosas que consideraba masculinas.

Para los diez, podía pelear y ganar cualquier pelea contra chicos de dieciséis y diecisiete en mi manada. Peleaba con uñas y dientes para ganar mis batallas. Era despiadado. Implacable. Y siempre atacaba. Para cuando era adolescente y todavía no había llegado a la curva de crecimiento, podía ser más inteligente, pensar mejores estrategias y correr más rápido que cualquier adulto de la manada.

No llegué a mi crecimiento total hasta la universidad, cuando mi padre ya me había descartado y yo había ganado la posición como segundo de Brick al mando. Brick encontró en mí a un hermano ferozmente leal en la manada. Y más allá de eso, con él o cualquiera de los nuevos miembros de la manada, no tenía nada que probar.

No necesitaba gloria. No tenía que fingir. Me haré el malo o aceptaré la culpa de cualquiera de mis hermanos.

Abro las manos y las muestro.

—Soy tuyo para aceptar tus órdenes.

* * *

Aubrey

Miro fijo a Billy, sorprendida.

No habría visto venir esto de ninguna dirección. Él sólo... no me parece el tipo de hombre que se rebaje. Sobre todo no con alguien como yo.

O sea, Madi dijo que es realmente clasista.

¿Por qué estaría de acuerdo con someterse ante mí?

No entiendo la lógica, pero eso no importa.

Estaba enfadada cuando dijo que no habría compromiso ni relación porque sentí que quería decir que no estaba a la altura de ser su novia. Pero como sea. Él tampoco está a la altura de ser mi novio.

Eso no significa que no podamos divertirnos un poco.

Ahora mismo, todo lo que pienso es que es *mío*. Esos antebrazos musculosos son míos para darles órdenes. Podría hacer que se desvista y...

Billy niega su juramento de someterse al tomar la iniciativa. Se mueve más rápido de lo que puedo seguir, toma mi cintura y me levanta para sentarme en su cintura.

Pepper grita con emoción y nota que estamos jugando.

Un gruñido de Billy calma el entusiasmo del perrito.

—Uh... bueno. Sí, levántame. —No puedo evitar reírme mientras finjo que yo lo ordené antes.

El hecho de que me *encante* que este hombre me levante básicamente prueba todas sus teorías contra mí. B no es el Increíble Hulk como Grayson, el portero de abajo. Tiene músculos, pero es más flaco. Igual sigue haciéndome sentir ligera como una niña con lo fácil que me sostiene; su antebrazo levanta mi trasero.

—Llévame a tu habitación.

Su respuesta es un gruñido sombrío, pero camina rápido por el pasillo. Mis pechos empujan su rostro y él muerde uno a través de mi camisa fina.

Grito y junto los muslos internos con más fuerza alrededor de su cintura, contrayendo mi vagina.

De pronto no puedo recordar por qué me resistía a tener sexo con él. Oh, sí, porque no quería que él ganara. Pero está claro que yo estoy ganando. Me está llevando a cuestas hacia la habitación un billonario alto y fuerte que parece estar dispuesto a hacer lo que le pida cuando se trata de cosas de la cama.

Además, no hay compromiso ni relación. Sólo sexo.

Ahora que se me pasó lo de estar ofendida, puedo darme cuenta de que es el escenario perfecto. La idea de que los hombres sólo quieren sexo y las mujeres tienen que negociar con ello para meterlos en relaciones es sólo una filosofía vieja que viene de los tiempos en los que las mujeres no tenían independencia ni derechos de propiedad. Como si tampoco se supusiera que amáramos el sexo. Como si no pudiéramos tan sólo querer placer.

Así que sí. Quemaré el patriarcado ahora mismo. Empezaré con darle órdenes a Billy Billones en su propia habitación.

Es igual al resto de la casa: decorada con vidrio y metal y carente de color excepto por negro, blanco y gris. Paredes blancas. Una alfombra gris oscura. Una cama King enorme de cuatro postes con soportes negro laqueado está en el centro de la habitación. Los ventanales tienen vista al Central Park en una pared. En la opuesta a la cama hay una serie de tres impresiones blanco y negro enmarcadas de montañas extensas y paisajes de bosques. Parecen las impresiones de Ansel Adams de Yosemite. Hago una nota mental de mirarlas mejor después.

Parece que Billy no sabe no estar a cargo porque me deja caer en el centro de la cama y me desabrocha los pantalones cortos.

—Ey, ey, ey. —Levanto la mano—. Quítate tu propia ropa.

Veamos si realmente es capaz de seguir mis órdenes.

Él me sostiene la mirada, esa sonrisa pequeña aparece en sus labios mientras se desabotona rápido la camisa.

Contengo la respiración y espero a que se quite la camiseta. Me muero por ver su pecho para descubrir...

Peludo. No depilado.

Mmm. Me encanta un pecho peludo.

Me apresuro en bajar de la cama.

Las manos de Billy se mueven para desabrocharse el cinturón.

—¡Espera! —Levanto un dedo. Estoy improvisando en el momento.

Billy se queda quieto y sus dedos siguen en la hebilla. Se ve sensual. No sé por qué lo estoy imaginando usando ese cinturón en mí. Atándome las muñecas. Los muslos. Golpeándome el trasero con él.

Nunca jugué con esos fetiches, pero algo acerca de Billy y las cosas que acaba de decir me inspiran esas ideas locas.

Le doy la vuelta y tomo el control, de a poco deslizo el cinturón de los bucles. Lo dejo caer al suelo y luego deslizo la palma sobre el borde duro de su verga en sus pantalones. Mierda, es grande. Le desabrocho los pantalones y le bajo el cierre.

—Quítate los zapatos.

Se saca sus caros zapatos de cuero italiano.

—Siéntate en el borde de la cama.

Voltea y se sienta. Está relajado, su mirada a media asta, como si estuviera borracho de lujuria. Si fuera realmente una diabla, le ordenaría que se desnudara, lo ataría a la cama, y luego me iría a pintar el mural.

Eso le vendría bien, pero no estoy segura de poder soportar su respuesta. Quizás empieza a importarme esta pseudo relación que estamos teniendo Billy y yo.

Además, eso no es lo que quiero. Quiero probarlo, como él me probó a mí.

Me arrodillo sobre la alfombra de felpa que vale más que lo que he ganado en toda mi vida y libero su erección.

Él se queja y sus manos forman puños a su lado, pero los mantiene allí, como si estuviera en un club de strip tease y yo fuera una bailarina sobre su regazo. Puedo tocarlo, pero él no a mí. Tomo su verga con el puño y subo y bajo la mano por su largo.

Un gruñido grave resuena en su pecho.

Guau. Es más animal de lo que hubiera pensado. Antes de esta semana, imaginaba que el sexo con él podría ser una empresa fría y cuidada, pero es improvisadamente ardiente.

Le muestro la lengua mientras me inclino hacia adelante de a poco y creo expectativas. Sus muslos se tensan.

—¿Quieres que me ponga tu verga en la boca? —Le pregunto.

—No provoques. —Su voz es neutra. Quizás hasta haya un poco de desafío en las palabras.

Oigo el mensaje fuerte y claro. Puede que él obedezca, pero no rogará.

Y cualquier ilusión que tenía acerca de realmente estar en control acaba de desvanecerse. Está jugando conmigo: me deja tener mi turno, por hacer decirlo, antes de volver a controlarme.

Deslizo la punta de la lengua junto a su hendidura que gotea.

—¿Y si lo hago? —Le pregunto.

Veo un brillo malvado en sus ojos.

—Hay castigos para las chicas que provocan.

Un rayo va directo a mi clítoris y las paredes internas de mi centro se contraen. Sip. Me entiende. Parece que me comprende mejor que yo. Quizá todo este tiempo lo he estado desafiando de forma inconsciente a que me castigue.

Exhalo sobre la cabeza de su verga, pero todavía no me la llevo a la boca. Se agranda en mi mano y crece a un ancho alarmante, las venas sobresalen.

—Pídemelo bien, —ronroneo.

—Muéstrame, Plata.

—¿Mostrarte qué? —Le sonrío. Definitivamente lo tengo donde lo quiero ahora.

—Muéstrame el cielo.

Bueno, muy bien entonces. No está rogando, pero sí lo pidió bien. Deslizo la lengua debajo de su verga mientras la trago en mi boca.

Billy se sacude y respira profundo ante la sensación. Lo llevo profundo, yendo lento para poder relajar la garganta.

—Oh, mierda, —murmura cuando la cabeza de su verga choca contra la parte de atrás de mi garganta y sigue.

Toco sus bolas. Él deja salir una exhalación dolorosa.

—Aubrey...

Me gusta escuchar mi nombre con esos tonos doloridos. Saber que soy la que hizo que el billonario cuidado pierda la calma.

Agrando las mejillas para succionarlo fuerte mientras me voy hacia atrás y su mano se enreda en mi cabello. Él cierra los dedos en un puño y usa mi cabello para guiarme adentro y afuera.

Salgo y paso la lengua alrededor de mis labios...

—¿Dije que podías tocar?

Él me suelta el cabello, pero sus dedos pasan a mi garganta. Me toca, sin apretar, sólo sintiendo la columna de mi cuello.

—¿Puedo tocarte aquí? —Su voz es grave y rasposa.

Trago bajo su mirada. Mi cerebro se mueve dentro de mi cráneo buscando una respuesta. Parte de mí quiere decirle que no. Reestablecer el control. Negarme a dejar que me domine. Pero me empapé las bragas ni bien puso los dedos allí.

Así que me conformo con una no-respuesta y tomo su verga de nuevo en mi boca. Sus dedos siguen alrededor de mi garganta, pero su pulgar acaricia ligeramente hasta mi mentón como si buscara el lugar donde estoy tomando su verga.

Sus dedos se endurecen cuando se emociona, pero cuando me tenso, suelta y mueve la mano para masajearme la nuca; luego vuelve a subir a mi cabello en donde forma un puño de nuevo. Me guía más rápido y lo dejo por un momento porque es realmente sensual, pero luego vuelvo a salir.

Esta vez, me suelta el cabello de inmediato.

Levanto su verga con la mano y bajo el rostro hasta sus bolas, lamiendo y luego succionándolas.

La respiración de Billy se vuelve entrecortada. Cuando mi nariz roza su verga, se ahoga en un sonido y se tensa.

Capítulo diecisiete

Billy

El aroma de mi piel quemada momentáneamente nubla el delicioso olor a nuez moscada y miel de Aubrey, y me froto la nariz para quitármelo. Su arito de plata me quema la verga, pero nada en el mundo me haría pararla. Por un lado, soy inmune al dolor; me golpearon demasiado de niño como para siquiera registrar el malestar físico.

Pero además de eso, estoy en el maldito cielo.

Me han hecho más de mil mamadas en la vida, pero ninguna se ha sentido así. No puedo decidir si es su aroma o el hecho de que me odie lo que me excita tanto. Quizá me guste que insista en mantener su naturaleza de alfa, aun cuando está arrodillada dándome placer.

No he estado con una mujer como ella antes. No he tenido este sentido de anhelo que trasciende lo físico, directo a mi centro. Como si mi propia *esencia* anhelara a Aubrey.

Sus rizos imposiblemente largos y gruesos caen como una cascada alrededor de sus hombros y por su espalda.

Ella mueve mi verga al otro lado de su rostro, sigue succionándome las bolas y deja de quemarme. La piel tendrá ampollas, pero sanará para mañana.

Miro que la hermosa humana extiende la lengua para lamer una larga línea desde mis bolas hasta la parte de abajo de mi verga, todo el camino hasta la cabeza. Veo que su mirada se centra en las ronchas rojas en la base de mi verga, así que me muevo rápido para distraerla.

Tomo sus muñecas y las sostengo juntas para tirarlas hacia arriba mientras me paro, haciendo que se levante con los brazos extendidos sobre su cabeza.

—¿Quieres mi lengua o mi verga en esa vagina tuya que está lista?

Sus pupilas se dilatan y ella se balancea de pie. Una nueva ola de lujuria me recorre con el aroma de su excitación.

—Ambas.

—Golosa. Eso me gusta. —Le quito la camisa por encima de la cabeza. Lleva un sostén rosa pálido de encaje debajo de ella y hace que se me haga agua la boca.

Ella baja sus pantalones cortos y red por sus caderas.

—Claro que sí.

Sosteniéndole la mirada, niego lento con la cabeza.

—Otra vez esa boca.

Ella vuelve a mirarme. ¿Me está desafiando a que tome el control a la fuerza? Sé por el aroma de su excitación que la idea la excita, pero es un gran salto si no tengo consentimiento verbal. Sospecho que quiere mi dominancia a la vez que mantener el control. O que quiere que la domine, pero que la deje no lucir mal al mismo tiempo. Tengo que actuar con cuidado.

Si esto sale mal y se lo cuenta a Madi, Brick me cortará la verga.

La giro y presiono su espalda alta contra un lado de la cama. Ella se tensa y contiene la respiración, pero no lucha conmigo ni protesta. Le desabrocho el sostén desde atrás. La expectativa explota en todo mi cuerpo. Mi necesidad de consumirla es más ardiente. Quiero dominarla realmente. Ser dueño de ese cuerpo sensual. Mostrarle todo lo que la hago sentir.

Quiero escucharla gemir. Gritar. Rogar.

Quiero a Aubrey Cook. La humana caótica, porta cachorros, e irrespetuosa que, por alguna razón inexplicable, me pone la verga más dura que el acero.

Le doy una nalgada en el trasero y luego deslizo ambas manos por encima de sus caderas y bajando por sus muslos externos para terminar quitándole los pantalones cortos y red.

Como no se quejó por mis nalgadas, estoy indeciso entre darle un buen castigo y poner la boca en esa vagina húmeda que tiene.

Antes de recordar no mostrarle mi fuerza, levanté sus caderas en el aire y puse sus rodillas sobre el colchón. Ella hace equilibro sobre sus manos y rodillas, pero empujo entre sus escápulas y obligo a sus hermosos pechos a bajar hacia mi cubrecama gris de seda.

La humedad brilla en sus labios. Le doy una nalgada a su otra nalga con la fuerza suficiente como para crear un fuerte sonido de golpe. Me inclino y le muerdo el trasero.

—Eres tan exquisita, maldición. —No soy de halagar, incluso con parejas sexuales, pero la honestidad tan sólo cae de mi boca. Separo sus nalgas y le lamo la vagina—. Saca ese trasero hacia afuera, —le ordeno y hago que mi voz sea un ladrido.

Pepper llora con el sonido desde afuera de la puerta. Le

envío una imagen mental de esperarme en el recibidor y obedece con inteligencia.

Deslizo un pulgar dentro del canal húmedo de Aubrey y separo los dedos sobre su sacro, entrando y saliendo. Está más jugosa que un durazno, lista para comerla.

—Te mostraré qué sucede cuando te ganas un castigo mío.

Sus paredes aprietan mi pulgar y prueban la idea de que está *más* que interesada en esta escena.

Quito mi pulgar de su canal y uso la humedad que junte para frotar su ano.

Ella aprieta contra la sensación.

Le doy una nalgada, sólo una, pero cuando gime con placer decido que es hora de un castigo como se debe.

Le doy una seguidilla de nalgadas ligeras, calentándole el trasero sin desafiarla; luego me detengo y hago círculos en su trasero con la palma, frotando y apretando.

—Quédate justo ahí, —le ordeno.

No tengo idea de si obedecerá.

O si obedecerá, pero me dirá algo al respecto.

No lo hace. Ella parece haber entrado en una zona mental de rendición.

Beso una nalga roja antes de ir rápido a buscar una botella de lubricante del baño en suite.

Pepper mete la nariz por la puerta del dormitorio y mueve la cola, pero lo ignoro. Él vuelve a irse.

Volviendo con la botella abierta de lubricante, dejo caer un poco sobre su ano.

Ella se sacude, así que sostengo firme su cadera para asegurarla. Como una cachorra que sólo necesita un alfa, su cuerpo quiere la seguridad de tener dueño, así podrá soltarse y experimentar un placer profundo. Si se siente insegura, su mente se mantendrá conectada, analizando la situación e intentando decidir qué hacer después o cómo responder. Estará en modo rendimiento o protección.

La quiero en modo recepción. Necesito que sienta profundo mi control. Que sepa que ahora estoy a cargo; ella no tiene que preocuparse por nada más que obedecer mis indicaciones.

Una venda ayudaría. Atarla también le sumaría a la experiencia sensorial.

Necesito ir más lento y crear una escena que quiera repetir. Mi lobo me tiene nervioso; se muere por no dejar de hacérselo, pero ahora no es el momento. Ahora es momento de dar.

Dirijo mi autocontrol y le pongo candado a mi lobo. Camino hasta mi armario y tomo dos corbatas. Cuando vuelvo, deslizo una sobre la cabeza de Aubrey para cubrirle los ojos. Ella se mueve y gira la cabeza para dejarme atarla por detrás; luego baja la mejilla de nuevo al cubrecama.

Tomo una almohada de la pila junto al cabezal y levanto su torso para deslizar una debajo de su pecho y que le quite algo de presión a su cuello para que esté más cómoda con las manos detrás de la espalda.

Tomo una de sus muñecas, la giro detrás de su espalda y luego giro la otra. Me tomo mi tiempo pasando la corbata de seda alrededor de sus muñecas, pero la ato con fuerza. Si quiere sacársela, tendrá que pedirlo. Siento las expectativas que crecen en Aubrey. Su aroma tiene algo cálido, como si ya estuviera en la cima de la pasión.

—Ahora puedes concentrarte, Plata, —le digo—. Te daré mi lengua y mi verga, como lo pediste. Pero primero está el tema de tu castigo.

La única respuesta de Aubrey es un suspiro leve.

Está totalmente de acuerdo.

Para mantenerla sorprendida, todavía no le doy nalgadas. Separo sus muslos superiores con mis pulgares y la lamo. Toco su clítoris hinchado con mi lengua y luego succiono sus labios. Está recién afeitada del frente hacia atrás y su piel es suave y fácil de devorar.

Una sensación extraña me invade cuando la pruebo. Una ola de placer, no física. Más bien etérea. Metafísica. Me muevo y trabajo con la lengua entre sus pliegues, saboreo sus flujos mientras aumenta su placer. Es una sensación de algo correcto mezclado con emoción, como la adrenalina que siente mi lobo cuando capta el aroma fresco de una cacería y sabe que la presa está lista.

Intento decirme a mí mismo que es mi verga hablando.

He estado duro por esta humana desde la fiesta de compromiso de Brick y Madi. De hecho, desde que la conocí en La Résistance. Mi verga sólo está feliz de finalmente poder hacerlo hasta sacarla de mi sistema.

Definitivamente no es el destino el que habla. Eso significaría que...

No.

De ninguna forma.

No estoy destinado a estar con una humana.

La idea me irrita lo suficiente que le doy una nalgada a Aubrey mientras la lamo.

Ella gime. Le doy otra y me mantengo ocupado con la lengua mientras le dejo su suave trasero rojo con la palma de mi mano.

De ninguna maldita manera estoy destinado a estar con una humana.

Cambio de manos y golpeo la otra nalga, le doy varias nalgadas fuertes mientras lamo toda su vagina con la lengua.

Encuentro su ano con el pulgar derecho. El lubricante que dejé caer ahí hace un rato se calentó a la temperatura de su cuerpo y es fácil meter el dedo en su apertura.

Sus gemidos se vuelven más salvajes.

No se lo hago en el trasero con el pulgar, sólo lo dejo en su interior. Luego levanto la cabeza y empiezo a darle nalgadas con ganas, fuertes donde el trasero se une con el muslo, primero de un lado y luego del otro.

Ella se queja, pero las toma bien; se queda totalmente quieta. Sus muslos empiezan a temblar. Su vagina deja caer excitación sobre mi cubrecama.

Normalmente soy limpio nivel TOC, pero ya sé que no lavaré nada cuando terminemos. Quiero dormir con su aroma en mi cama esta noche.

Todas las noches, insiste mi lobo.

Lo callo pegándole más fuerte a Aubrey. El tono de sus gritos se vuelve intenso, así que paro y froto la piel acalorada mientras se lo hago lento con mi pulgar en el trasero.

Me doy cuenta de que está a punto de venirse y froto su clítoris con los dedos de mi otra mano.

—¡Oh Dios! —grita.

—¿Esas nalgadas te calentaron, Aubrey? —balbuceo—. ¿Te vendrás para mí antes de siquiera meterte mi verga? — Dos dedos se deslizan dentro de ella sin que ni siquiera busque penetrar; su piel está así de hinchada, resbaladiza y abierta.

—Oh, mierda.

Muevo el pulgar y los dedos.

—Oh por dios. ¡Mieeeeeerda! —Ella los aprieta de inmediato, como si esperara algo sobre qué venirse. Sus flujos empapan mis dedos mientras llega al orgasmo.

Mi lobo aúlla con satisfacción.

Esa sensación de satisfacción metafísica también me envuelve.

Me muevo hasta que Aubrey termina y luego digo,

—Chica mala. No dije que podías venirte.

* * *

Aubrey

Ahora que he tenido mi sextigo, y *fue* realmente ardiente, lucho por tener el control.

—Yo soy la que dará las órdenes, —afirmo aunque estoy sin aliento y tartamudeando y eso podría quitarle algo de fuerza a mi afirmación.

Billy me muerde y luego me besa el trasero dolorido; después me desata las muñecas. Me quejo cuando la sangre vuelve a mis hombros, que se habían quedado un poco duros.

Billy parece entender exactamente qué estoy experimentando porque los aprieta y me ayuda a masajearlos hasta que vuelven a la vida. Bueno, ahora lo sé. Billy White tercero es un *animal* en la cama. La teoría de Madi de que podría ser decente porque les presta atención a los deseos de la gente era correcta. Es suave. Experimentado. Dominante de una forma deliciosa.

Quiero más.

Él me pone boca arriba con su cuerpo encima. Su mirada está en el arito de plata en mi ombligo. Debe pensar que es sensual.

Lo alejo y cede. Su expresión normalmente indescifrable sigue así, pero detecto algo de suavidad que no estaba allí antes. ¿Algo de aprecio?

Creería que estaría loco con las bolas azules ahora que yo me he venido dos veces y él para nada, pero parece paciente.

Este hombre tiene autocontrol; le daré eso.

Me subo a su cintura y sus párpados caen mientras sus grandes manos de hombre talentoso vienen a mis caderas.

Suena un teléfono y sus ojos van hacia el suelo, donde están sus pantalones.

—¿Tienes que atender?

Rechina los dientes.

—Mierda.

Tomo eso como un *sí* y me bajo.

Billy salta de la cama y toma el teléfono del bolsillo de sus pantalones.

—Brick.

Ah. Su jefe y mejor amigo. ¿Me pregunto qué rol de la relación está primero? Casi parece que el de jefe porque estaba castigado con Brick por dañar su relación con Madi. Pero es extraño porque pensé que Madi había dicho que habían sido amigos de la universidad antes de que fuera su jefe.

—¿Dónde estás? —La voz de Brick es tan fuerte que puedo oírla hasta aquí en la cama.

—Estoy trabajando desde casa hoy.

—¿Desde cuándo *trabajas desde casa*? ¿Qué carajos estás haciendo allí?

El rostro de Billy se vuelve neutro como un mármol; no es que mostrara mucho antes.

Oh oh. Tengo la sensación de que terminó la fiesta. Me bajo de la cama y busco la ropa.

—Estoy intentando tener una reunión con mi equipo ejecutivo y me dicen que no estás aquí. Te necesito en la oficina. Ahora.

—Estaré allí en treinta. —La llamada termina sin despedida. Cuando Billy me mira, espero ver esa mirada neutra de negocios, pero hay un destello de algo más. ¿Decepción? ¿Anhelo?

Ver ese brillo de humano real debajo del exterior cuidado me provoca algo extraño en el corazón.

¿Estoy sintiendo empatía? ¿Por un billonario?

Eso es absurdo. Él eligió esta vida de poder. Eligió a Brick como mejor amigo.

Se me acerca en donde estoy parada con un conjunto de sostén y bragas que puede que haya escogido para este preciso momento.

—Lo siento. —Toma mi nuca y trae mi rostro hacia el suyo—. Debo irme. Por favor dime que podemos hacer esto de nuevo.

Guau. Dijo *por favor*. Y *lo siento*.

—Veremos.

Él baja su rostro hacia el mío, pero se detiene allí.

—¿Puedo besarte?

Parece gracioso que me pida permiso para besarme después de tener su pulgar en mi trasero hace poco, pero sigo sin estar de humor para darle poder.

—No. —Digo, pero luego tomo el control y llevo su rostro para que sus labios presionen los míos. Lo beso sin parar y pongo toda la lujuria contenida que esperaba liberar con el sexo en su boca. Nuestras narices se frotan. Los labios se retuercen. Hago que sea largo y apasionado para mostrarle qué se perdió. No es que la erección de mástil que presiona junto a mi barriga no pruebe que ya lo sabe.

Cuando nos separamos, su nariz parece tener marcas rojas. Estiro la mano para tocar una.

—¿Mi arito de la nariz te raspó? —No debería rasparlo, eso no tiene sentido, pero no puedo pensar en una explicación.

Billy ignora mi pregunta y toca mi mejilla en un gesto que parece demasiado tierno para un tipo con el que he estado peleando por dos meses. Me da otro beso rápido antes de alejarse a ponerse la ropa. Le gano en la carrera de vestirse y salir de la habitación antes que él.

Pepper está esperando afuera en el pasillo y, ¡maldición!, dejó un charco de pis allí.

Mierda. Bueno, al menos fue en el piso de madera y no en una alfombra que no pueda pagar para reemplazar.

—Cuidado dónde caminas, ¡hay pis de perro! —Le grito a Billy—. Lo limpiaré. —Escucho que Billy gruñe en la habitación y Pepper hace un poco más de pis—. ¡No seas malo con él! ¡Sólo es un cachorro! —Corro a buscar servilletas.

Billy me frena al salir. Me besa una vez más.

—Te deseo, —dice y se va.

Esas son sus palabras de despedida.

Miro fijo la puerta por donde se fue y una sonrisa lenta aparece en mi rostro.

—Entendido.

* * *

Billy

Saboreo el aroma de Aubrey sobre mi piel mientras tomo el ascensor al estacionamiento. Mi piel cosquillea donde el arito de plata me quemó. Mis bolas deben estar de un color azul oscuro; duelen como unas hijas de puta, pero mi lobo está silbando mientras camina. Acabo de hacer que Aubrey se venga.

La tenía desnuda en mi cama. Su aroma no sólo estará en toda mi casa; estará en mis sábanas.

Pero mientras salgo del estacionamiento en mi Porsche, el sonido de la respuesta de Brick retumba con fuerza en mis oídos.

Nadie trabaja desde casa en Moon Co. Veinticinco por ciento de los empleados son lobos. Eso significa que nadie se enferma, nunca. Brick maneja su negocio con puño de hierro. No exige trabajar de noche o fines de semana a menos que sea necesario, pero claramente debes estar en tu escritorio cuando te necesita.

Siempre he sido el tipo que trabaja sesenta horas por semana. Llego primero. Me voy último. Hago que sea mi trabajo ocuparme de cada uno de los aspectos del negocio que podrían perjudicarnos. Trabajo con Eagle, nuestro abogado corporativo y el cuñado de Brick, para resolver cada peligro. Dirijo la empresa tanto como Brick. Quizá más.

Entonces sí, que ayer estuviera jodiendo con reuniones virtuales estuvo muy alejado de lo normal.

¿Qué me está pasando?

Bajo las ventanas y dejo que el aire contaminado de Nueva York con su mal olor en las calles me golpee en la cara. El aroma de Aubrey se desvanece y llevo una variedad de olores de la calle: grasa dulce de donas, goma quemada, gases de escape.

Mientras mi disgusto por la ciudad invade mi piel, el placer de tocar a Aubrey desaparece.

Sólo me queda el enojo.

¿Por qué carajos tiene este efecto en mí? ¿Cómo pude dejar que mi necesidad de meterme en sus bragas interrumpiera el trabajo que hago para Brick? Decepcioné a mi alfa, de nuevo. Y esta vez bajo los auspicios de compensar lo de la última vez.

¿Qué pasa si... esto no se trató de compensar a Brick después de todo? ¿Y si Aubrey realmente es mi perdición?

La bruja de los Adalwulf predijo que Madi traería consigo el final de la manada Blackwood, pero eso no ocurrió. ¿Y si se equivocó? ¿O si eso no fue para nada una predicción sino una maldición? Una que encontró su forma retorcida de llegar a mí.

Los Adalwulf habían hecho un pacto con brujas hace

generaciones y ahora cada una tiene su loba-mágica-vidente de la manada que ayuda a guiar a su alfa.

La bruja vieja murió con Odin, su último alfa, pero mis fuentes me dicen que hay una nueva vidente joven que la reemplazó: Aster, la maga virgen.

Puede que hayan enviado a Madi como una maldición para destruir a Brick, y cuando eso no funcionó, la redirigieran a mí. ¿Por qué más estaría tan embobado con una humana básica? Odio a los humanos.

No me interesa para nada el arte. La justicia social no significa nada para mí: soy un lobo que opera en otra sociedad.

Bajo el visor para mirar mi reflejo en el espejo. Hay ampollas rojas junto a mis fosas nasales y labio superior en donde Aubrey frotó su arito de plata.

Disfruté el beso.

Disfruté la pasión que tenía. Disfruté saber que inspiré esa pasión.

Me permití que una humana me diera órdenes.

Todo ese tiempo mi alfa me necesitaba y yo estaba ausente de la manada.

¿Qué carajos me sucede?

Necesito controlarme. No más trabajo remoto. No más hacerlo con el enemigo.

Le pagaré su trabajo del mural y soportaré lo de la fiesta de despedida de soltero/a y la boda, pero eso es todo. Si nos encontramos unas veces en la cama mientras estamos en eso, no me quejaré, pero no puedo permitir que me distraiga.

No puedo sucumbir ante el extraño encanto que tiene.

Aubrey Cook es un problema. Su belleza caótica es peligrosa.

Sin importar qué pase en estas próximas semanas, no puedo dejar que me afecte.

Capítulo dieciocho

ubrey

Bueno. Para un tipo cuyas palabras de despedida fueron «te deseo», tendría que llegar a la conclusión de que Billy White no me deseaba tanto.

Es eso o cosas que pasaron en Moon Co, y ha estado tapado de trabajo porque no lo he visto ni oído desde que se fue hace dos días cuando llamó Brick.

Por eso volví a intentar molestarlo traspasando todos sus límites.

Grayson, el portero grandote, me dejó entrar al departamento de Billy ayer y hoy sin otra explicación más que Billy le había dicho que me diera acceso. No hubo nota ni mensaje de texto de Billy. Es un silencio total.

Bueno, como sea.

Por mí está bien. Avancé mucho con el primer mural.

También disfruto de tener la casa de Billy para mí.

Pensé que es probable que tenga cámaras por todos lados y me acomodé en su casa hoy para molestarlo; me serví de su café en la cocina y de la comida de su refrigerador, que es casi todo carne, por cierto. Supongo que es uno de esos tipos que hace la dieta paleo.

Ahora estoy en la ducha gigante para dos personas del en suite en su habitación, limpiándome de pintura antes de mi cita con Madi esta noche. Sí, pensé que era apropiado desnudarme en el mismo lugar que él.

Abro el gel de ducha de Billy. Está en una botella de vidrio, ¿quién lleva de estas a la ducha?

Realmente espero que llegue a casa mientras estoy aquí y me encuentre poniéndome cómoda como una mala cita que no se quiere ir por la mañana.

No he decidido si dejaré que me toque o si lo haré soportar mientras salgo con las sensuales botas go-go que me dio Caroline.

Pero he estado unos treinta minutos en su ducha y no ha llegado. Supongo que tengo que seguir para poder encontrarme con Madi. Esperaba poder irnos juntas desde aquí, pero me escribió para decirme que tiene que trabajar hasta tarde y que me encontrará allí.

Todavía no tengo un plan para Pepper, quien está sentado en la mullida alfombra gris del baño, esperándome con sus grandes ojos marrones pegados a la puerta de vidrio de la ducha.

No le he encontrado un hogar, lo que es un problema porque mi departamento no permite mascotas. Hasta ahora lo he metido cada noche y luego traído conmigo a lo de Billy. Ni siquiera tuve que usar la tarjeta de crédito de Billy para comprar comida y juguetes porque todas las cosas llegaron a mi puerta como enviadas por hadas mágicas.

Sospecho que el hada mágica fue la asistente de Billy. ¿Me sorprende que Billy se haya tomado la molestia de ayudarme a cuidar a un cachorrito? Quizás un poco, pero menos de lo que pensé. Billy actúa enojón, pero parece preocuparse más de lo que muestra. Finge que Pepper lo molesta, pero cuando bañó al perrito, fue gentil. Creo que muy adentro sabía que Billy tendría una amabilidad profunda; de otra forma no habría traído a un pobre cachorro indefenso a su puerta.

Pero igual necesito encontrar a alguien que cuide al cachorro esta noche. Pepper está bien; ya aprendió a sólo hacer pis en los paños para cachorros o a ir afuera. Esperaba que, si Madi y yo nos íbamos de aquí juntas, pudiera dejar a Pepper con Billy o con Brick, pero el plan no tomó forma.

Lo que significa... realmente podría molestar mucho a Billy si sólo dejara el cachorro aquí como sorpresa cuando venga esta noche a casa. Aunque en parte me encanta la idea de ser detestable, no quiero que Pepper la pase horrible.

Hmm... decisiones, decisiones.

Tomo la rasuradora de Billy y cometo el pecado cardinal de quitarle el filo afeitándome las piernas y la zona del bikini para luego salir de la ducha y ponerme una toalla mullida. Me tomo mi tiempo para vestirme y llevo un atuendo con una camisa gris clara y ajustada con las botas blancas go-go.

Busco la cena en el refrigerador de Billy. Todavía no llega a las 6:30 y es hora de irme, así que pongo a Pepper en el pequeño bolso que le compré para esconderlo al entrar y salir del edificio, podría ser un bolso de viajes si no miras con atención, y salgo por la puerta.

—Lo siento, bebé. Esta noche te dejaré con el monstruo. Espero que sea bueno y te dé algo de comer por la mañana, pero vendré a asegurarme de que te saquen, ¿bien?

Pepper da un pequeño ladrido.

—Lo sé. Yo también te amo. Sé bueno. —Hago ruidos de besos y trago el kilo de culpa que sube por mi garganta mientras cierro la puerta.

Estará bien. Pepper estará bien, y molestar a Billy vale la pena.

Sobre todo después de la desaparición que tuvo esta semana.

Entro al ascensor e intento ignorar mi recelo. Todo acerca de esta noche se siente incorrecto. Billy desapareció. Madi no pudo encontrarme aquí para ir juntas. Odio dejar a Pepper sin estar segura de que alguien lo cuidará.

Me siento perdida.

Ni siquiera sé qué hago jodiendo en el edificio de Billy cuando debería concentrarme en el caso Sentience.

El sábado es la gala y descubrirán mi mural. Esa sería mi oportunidad de conseguir la evidencia que necesitamos para el caso.

Será el riesgo más grande hasta ahora, pero nadie más puede hacerlo. Como artista, tengo una invitación. También tengo una tarjeta de acceso.

Es la mejor oportunidad que tenemos de acabar con ellos.

* * *

Billy

Entro en mi departamento a las siete sabiendo por el rastreador en su teléfono que Aubrey acaba de irse.

Fue pensado a propósito. Necesito reiniciarme totalmente cuando se trata de esa mujer y eso significa evitar la tentación de su aroma a nuez moscada y su cuerpo exquisito.

Levanto la nariz para sentir su aroma. Está mezclado

con el sabor de pintura secándose, la humedad de una ducha fresca y un perro.

Hay un pequeño bolso junto a la puerta, puesto junto a los paños de cachorro. Claro. Es un bolso para transportar perros.

Pepper da un fuerte ladrido de alegría cuando llego.

—Ey. —Pongo una voz firme y Pepper llora.

Me quito la corbata. Aubrey se duchó aquí y dejó al maldito perro. ¿Por qué carajos haría eso? ¿No le importa el bienestar de esta rata alfombra? ¿O tiene una opinión sobre mi compasión por animales pequeños que es mayor a lo justificable?

O... ¿espera tentarme a castigarla? Esa idea me pone la verga dura.

Abro el bolso y levanto la pequeña bola de pelos.

—No me ladres.

Él mueve el cuerpo de forma violenta mientras intenta lamerme la cara, las manos, cualquier parte de mí que alcance con desesperación.

—Soy tu alfa. No lo olvides.

Más movimientos de cola.

Puede ser joven y mestizo, pero es inteligente. Puedo ver en sus grandes ojos marrones que me entiende a la perfección. Froto detrás de sus orejas.

—¿Tienes que salir? —Le envío una imagen mental de hacer pis en el césped de Central Park. Así nos comunicamos los transformistas cuando estamos en forma de lobo. No somos psíquicos en lo más mínimo, pero puedes transmitir una idea simple bastante bien. Suele ser en qué dirección correr o a qué animal cazar.

La cabeza de Pepper gira para mirar hacia las ventanas que dan al parque.

Sip. Cachorro inteligente.

Aubrey dejó una correa junto a su bolso, pero de ninguna forma caminaré en público con un perro con correa. Pasear a un perrito por Manhattan no está a mi altura de todos modos. Pero mostrar que no puedo controlar a este pequeño perro es absurdo.

Apoyo a Pepper sobre sus patas.

—Ven. —Abro la puerta y él camina conmigo hacia el ascensor, oliendo todas las esquinas. Levanta una pierna para hacer pis y gruño. Él se queda helado, vuelve a bajarla y gira para mostrarme la barriga en sumisión.

Le miro fijo como un alfa.

—Sólo afuera.

Cuando llegamos al vestíbulo, quiero preguntarle a Grayson si Aubrey dejó un mensaje para mí, como por qué carajos dejó a Pepper aquí, pero no puedo mostrar debilidad. Soy la mano derecha de nuestro alfa. Luzco bastante ridículo saliendo del ascensor con un perrito corriendo detrás de mí cuando soy el tipo de hombre que debería tener un Dóberman de un metro veinte a sus talones.

Asiento en dirección a Grayson y salgo hacia la acera. Usualmente, cuando camino por la calle, la gente mira para otro lado, pero Pepper los hace verme a la cara con una sonrisa. Por supuesto, se desvanece rápido cuando ven mi mirada helada de *no me jodas*.

Pepper camina tan rápido como lo llevan sus pequeñas piernas para seguirme el ritmo. Llegamos a la esquina hasta el césped del parque y señalo para decirle que haga lo suyo. Él obedece. No me interesan los bebés, cachorros o gatitos, pero es difícil negar lo lindo que es. Puede que sea un monstruo que mayormente está muerto por dentro, pero hay algo acerca de los jóvenes (transformistas o animales) que saca el alfa protector en mí.

Sobre todo cuando veo que alguien se acerca con un

mestizo más grande que parece que se quiere comer a Pepper. Gruño grave con la garganta, demasiado grave para que lo escuche el humano que pasea al perro, pero lo suficiente como para que el perro se detenga y abrace la pierna de su dueña mientras ella camina.

Me suena el teléfono mientras Pepper corre de arbusto en arbusto marcando su territorio, y lo saco para ver la pantalla.

Madi.

Ella nunca me llama. Aunque he intentado probarle mi lealtad como mi luna, todavía no somos amigos.

Muevo el pulgar por la pantalla para responder.

—¿Sí, Luna? —No necesito caerle bien, pero su confianza importa. Ella tiene que saber que soy su soldado leal, preparado para tomar sus órdenes. Listo para dar mi vida por la suya.

—Billy. Hola. ¿De casualidad sigue Aubrey en tu casa?

Frunzo el ceño.

—No. Se fue hace media hora. ¿Por qué?

—Se suponía que nos viéramos esta noche, pero no puedo irme de la oficina, y ella no contesta el teléfono.

Algo se retuerce en mi interior. No es miedo por la seguridad de Aubrey, aunque eso también está presente. Es algo más. Algo menos claro que un instinto protector. Más sucio. Manchado de celos y dolor.

Mierda. Es *empatía*.

De alguna forma sé cómo se sentirá Aubrey porque Madi la plante.

Lo sé y quiero sacar una espada y matar al dragón que la hizo sentir así.

—¿Dónde ibas a verla? —Intento evitar que mi voz suene cortante. Ella sigue siendo mi luna y mi lealtad debería estar con ella por encima de Aubrey.

Por alguna razón no lo está, pero no puedo analizar eso ahora mismo.

—All Night. Está junto a La Résistance en Brooklyn.

—Conozco el lugar. Iré a darle el mensaje.

Hay una pausa mientras Madi procesa eso.

—¿Lo harás?

—Por supuesto, Luna, —digo con suavidad, como si lo hiciera por ella y no por Aubrey.

—Bien. Asegúrate de que se divierta. Llévala a casa o algo si lo necesita. —Madi usa algo de orden alfa en su voz, lo que no es necesario. Pero es una mujer inteligente, más que la mayoría de nosotros, y todos fuimos a las mejores universidades. Sospecho que sabe qué tramo. He mostrado más interés en su mejor amiga que el necesario. Ahora hace que esto sea una orden para darme una excusa de tener a Aubrey toda para mí esta noche.

No lo odio.

—Iré ahora, —digo y corto la llamada antes de que Madi pueda obtener más información.

Doy un silbido corto y la cabecita de Pepper gira para verme, las orejas levantadas, los ojos alerta a mi orden. Cuando chasqueo los dedos y señalo mi talón, se acerca y se cae un poco cuando su cuerpo se adelanta a sus patas.

—Vamos, Pepper. Tu mamá nos necesita.

* * *

Aubrey

No vendrá. Y no, no la atendí cuando intentó llamarme las últimas diez veces. Porque si la llamada era sólo para decir que llegaría unos minutos tarde, me hubiera escrito. El hecho de que me esté llamando quiere decir que busca disculparse, y para ser honesta, no quiero escucharlo. O bien diré algo de lo que me arrepentiré y dañaré nuestra amistad de forma permanente o explotaré en lágrimas y ninguna de esas es apropiada cuando estoy en un evento de música en vivo en mi lugar favorito. Llevo una fantástica chaqueta turquesa de cuero que luce genial en mí.

Pongo una lima en mi trago y la bato con un pequeño sorbete. No he comido nada y el vodka tonic se me está yendo directo a la cabeza. Por supuesto, es el segundo, así que es probable que eso lo explique.

Un grupo de universitarios revoltosos blancos y asiáticos que está junto a mí en el bar siguen mirándome, me sonríen. Están buscando pie para empezar una conversación, pero los ignoro todo el tiempo y miro la banda.

Están tocando mi tema preferido de Pat Benatar, «Invincible» y me encantaría tomar el micrófono y encargarme de la voz porque su cantante no tiene el rango necesario. No es que esté juzgando. No creo que tengas que tener una gran voz para hacer música. Cualquier voz sirve. El deseo de cantar, de expresarte, es lo que importa.

La puerta se abre y hay un momento de salón del Lejano Oeste en el que entra alguien que claramente desentona con el lugar.

Billy Billones.

Todavía con su traje de Wall Street. ¿Qué está haciendo aquí? ¿Y cómo me encontró?

Parece realmente enojado, como si estuviera aquí para hacer rodar cabezas. Ja. Es probable que sea porque dejé a Pepper ahí. Miro su brazo para ver si lleva mi perro, pero tiene las manos vacías.

Su mirada va hacia los tipos que están parados cerca de mí y luego se fija en mí.

Por alguna razón, hay mariposas en mi barriga mientras se acerca. No le temo a su enojo. Mierda, lo quiero. Las mariposas no son por miedo; son pura emoción. Mi vagina se tensa al pensar en él intentando volver a castigarme.

¿Lo dejaré?

Esa es la pregunta de $10.000.

Pero Billy no me confronta cuando llega. Pasa entre el grupo de tipos hasta mí y les da la espalda y su frente a mi lado.

Espero que diga algo, pero está llamando al cantinero para pedirle un trago.

—Crown Royal. Puro. —Deja cien en el mostrador. —Mueve la cadera contra el bar en lo que probablemente sea su forma más casual de pararse y me mira—. Linda chaqueta.

—Gracias. Es vintage. —Esperaba mostrársela a Madi.

Ahora dudo que la vea alguna vez.

Billy sigue observándome. Podría comentar algo sobre su traje de estirado, pero no tengo ganas. Realmente he perdido mi esencia si no tengo energía para burlarme de Billones.

Luego dice,

—Madi te plantó.

De todas las cosas que esperaba que dijera, esa no era una.

Hay empatía en sus palabras. Entendimiento.

Ni siquiera lo hubiera creído capaz de tal cosa.

Mis ojos se agrandan y se me cierra la garganta; mi nariz de pronto está caliente y tensa.

Él me toca el brazo; su caricia es ligera al principio y luego forma un abrazo reconfortante.

—Es como la décima vez. —Se me quiebra la voz. Sueno como una adolescente, pero Billy está allí parado mirándome con algo que parece calidez y todo sale hacia afuera—. Ya nunca la veo. Pensé que pintar el mural en tu edificio significaría que al menos pasaríamos tiempo juntas, pero siempre está con Brick o trabajando. He estado intentando juntarme con ella por semanas. —Una lágrima sale de mi ojo y la quito.

Me siento una tonta.

—Lo sé. Se siente como si hubieras perdido a tu mejor amiga.

Lo miro sorprendida. Él debe sentirse igual con Brick.

—Sí. O sea, creo que así fue. —Darme cuenta de eso me aplasta.

Es hora de afrontarlo. La gente cambia. No todas las amistades duran. Quizás he estado aferrada a algo que necesito soltar.

Billy niega con la cabeza.

—Madi te necesita y te ama. Es sólo una adaptación a una nueva situación.

Me quedo mirándolo. Ni siquiera quiero seguir hablando de esto; duele demasiado.

—¿Por qué estás aquí?

—Madi me llamó cuando no atendías el teléfono. ¿Quieres ir a cenar? No has cenado, ¿verdad?

Entrecierro los ojos. Pelear con él definitivamente es mejor que hablar de Madi.

—¿Me estabas espiando con una camarita o algo?

Él se mofa.

—Por favor. No necesito una camarita para saber qué haces, Plata.

Inclino la cabeza y le doy un tono provocativo a mi voz.

—¿Qué estuve haciendo?

Sus labios se levantan un poco en las comisuras. Me está empezando a gustar cómo se ve en él.

—Vi que preparaste café y usaste mi ducha. Y me dejaste a tu perro. —Él levanta las cejas.

—Sí, ¿te gustó eso?

—Te castigaré por eso después.

Un cosquilleo ardiente me recorre. *Mmm.*

Él termina su whiskey e inclina la cabeza hacia la puerta.

—Vamos. Cenemos. Necesitas una buena comida.

—Bueno, ¿pero cómo lo sabes que todavía no he comido? —Insisto.

—Sé que no te fuiste de casa mucho antes de que llegara y no olí ninguna comida.

—Instalaste camaritas para asegurarte de que no robe nada y ahora que están encendidas no sientes que tienes que trabajar desde casa mientras estoy allí, —lo acuso—. ¿Me viste ducharme?

El Porsche de Billy está estacionado a una cuadra y él se detiene frente a la puerta del pasajero sin abrir la puerta.

—¿Crees que tengo miedo de que te *robes* algo? —Suena ofendido. Si es por mí o por él, no estoy segura.

Levanto las cejas.

Él toma una de mis muñecas en su mano, luego la otra y tira de ellas para que mis palmas miren hacia afuera. Sus pulgares presionan las palmas y empieza a masajear.

—No tengo miedo de nada, Plata. Mucho menos de ti, de que me robes. Si quisieras robarme, sospecho que lo habrías hecho mientras te veía echármelo en cara en vez de escabullirte después de que me fuera.

Eso me saca una sonrisa. Su mirada ardiente y su tono retumbante lo hacen sonar como si admirara esa cualidad mía. Disfruta de nuestras peleas tanto como yo.

—Y si alguien alguna vez te filma duchándote, le arrancaré los malditos ojos y se los haré tragar.

Una ola de calor recorre mi cuerpo.

—Eso es... sensual, —logro decir sorprendida. No

pensaba en él como un hombre de crímenes apasionados. Miro su rostro. Lo que parecía engreído antes, ahora parece muy hermoso: la línea firme de su mandíbula sin rasurar, la mirada azul humeante enmarcada con pestañas imposiblemente gruesas y oscuras. Sí, es creído, pero cuando toda esa confianza en sí mismo está dirigida a mí, puedo ver el atractivo. Esta nueva perspectiva hace que sea más difícil mantener la barrera de la resistencia que he puesto entre nosotros.

Me estiro y llevo su cabeza hacia abajo hasta la mía para un beso. Su mano se dobla detrás de mi cabeza y su lengua se lanza dentro de mi boca. Sabe a whiskey. Sus labios son suaves, a excepción del lugar donde crece su barba sobre su labio superior, donde raspa contra mi piel.

Mi trasero se choca contra la puerta de su coche y él me presiona allí; una mano se desliza bajando por mi cadera para agarrar mi muslo, subirlo y abrirlo.

Escucho un llanto corto desde el interior del coche y nos separamos.

—¿Trajiste a Pepper?

—Por supuesto que sí, —él lo mira mal a través de la ventana y giro para ver a mi perrito fuera de su transportador en el asiento del pasajero del frente. Las pequeñas patas de Pepper rayan el interior de la puerta mientras se para sobre sus patas traseras para mirarme por la ventana.

Billy se mueve hacia atrás, me suelta del lugar donde me tenía presionada contra la puerta y me la abre.

Recojo a Pepper, pero Billy me lo saca de las manos y apoya sus patitas en el asfalto.

—¡No lo bajes! ¿Y si sale corriendo? —Exclamo. No tiene correa ni nada. No puedo creer que Billy condujo hasta aquí con él fuera del transportador. Es tan peligroso.

Billy me ignora.

—Haz pis y vuelve a entrar, —le ordena, como si el perrito pudiera entenderlo. Como si Pepper no fuera a salir corriendo y hacer que lo persigamos o perderse o que lo atropellen o cualquiera de las cosas que le pueden pasar a un perrito en la ciudad.

Es extraño, pero Pepper hace exactamente lo que le dice; levanta una pata para hacer pis y luego salta de regreso al coche.

—Asiento trasero, —gruñe Billy—. Tu mamá se sienta allí.

Una vez más, Pepper obedece. Es realmente raro.

Me subo al coche.

—Supongo que hablas idioma perro. A mí no me escucha así.

—Así es. —Billy cierra la puerta y da la vuelta hasta su lado. Saca el teléfono y abre la aplicación de envíos de un restaurante; luego me lo pasa y enciende el coche—. Pídenos algo de comida para que la envíen a tu casa.

Media docena de respuestas pasan por mi mente sobre cómo está siendo impertinente al invitarse sólo a mi casa, pero me doy cuenta de que me encanta. Me encanta que tome el control y hasta me encanta que quiera venir a mi casa.

No habría imaginado que pondría un pie al otro lado de mi puerta. Pero tampoco me hubiera imaginado que pasaría la entrada de All Night.

Sobre todo, no digo nada porque quiero esto. Probé algo de Billy White en la cama y definitivamente no fue suficiente.

Paso por las opciones de restaurantes.

—¿Qué quieres comer? —Le pregunto.

Él me mira mientras sale hacia la calle y sus ojos parecen brillar bajo las luces.

—A ti.

Sonrío. Ninguna objeción a eso. Él come vagina como un campeón.

—Pide lo que quieras porque yo me daré un festín contigo esta noche, Aubrey.

Capítulo diecinueve

B*illy*

Ni bien me lleva arriba, con el perro escondido debajo de su camisa porque parece ser que no tiene permitido tener mascotas, empiezo a quitarle la ropa.

Esperé bastante para esto. Mi autocontrol está desapareciendo y soy un hombre que suele controlar todas sus necesidades. No dejo que nada ni nadie me domine.

Arrojo su camisa al suelo mientras me alejo en dirección a los dormitorios.

Ella se quita las botas.

Le desabrocho la camisa y tiro para bajarla por sus caderas.

Cuando Pepper ladra un poco con emoción, lo callo con un gruñido.

Una buena noche de sexo. Una buena noche de sexo y la sacaré de mi sistema.

El problema sólo es que todavía no me he venido adentro de ella. Una vez que sienta ese alivio, me quitaré las ganas de la humana y podré continuar.

Eso es lo que me digo a mí mismo mientras su aroma invade mis fosas nasales con deliciosas notas de nuez moscada y miel. Estoy sobresaltado; una mezcla de deseo no satisfecho y celebración por tenerla casi desnuda.

La levanto por la cintura y la llevo el resto del camino a la habitación. Cuando sus ojos se abren, me doy cuenta de que olvidé hacerla verse pesada.

Su habitación es igual a ella: un desastre desordenado de caos y color. Sus muebles parecen encontrados en mercados de pulgas, con maderas que no combinan pintadas con colores brillantes y alegres todas juntas.

—Esta vez yo estoy a cargo, —afirmo, arrojándola sobre el centro de la cama. Dejé que se divirtiera la última vez, pero esta noche la correa que tengo sobre mi control está rompiéndose.

—¿Eso crees? —me desafía, pero sus pupilas se dilatan tanto que sus ojos canela parecen ónix. Sus labios hinchados se abren. Cuando bajo las tiras de su sostén, descubro las cimas de sus pezones endurecidas en picos rígidos.

—No finjas que no quieres que sea así. —Deslizo los dedos entre sus piernas y los rozo sobre el refuerzo de sus bragas rosa pálido—. Miénteme a mí, pero no te mientas a ti misma.

Sus bragas se mojan de inmediato. El aroma de su excitación me pone la verga más dura que el acero. El cuerpo de Aubrey está listo para mí. Listo para que lo ataque.

Y esta noche sí pienso hacerla mía.

Deslizo una mano sobre su nalga y aprieto.

—Creo que esta noche tendremos unas clásicas nalgadas sobre mi rodilla.

—Sigo tocando su trasero con una mano y deslizo los dedos de la otra dentro de sus bragas—. Mmm. Lindo y

húmedo. —Provoco su entrada empapada—, estás emocionada por tu castigo. —Me tomo el tiempo desabrochándome
el cinturón. La mirada de Aubrey sigue el movimiento y
detecto un poco de incertidumbre. Debería seguir fingiendo,
hacer que crea que lo usaré para azotarla, pero a mi lobo no
le gusta ese toque de nerviosismo en su aroma—. Es para tus
muñecas, Plata. —Me siento en el borde de la cama y paso
el cinturón por su torso, dejo que tome su cintura para
traerla hasta mí. Sus piernas pasan por un lado de la cama
junto a mí, y ella se sienta, se quita esa melena salvaje de
cabello del rostro—. A menos que quieras que lo use en tu
trasero.

—Paso.

—Ven aquí, hermosa. —Abro las piernas y manipulo su
cuerpo para que esté sobre un muslo con su torso sobre la
cama y los pies en el suelo.

Me tomo mi tiempo bajándole sus bragas rosas por las
curvas de su trasero. Sus largos rizos negros caen sobre su
espalda y hombros. Ella luce realmente hermosa, y a mi lobo
le encanta tenerla a mi merced así.

Espera, no. Tal vez ese es mi lado humano. Es difícil
saberlo. Ambos la queremos debajo nuestro esta noche,
gritando de placer cuando finalmente me salga con la mía.

Mi mano cae sobre su trasero, un poco más fuerte de
cómo quise pegarle.

Ella grita y me mira por encima del hombro con ojos
grandes.

Pepper ladra. Buen perro. Está protegiendo a su mamá.

Froto para que se vaya el ardor.

—Perdón. Eso fue demasiado fuerte, ¿verdad?

Sus hombros se relajan.

Miro a Pepper por un momento.

—Ve a acostarte a la sala de estar. —Le envío una imagen mental de él acostado frente al sofá y el cachorrito gira y se va obedientemente.

Ese mestizo me está empezando a caer bien.

Le doy otra nalgada a Aubrey, más ligera esta vez, y ella gime.

—Esto es lo que sucederá, —le digo y vuelvo a pegarle—. Te haré sentir adolorida y arrepentida por dejar a Pepper sin preguntar y luego te recompensaré por ofrecer este cuerpo sensual para que lo castigue. —Acelero el ritmo de las nalgadas, las mantengo ligeras pero rápidas. Ella mueve las caderas en mi regazo con placer.

Dios, esto es bueno. El sonido de mi mano chocando contra su piel, la vista embriagadora de su trasero levantado, el aroma a su excitación que se vuelve más fuerte con cada nalgada. Me sorprende una sensación de desequilibrio. Nada en mi mente racional podría haber elegido este momento. Pensar que no sólo disfrutaría, sino que me deleitaría por estar en Brooklyn con una humana que odia todo lo que apoyo es ilógico.

Pero nunca me sentí tan satisfecho en la vida. La sensación de que es correcto es difícil de negar. ¿Eso significa...?

No. Definitivamente no.

Ella no puede ser mi pareja. El Destino me pondría con una humana. Soy el hijo de un alfa, nacido para liderar una manada. Elegí irme de mi manada original y servir como mano derecha de un alfa que valiera la pena, pero eso no significa que sea menos alfa. Necesito un lobo alfa digno de mi linaje. Alguien que continúe la herencia de pura sangre que puede rastrearse hasta antes de que Estados Unidos fuera una nación.

El Destino me pondría con una humana.

Le doy nalgadas más fuertes a Aubrey. Ella se retuerce y se mueve sobre mi regazo, hace que me lata la verga.

No, esto es lujuria. Eso es todo. Es frustración acumulada por el comienzo de la semana cuando le di placer, pero no me liberé.

Es el paso de los químicos por saber que esta noche finalmente estaré adentro de ella.

Dejo de darle nalgadas y muevo la palma sobre su piel caliente. Tiene un trasero perfecto, grande y redondo y con forma de corazón. Me encanta el calor que emana su piel morena brillante.

Es magnífica para ser humana.

Deslizo los dedos entre sus piernas, acariciando el néctar hasta su clítoris, haciendo círculos.

Ella se viene; un escalofrío recorre su cuerpo mientras sus muslos internos se tensionan alrededor de mis dedos y su centro late de forma espasmódica.

Así de fácil. Un orgasmo con sólo unas cortas nalgadas y un frote de su clítoris. No puedo negar lo sintonizado que está el cuerpo de esta mujer con el mío. Puede que ella niegue cualquier afecto hacia mí, que odie sentirse atraída por mí, pero está claro que soy el dueño de su cuerpo.

—De rodillas, ahora. —Pongo una orden alfa en mi voz para que sea más sensual para ella y que no tenga que luchar contra su orgullo cuando se trate de obedecer.

Se arrodilla a mis pies y mira hacia arriba.

Realmente hermosa. Tiene los ojos brillosos por el orgasmo, las mejillas acaloradas. Sus rizos caen salvajes encima de sus hombros y espalda. Me muero por hacérselo.

Ella espera mis órdenes, como una buena sumisa, aunque no hay nada sumiso en su cuerpo. Algo en los confines de mi mente me dice que eso también significa algo. Que su cuerpo responde a mi orden porque ya me pertenece.

Pero eso no es verdad. Sólo es porque usé una orden alfa y alguna parte de su biología la entiende.

—Saca mi verga.

Ella se lame los labios mientras busca el botón de mis pantalones y libera mi erección. Acaricia con las puntas de los dedos ligeramente por la parte de abajo, provocándome.

Se siente glorioso.

—Lame mis bolas.

La última vez que me lamió las bolas, la plata de su aro de la nariz las quemó, así que debo ser un bolas triste, sin doble sentido, por pedirle que lo haga de nuevo. Pero el dolor es irrelevante y la quemazón sólo aumenta la sensación deliciosa del calor de su boca alrededor de mis partes más sensibles.

Ella se toma su tiempo, lame mis bolas en su boca, me quema la parte interna de la pierna con su aro. Estoy extasiado.

—Ahora déjame ver esos labios alrededor de mi verga.

De nuevo, ella obedece. Abre esos labios hermosos y los desliza alrededor y bajando por mi verga, succionando fuerte mientras se aleja.

El fuego enciende la base de mi columna mientras su cabeza se mueve sobre mi verga.

Mierda, necesito estar dentro de ella. Mi autocontrol desaparece, una sensación desconocida para mí. Esta mujer es mi debilidad. No debería estar aquí deleitándome porque se siente como una adicción.

—Suficiente, —ladro, y suena más fuerte de lo que quiero. Tomo su cintura y la levanto. En mi cabeza, sólo la levanto para que se pare, pero mi cuerpo tiene voluntad propia y encuentro su vagina directamente frente a mi boca. Pongo sus muslos sobre mis hombros y me doy un festín.

—Oh... oh dios *mío*. —Aubrey toma con fuerza la parte de atrás de mi cabeza—. Eres tan... fuerte. —La calidad rasposa de su voz me vuelve loca. Ya no puedo esperar.

Esta necesidad se ha disparado fuera de mi control.

Me paro y volteo, apoyo su espalda alta mientras la bajo a la cama. Llevo sus rodillas hasta sus hombros para poder realmente llegar a su centro, pero no hay sutileza. Estoy succionando y lamiendo como un muerto de hambre. Como un borracho. Sus fluidos cubren mi lengua. Mis dientes rozan su piel suave.

Un segundo... ¿mis dientes?

¿Qué carajos?

No. No, no puede ser. No es mi pareja destinada. No quiero marcarla. Eso es una locura.

Un gruñido se forma en mi garganta. Me alejo y pestañeo. Mi visión se ha apagado, como si viera a través de los ojos de mi lobo.

Volteo rápido para que Aubrey no vea.

Condón. Necesito un condón. Sólo necesito liberarme dentro de ella y esta lujuria cesará.

Le doy la espalda mientras me quito la ropa; luego tomo un condón de la mesita de luz. Lo abro y cubro mi verga.

Cuando vuelto, tengo controlada la respiración. Mi visión parece más atinada de lo que debería, pero está oscuro aquí, así que ni siquiera debe ver mis ojos.

—Abre esas piernas para mí, Plata, —le ordeno cuando me subo a la cama.

Ella dobla las rodillas y las abre para mí, sostiene mi mirada mientras busca entre ellas con una mano para jugar sola.

—Mierda, eso es sensual.

Y lo sabe. La provocación en su sonrisa me lo dice. A esta mujer le encanta torturarme con poder erótico.

Debería odiar estar al otro lado de esa tortura, pero ninguna parte de mí está insatisfecha. Me gusta su atención en mí. Me gusta que usa la potencia de su cuerpo contra mí. Es encantadora.

—¿Tomarás mi verga como una buena chica?

Sus párpados caen a media asta mientras se acaricia.

—¿Qué sucede si digo que no?

La pongo boca abajo mientras golpeo su trasero.

—Más castigo. ¿O debería hacértelo en este trasero?

—No, pero me gusta por atrás. —Ella mueve su espalda baja para levantar el trasero en mi dirección, con las piernas bien abiertas.

Casi me vengo al verlo. Mi control se desintegra. Un gruñido invade la habitación y estoy metido hasta las bolas en Aubrey antes de darme cuenta de que viene de mí. Estar dentro de ella es como volver a casa.

Un hogar mítico. Un hogar religioso. No el hogar de mierda en el que crecí.

Tomo sus caderas y la pongo de rodillas para darle. Su espalda forma una curva elegante donde se apoya sobre sus antebrazos.

Sé que tengo que contenerme. No hay rastros de gentileza en la forma en la que la agarro, pero no puedo ir más lento. No puedo contener mi lujuria.

Ella es mía ahora. Está debajo de mí. Estoy dentro de ella. Realmente *necesito* esto. La necesito.

Le pego en el trasero más fuerte con mis partes. Más profundo. Más rápido. Estoy acalorado. El caos de su pequeña habitación se me acerca, luego se aleja. Estoy subido a una ola, persiguiendo el éxtasis y su nombre es Aubrey Cook.

Encima del rugido en mis oídos, me doy cuenta de que está gritando. Intento concentrarme dentro de la locura de mis empujones. ¿Suena dolorida?

Hay tristeza en sus ronroneos.

La estoy lastimando.

Mierda.

—¿Demasiado duro? —digo entre dientes. Intento ir más lento, pero mi cuerpo no obedece.

—No, —llora. Sus dedos forman un puño con las sábanas; los músculos de su larga espalda esbelta se tensan mientras me recibe—. Házmelo, Billy.

Destino. Lo último de mi cordura se quiebra mientras sus palabras me hacen enloquecer. Rujo, moviéndome tan fuerte que sus rodillas se levantan de la cama con la fuerza de mis empujones. Sostengo su nuca para evitar que se choque hacia adelante contra la pared.

Ella grita.

Apenas registro que alguien golpea sobre la pared del otro lado. Claro. Un vecino. Ella vive en un lugar pequeño aquí.

Rujo de nuevo y empujo profundo para vaciar mi semen caliente dentro del condón. No para, sigo viniéndome y viniéndome. Los dedos de mi mano libre encuentran su clítoris y frotan.

Aubrey también se viene y grita de placer. Sus caderas se mueven contra las mías, su trasero presiona hacia atrás para tomarme profundo mientras sus paredes internas laten y le sacan más leche a mi verga.

Sigo viniéndome.

Ella sigue viniéndose.

Parece que dura una eternidad.

Y luego me encuentro de lado, mi cuerpo rodeando el

de Aubrey, sosteniéndola como si acabáramos de dar a luz a un nuevo universo.

Y entonces me doy cuenta de lo verdaderamente jodido que estoy.

Venirme dentro de Aubrey no me liberó.

Me transformó. No soy el mismo hombre que entró aquí esta noche.

De hecho, no sé si volveré a ser el mismo.

Capítulo veinte

Aubrey

Esta es la noche de la gala de Sentience. Le mostrarán mi mural al mundo.

Y me robaré lo que necesite para destruirlos.

Ellos harán una fiesta elegante y la financiarán con el dinero que les robaron a los artistas. No tengo dudas morales sobre beber su champaña y luego prender fuego toda su empresa.

Ardan, hijos de puta. Ardan.

Estoy deliberando qué ponerme cuando llaman a mi puerta. Es una persona de envíos con una gran caja negra.

—Envío para Aubrey Cook. Firme aquí.

Lo hago aunque no estoy esperando nada. La curiosidad me gana.

Apoyo la caja negra en la mesa de la cocina y la abro. Un aroma a sándalo seco llega a mi rostro mientras abro el papel para descubrir un hermoso vestido plateado. Es lo más glamoroso que he visto en la vida. Hasta huele caro.

¿Madi me envió este vestido como disculpa? Después perderse nuestra noche de chicas, me llamó toda la noche.

Finalmente respondí después de que se fue Billy y ella se disculpó con lágrimas. Ha estado estresada por la boda y dirigiendo la empresa familiar y el jueves por la noche tuvieron alguna crisis en el trabajo de la que no pudo escaparse.

La perdoné, por supuesto. Apesta, pero estoy aceptando que la vida de Madi está cambiando. Tiene nuevas obligaciones y una relación que eclipsa la nuestra. Quiero que sea feliz, pero también me lamento por la pérdida de nuestra cercanía. Nunca volverá a ser mi compañera de piso. No tendremos más noches interminables comiendo helado de galletita y cantando «Push it» en pijama.

Pero podemos seguir siendo amigas Nos pusimos un poco al día por teléfono. Me preguntó sobre el trabajo de Sentience, así que le conté las cosas que no incluían romper la ley. También le conté de haberlo hecho con Billy. Terminamos la llamada acordando que tendremos bastante tiempo para conectar en el viaje a Mónaco.

No mencionó que me enviaría un regalo. No tenía por qué, pero sí me hace sentir bien que pensara en mí.

Me siento agradecida, y me apresuro a quitarme la ropa manchada de pintura para ponerme el forro. Me queda como si estuviera hecho para mí. El corte del vestido es de sirena y, sin tacones, la tela se junta a mis pies como mercurio líquido.

Tengo los tacones perfectos para este vestido: de la fiesta de compromiso de Madi. Iba a ponerme un vestido plateado esta noche, pero este es mucho más caro.

Luce hermoso y extraordinario. Como una reina de un programa de fantasía y ciencia ficción. El tipo de personaje que puede disparar láseres de los ojos.

Termino de arreglarme el cabello y el maquillaje. Esta mañana me hice trenzas y debo estar en la misma sintonía que quien fuera que me compró este vestido porque en vez de dorado y rojo, cambié a trenzas africanas con una cinta plateada pequeña. Sólo algunos accesorios que combinan a la perfección.

Algunos accesorios de plata y mi apariencia está completa. También tengo un bolso de mano metálico que combina con los tacones. La única parte de mí que no es de alfombra roja son mis uñas. Están prolijas y limadas, pero hay algo de pintura blanca alrededor de las cutículas. La dejaré. Soy una artista después de todo.

Y a la gente no le gusta, los incineraré con mi mirada láser.

Hay otro llamado a la puerta. Esta vez, el envío es un gran arreglo floral de girasoles, mi flor preferida. La nota dice: ¡Felicidades en tu gran noche! Estarás genial. Buena suerte y cariños, Madi.

Ah. Pensé que el vestido era de Madi, pero ahora lo estoy dudando. ¿Es posible que Madi haya enviado tanto las flores como el vestido, pero por qué no llegarían al mismo tiempo?

Tal vez no fue Madi. Mis padres me llamaron más temprano para felicitarme, y Jan y Caroline lo hicieron en persona. Todos podrían haber colaborado para comprar el vestido, pero en realidad no es su estilo.

Si mis amigos más cercanos y mi familia no enviaron el vestido, ¿quién fue?

Salgo de mi departamento para esperar mi coche y noto una limusina esperando en frente. Está bloqueando un lado de la calle. No hay otros coches esperando, pero estoy a punto de gritar para decirle que se mueva cuando se abre la parte de atrás. Un hombre sale y me olvido de lo que estaba pensando. Lleva un esmoquin clásico e irradia suficiente confianza y seguridad como para poner celoso a James Bond.

Luego miro su rostro.

—Oh, por Dios, ¿Billy? —Levanto mi vestido y bajo por las escaleras para acercarme—. No te reconocí al principio.

—Estaba demasiado ocupada admirando su esmoquin, aunque no se lo diré—. Rápido, di algo insultante.

Su mirada me recorre, como buscando fallas. Espero a que se burle de mí, pero en vez de eso parece perderse, hipnotizado por el brillo del vestido plateado.

—¿Bueno? —Muevo una mano para llamar su atención —. Estoy esperando.

Su boca se mueve mientras el calor de sus ojos me quema.

—¿No llevarás un enterito esta noche?

—Ahí está. Y allí está mi coche compartido. —Saludo al pobre conductor del sedán azul, quien no puede acercarse más porque la limusina de Billy bloquea el camino.

—Esta noche no. Yo te llevo.

—¿Qué?

Pero Billy ya se está moviendo y mis talones no pueden ir lo suficientemente rápido como para interceptarlo. Saca su billetera y toma algunos billetes para asegurarse de que el conductor del viaje compartido se vaya feliz.

Cuando vuelve, noto el chaleco gris claro que lleva con su esmoquin.

—¿Lista, Plata? —Me ofrece la mano.

Dudo.

—¿Cómo supiste que había una gala esta noche?

Me mira con su típica sonrisa de Billy.

—Vi la invitación en tu mesita de noche. Pensé que serías la invitada de honor esta noche. Deberías llegar con estilo. A menos que quieras tomar el subte.

—El subte no tiene nada malo. —Tomo su mano y siento una chispa cuando su gran palma tapa la mía. Su calor me recorre y mis mejillas se acaloran. Siento que cruzamos un límite. Tuvimos sexo épico, pero este es un paso que va más allá del territorio de amigos con derechos. Esto es una cita.

Me ayuda a subir a la limusina. Mi cuerpo responde a sus caricias ligeras y seguras. Y mi excitación sigue subiendo, me distrae.

Una vez en la limusina, pongo una mano sobre su hombro y se queda helado.

—Plata, —murmuro, acariciando el chaleco plateado. El color combina sutilmente con mi vestido—. Fuiste tú, ¿verdad? Me enviaste el vestido.

Él vio la invitación y decidió hacer de hada madrina enviándome el vestido y viniendo a recogerme en limusina. Pero es hada madrina y príncipe, todo en uno.

Es demasiado arrogante, pero también atento.

Con las luces bajas, compartimos el asiento de una forma casi dolorosamente íntima. Las emociones tapan mi garganta. Felicidad, confusión, un poco de arrepentimiento. Él llegó la noche en la que Madi me plantó, ¿y ahora esto? Es demasiado.

¿Estoy compartiendo un momento amoroso con William White tercero? ¿Un hombre que recientemente alardeó de cómo reclamará mis honorarios de artista como un gasto empresarial, lo que básicamente es casi un fraude de impuestos?

Imposible.

—No sé de qué estás hablando. —Se mofa—. Sólo estoy feliz de que no lleves enterito.

Me río fuerte. Ese es el traje que conozco y que me encanta odiar.

—Sólo tú puedes darme un regalo y convertirlo en un

insulto. —Satisfecha de volver a estar en un territorio seguro, tratándonos mal, me hundo en el asiento de la limusina—. Supongo que quieres ser mi cita. Podrías haber preguntado.

—No pregunto; ordeno.

Pongo los ojos en blanco. Cuando dice cosas de pendejo como esas, casi siento que me está desafiando a decir que son mentiras.

—O lo asumes porque sabes que nueve de cada diez veces puedes salirte con la tuya. Los beneficios de ser un tipo blanco y rico.

—A veces es más sencillo rogar que te disculpen.

—¿Entonces rogarás? —Cruzo las piernas y muestro el corte atrevido del vestido. No me arreglo seguido, pero cuando las circunstancias lo ameritan, me encanta brillar.

—Rogar siempre es una posibilidad. Pero puede que no sea yo el que ruegue.

Se me corta la respiración mientras un líquido caliente me recorre. Pensar en Billy arrodillado entre mis piernas, besando mis muslos internos, ya me tiene a punto de explotar. Y tiene razón, después de unos minutos de tormento a manos de su lengua poderosa, estaré rogando más.

Aprieto fuerte los muslos. La mirada de Billy baja. Sus ojos se vuelven pesados, pestañea e inhala profundo. Busco una forma de cambiar el tema y de distraernos a ambos antes de tentarnos a tener sexo en la limusina.

—Gracias por venir esta noche. Mis padres querían asistir, pero les pedí que no lo hicieran.

—¿No quieres que vean cómo te volviste una cómplice corporativa?

Pongo los ojos en blanco.

—Eres la representación perfecta del capitalismo.

—Has hecho un buen trabajo de desviar tu dinero al arte. Una vez que te gradúes, ¿pintarás a tiempo completo?

Contengo la respiración. No estaba lista para un halago y una pregunta seria. Lo pienso.

—Quiero crear arte a tiempo completo...

—¿Pero?

—Había planeado convertirme en abogada. Como Jan, mi mentora. Quiero hacer una diferencia.

—¿Y el arte no hace la diferencia? —Sus ojos azules son abiertos y honestos. No está rebajándome; tiene una curiosidad genuina.

—Sé que sí. Sólo que... —freno, intento articular por qué nunca quise hacer que el arte sea mi carrera. Cuando lo pienso, realmente no quiero estudiar abogacía. Quiero concentrarme en el arte. A nivel inconsciente decidí que no era posible.

Dejo que Billy sea el único que cuestione por qué.

—Hasta Sentience y ahora tú, no había dinero en esto. No necesito mucho dinero, pero esta ciudad es cara. Muchos artistas tienen dificultad. Tengo suerte de siquiera tener lugar en mi departamento para pintar. Supongo que nunca pensé que realmente podría hacerlo mi trabajo. —Me muerdo el labio. Debería odiar compartir todo esto con Billy, pero me escucha bien. Mejor de lo que pensé.

—Si sigues encontrando capitalistas sin vergüenza que te paguen un montón por tu trabajo, estarías de diez.

—Quiero más. Realmente me gustaría ayudar a la comunidad. Asegurarme de que todos tengan oportunidades y espacio para crear arte. No lo sé... —esto es frustrante. Estos son problemas grandes que necesitan soluciones grandes—. Supongo que pensé que ser defensora pública sería la mejor forma de contribuir a la sociedad.

—¿Ahora quién es la capitalista? No tienes que contribuir a la sociedad. Tu mera existencia es un regalo. —Él me mira como si no hubiera esperado decir algo tan amable.

Quiero bromear con que soy un regalo y que él debería estar agradecido por estar en mi presencia, pero en vez de eso, digo,

—Gracias.

—De nada. Y si quieres un plan de negocios sobre cómo convertirte en artista a tiempo completo, mis honorarios son sólo de $100.000 por hora.

—Oh, vete a la mierda.

Estoy sonriendo cuando llegamos al edificio Sentience. Contrataron un valet y pusieron una alfombra roja para los ejecutivos y los conocidos de Nueva York que quieren impresionar. Mi estómago se cae a mis pies cuando recuerdo por qué estoy aquí. No es para intercambiar insultos con Billy Billones. En algún momento de la fiesta, tendré que escaparme y entrar a la sala de servidores del subsuelo.

¿Cómo lo haré?

Billy me ayuda a bajarme de la limusina y me ofrece su brazo. Caminamos por la alfombra roja y entramos a la fiesta. Después de una reunión corta y de saludar al COO de Sentience y a otros ejecutivos, ya no estoy sonriendo. Estas personas explotaron artistas para crear una máquina que lleve a más explotación, pero esta noche están celebrando su «compromiso con el arte». Gastando todo este dinero en un mural y una fiesta para lucirlo. «Mírennos, amamos a los artistas. Ya no les robamos para nada».

No puedo esperar a arruinarlos. Sólo tengo que pensar en cómo hacerlo.

Billy me pasa una copa de vino blanco y busca un G&T para él. Tomamos nuestras bebidas y miramos a la gente hacer «uhh» y «ahh» frente a mi mural. Sé que sólo acepté el trabajo para entrar a Sentience, pero saber que mi arte se usa como algún tipo de lavado a color sólo hace que mi humor sea más amargo.

Al notar mi silencio sombrío, Billy se vuelve carismático y da excusas para irnos hacia el bar abierto.

—¿Nerviosa? —me codea.

Estoy ocupada pensando en cómo me escabulliré sin que me vean con todas estas personas por aquí. Tengo la garganta llena de ácido, pero trago y hago un ruido de que no importa.

—No.

—Bien. Porque no tienes nada por qué estar nerviosa. Eres la persona más real aquí.

Me sorprendo y giro a verlo.

—Eso sonó como un halago.

Él sonríe.

—Porque lo fue. Estas personas, —hace un gesto con la copa hacia la multitud— no le aportan nada a la sociedad. Sólo son eslabones de una máquina empresarial. Mientras que tú estás creando algo de la nada. Y viviendo fiel a tus valores.

Se me cierra la garganta otra vez. Nunca esperé que Billy dijera algo así.

—Lo intento.

—Lo logras. Y por eso tu arte es tan poderoso. Porque le pones todo de ti. Todo lo que crees, todo lo que eres. Cuando voltea a verme, noto cada estría en sus ojos azules.

Se me aceleró el corazón y la mano que sostiene la copa de vino me tiembla un poco. Me sobrepasa la emoción y no es sólo porque Billy me esté dando un halago genuino. Es porque suena a que me ve por completo. Me sorprendió con la guardia baja y me hace querer correr. O pelear.

Lo peleo porque con Billy eso es lo que siempre hacemos.

—¿Y qué hay de ti? ¿Qué estás creando y ofreciéndole al mundo?

Él infla las mejillas y acepta mi censura.

—Esa es una buena pregunta, —admite—. Crees que Moon Co. es sólo otra empresa despiadada que busca ganancias.

—¿No lo es? —Apoyo la copa de vino y lo miro—. Hablas de todos aquí como eslabones de una máquina. ¿Pero no eres igual a ellos? —Mis mejillas se calientan. Estoy siendo cruel, llevándolo a admitir que mis acusaciones son válidas. Pero no quiero que ceda; quiero que se defienda y no sé bien por qué.

—Estoy enfocado en las ganancias. Pero una empresa puede hacer mucho bien.

—Por favor, —Hago una mueca—. Empezaste con cripto. Eres igual a los tipos de IA, enriqueciéndote con tecnología especulativa mientras se destruye el medioambiente.

—Pero Moon Co. es líder en inversiones verdes, —dice Billy tranquilamente—. Energía solar, baterías de litio, tecnología que tiene la capacidad de brindar energía verde confiable mientras se revierte el cambio climático.

—No lo sabía. —Pensé que Billy era sólo otro *bro* empresarial que buscaba ganancias.

—Nos interesamos en salvar el planeta. Y tenemos una visión y los fondos para invertir en R&D. Piénsalo —sostiene el teléfono y lo sacude, sus ojos encendidos con emoción—, un día, una batería del tamaño de este celular le proveerá energía a todo este edificio por un año. Podremos capturar energía solar en un almacenamiento a largo plazo, y cuando eso pase, la electricidad será prácticamente gratuita.

—¿En serio?

—En serio. —Guarda el celular y sonríe como un niño. Un poco de su cabello cae sobre su rostro y él lo acomoda hacia atrás; parece un poco acomplejado por compartir demasiado.

—Suenas sorprendida.

—Lo estoy. —Siento que acabo de conocer a todo un nuevo Billy, uno con el que tengo mucho más en común de lo que pensé—. Creí que no te importaba mucho nada más que hacer dinero.

—Auch. —Supongo que lo merezco. Hay muchos ejemplos de la avaricia corporativa y el capitalismo destruyendo la tierra y la sociedad. Pero nosotros creamos el mundo que queremos, y yo elegí crear uno en el que pueda inventar soluciones para los problemas más grandes de la humanidad.

—Mientras igual ganas billones. —Entrecierro los ojos.

—El dinero es poder. Poder para crear. Para proteger las cosas que queremos. ¿Por qué crees que la Fundación Blackthroat está enfocada en la preservación de la tierra?

—¿Por beneficios impositivos?

—Crees que a los billonarios deberían cobrarles impuestos hasta que dejaran de existir, pero recuerda, los negocios generan dinero brindando valor. Y si brindamos trillones en valor, ¿por qué no ganar billones?

Pongo los ojos en blanco. Un día sentaré a Billy con Jan y dejaré que le dé sus argumentos sobre los billonarios y los impuestos.

—Acordamos no estar de acuerdo.

—Lo acepto. —Levanta la copa en un brindis y la bebe toda—. ¿Otro trago?

Abro la boca y recuerdo que se supone que ingrese al subsuelo para ir a la habitación del servidor.

—Em, sí. ¿Me buscas uno? Tengo que ir al baño. —El pasillo que lleva a los baños me permite usar la tarjeta de acceso que robé para ir a las oficinas.

Él hace una pausa antes de responder, lo que me hace pensar que nota mi distracción.

—Muy bien, —murmura eventualmente. Levanta mi mano hasta sus labios y deja un beso en mi piel. Mi interior se emociona—. No me hagas esperar.

—No lo haré. —Mi voz suena rasposa de una forma que espero sea sensual, no nerviosa. Espero hasta que está en el bar para irme hacia el pasillo. Allí hay un ejecutivo en el teléfono, y sonrío mientras asiento antes de poner una mano en la puerta del baño. Él se aleja, y cambio de dirección; me voy hacia las escaleras al final del pasillo. Entro y empiezo el largo descenso hacia el tercer subsuelo.

La escalera está vacía, pero mis latidos resuenan en mis oídos mientras desciendo. Jamie me dijo que la empresa no tiene muchas capas de seguridad. Y esta noche, el equipo tendrá las manos ocupadas con la fiesta. Igual camino en puntas de pie, así mis tacones no harán ruido sobre el suelo de concreto. Al final de la escalera, hay una puerta cerrada que obstruye el camino, pero no hay guardia de seguridad.

Tengo la tarjeta de acceso en mi bolso y contengo la respiración mientras la paso para entrar. Parece que pasan años luz antes de que haya un ruido y una luz verde.

Un problema menos, muchos más por delante.

Me late el corazón en los oídos mientras doy pasos cuidadosos hacia la habitación que me dijo Jamie. Tengo que volver a usar la tarjeta de acceso, pero funciona. La puerta se abre y el aire frío llega a mi rostro.

La habitación está en silencio excepto por el ruido del aire acondicionado y de las máquinas. Me apresuro hacia las filas de equipos e inserto la memoria especial que me dio Jamie en un servidor al final del estante, donde no deberían notarlo. Si esto funciona, podrá ver todos los archivos guardados de la empresa.

Dejo salir un largo suspiro. Mantienen una temperatura baja en esta habitación para proteger a las máquinas. La piel de gallina aparece y mis pezones se ven a través de mi capa plateada.

—¿Ya terminaste con lo que sea que estés haciendo?

Casi salto del susto.

Hay una sombra en el umbral de la puerta; es Billy. Y no luce feliz.

—¿Aubrey? —Él frunce el ceño, acercándose—. ¿Qué estás *haciendo* aquí dentro? —Su mirada pasa rápido detrás de mí y luego a mi rostro—. ¿Destruyendo sus servidores?

—Puedo explicarlo, —digo, pero luego me detengo. Billy me atrapó in fraganti, e incluso si le cuento la verdad, es más probable que se ponga del lado de Sentience que del mío. ¿Verdad?

—Tenemos que salir de aquí. —Me llama—. Un guardia de seguridad entrará en cualquier momento.

—¿Cómo entraste? —Suspiro, apresurándome hacia él.

Él levanta una ceja.

—Podría preguntarte lo mismo —toma mi brazo y me hace salir rápido de la habitación—. No viste las cámaras. —Asiente hacia el techo.

—Mierda, —suspiro. Ni siquiera lo pensé. Jamie tampoco. Pero por supuesto, Sentience tiene cámaras. Quizá Jamie pueda hacer algo para alterar las grabaciones cuando entre a los servidores.

—Me encargaré de eso, —responde.

—¿Qué? —Me muevo hacia atrás, pero él pasa el brazo alrededor de mi cintura y me hace apresurarme.

—Shhh, viene alguien.

No escucho a nadie, pero no discuto. Llegamos a las escaleras y él me apresura a subir. Ya casi llegamos al piso principal cuando me tira hacia atrás.

—¿Qué estás haciendo? —Pregunto enojada. Estoy respirando con dificultad, pero Billy parece cansado.

Me lleva cerca para que prácticamente esté inclinado contra su hombro.

—Sígueme la corriente. —Pone su cabeza en el lugar donde se unen mi cuello y hombre e inhala. La piel de gallina aparece de nuevo en mi piel, y esta vez, no es por el frío.

No, me niego a sentirme excitada ahora mismo. Estamos en medio de nuestro escape, por el amor de dios. Pero Billy está actuando como si fuéramos adolescentes en la parte de atrás de un coche.

Estoy a punto de empujarlo cuando escucho voces que se acercan.

Suspiro y Billy toma un lado de mi rostro.

—Sólo respira. Lo tengo.

Por alguna razón, confío en él. Asiento un poco y él se vuelve a acercar para reclamar mis labios.

Es increíble, ser besada ahora mismo, mientras esperamos que un guardia de seguridad nos encuentre. Emocionante, pero da miedo. Estoy dudando, intentando tener mi respiración bajo control. La adrenalina ruge dentro de mí y mi vagina cosquillea.

Luego, el aroma de Billy me baña y me pierdo en sus labios suaves. Es sólo es un acto, pero no se siente así. Su boca hace promesas sucias y no puedo evitar relajarme con él.

Cierro los ojos y dejo que Billy me bese mientras los pasos se acercan. La puerta a nuestro lado se abre y una voz fuerte dice,

—¿Qué están haciendo aquí dentro?

Son unos ejecutivos, uno luce confundido, otro nos mira mal con sospecha.

Billy mueve su cuerpo para estar frente a mí, dándome refugio.

—¿Hay algún problema? —Su voz se llena de condescendencia.

—No se supone que estén aquí atrás, —dice el que está más enojado—. Les preguntaré de nuevo, ¿qué están haciendo aquí?

—¿No es evidente? —Dice Billy lentamente. Su cuerpo se relaja mientras vibro de nervios—. Finalmente logro que esta mujer perfecta me dé la hora. Quería estar a solas con ella para tener una conversación privada. Ya que dejamos de estar solos, nos iremos. —Suena aburrido y molesto, como los ejecutivos estuvieran irrumpiendo en su propiedad en vez de ser al revés.

—¿Cómo fue que llegaron aquí?

Billy se encoge de hombros con cada gota de su arrogancia.

—La puerta estaba abierta. Si no quieren gente aquí, deberían asegurarse de cerrarla.

Mientras que el ejecutivo balbucea, él pone una mano en mi espalda y me lleva. Nos llaman y me estremezco, pero regresamos a mezclarnos con los invitados y no parece que quieran seguirnos y causar una escena.

Seguimos a un paso lento, recorriendo todo sin rumbo, pero hacia la puerta.

—Gracias, —logro decir una vez que salimos.

—No me agradezcas. Todavía no estamos a salvo. Pero una vez que lo estemos, —me mira con ojos entrecerrados y hace que mi estómago vuelva caerse—. Me debes una explicación.

* * *

Billy

No sé qué sucede. Acabo de atrapar a Aubrey intentando hacer algún tipo de espionaje corporativo.

Y la ayudé. No sé cómo me involucré en este desastre, excepto que vi su invitación a la gala sobre su mesita y no pude soportar pensar que iría con alguien que no fuese yo.

Ahora estoy hablando por teléfono con Sully, pidiéndole que borre toda la evidencia de las cámaras de seguridad para asegurarse de que no nos atrapen. Puedo escuchar la curiosidad en su voz, pero no me molesto en dar explicaciones. No estoy seguro de poder, incluso si tuviera la costumbre de darles explicaciones a mis compañeros de manada.

Corto con Sully.

—Hecho, —le digo.

Ella suspira y asiente, vuelve a hundirse en el asiento de la limusina. Es una diosa en el vestido plateado que elegí para ella. Pensar en recostarla y darme un festín con su vagina aquí mismo en el asiento trasero me hace agua la boca. Pero todavía no estoy listo para esa distracción.

—Todavía no estás libre. Habla.

—Es una larga historia...

—Acabo de ayudarte a evitar algunos cargos por delitos graves. Creo que me gané el derecho de escuchar por qué estabas haciendo algo tan imprudente.

Resopla, pero debe darse cuenta de que me arriesgué por ella. No estoy demasiado preocupado por las consecuencias, pero mi lobo está nervioso, quiere proteger a la pequeña humana de amenazas.

—Sentience le está robando el trabajo a los artistas, —dice rápido—. Una informante tiene pruebas de que subieron el trabajo de artistas de forma ilegal.

—Es una LLM. Se entrenó con toneladas de datos.

—Sigue estando mal. —Ella me mira con sus grandes ojos café—. Esto lastima gente, Billy. Artistas como yo.

—Eso lo decide la ley.

—La ley está cerca de un siglo atrasada. Cuando las leyes son injustas, es nuestro deber resistir.

—De todos modos, fue imprudente. Podrían habernos atrapado. —Nunca olvidaré la forma en la que se abalanzó mi corazón cuando la vi en la sala del servidor. Tiene suerte de que sintiera al guardia de seguridad y nos sacara de allí a tiempo.

—Pero no lo hicieron. —Aubrey sonríe—. Y ahora Jamie, la informante, podrá tener la evidencia incriminadora que necesitamos.

Me froto el rostro con la mano. Aunque admiro la lealtad y el compromiso de Aubrey por hacer justicia, desearía que se cuidara un poco más. Esta pequeña humana acabará conmigo.

—Relájate, Traje, funcionó. Y estuviste brillante. Cómo les hablaste a esos tipos de Sentience. ¿Cómo supiste que venían?

—Los escuché, —miento. Sentí sus aromas.

—No habría pensado en cubrirnos con una sesión de besos.

—Quizá sólo quería besarte.

La luz brilla sobre su arito de plata con el movimiento de su sonrisa.

—¿Cómo me seguiste?

Seguí su aroma, pero no le puedo contar eso.

—Te vi meterte por la escalera. Así que robé una tarjeta de acceso y te seguí. —Esa parte es verdad.

—Ah, pensé que era bastante sigilosa.

—Estuviste bien, Plata. Pero yo soy mejor.

Ella se ríe de mi bravuconería, como sabía que lo haría.

223

—Tan hábil. Sabes, pensé que parecías James Bond cuando te vi por primera vez esta noche. —Mi labio se curva.

—Agh.

—¿Qué? Pensé que lo tomarías como un halago.

—No bebo martinis débiles, maldición. *Agitado, no revuelto*, —me burlo—. Por favor.

—Como sea. Hacemos un buen equipo.

—Sí, Plata, así es. —Compartimos una sonrisa y me provoca algo extraño en el pecho—. Pero me debes una.

—¿Disculpa? Tú eres el que decidió unirse como mi cita.

—Tienes suerte de que lo hiciera. No podrías haber hecho esto sin mí. ¿Qué ibas a hacer si te atrapaban? —Pongo algo de fuerza en mi voz e intento lograr que vea la gravedad de la situación.

Ella levanta un hombro y se encoge vagamente.

—Hacerme la tonta.

—Sí, —me mofo. La imagen de Aubrey intentando hacerse la distraída me hace reírme, aunque no quiero. Eso nunca habría funcionado.

—¿Perdón? —Ella se sienta derecha y luce indignada—. Puedo fingir ser despistada.

—Nadie lo creería. Me necesitabas, admítelo

Ella niega con la cabeza y murmura para sí.

Pongo una mano sobre su gemelo y lo deslizo hasta su rodilla.

—Me debes una.

—Oh, ¿en serio? —Ella levanta una ceja, pero noto el temblor en su voz.

—Nada es gratis. —Subo más la mano. Su piel es sedosa y cálida; cuando abre un poco las piernas, su aroma embriagador me llega y me aturde.

—Te equivocas, Billy Billones. Las mejores cosas de la vida son gratis. —Y con una sonrisa atrevida, pone una mano en el frente de los pantalones de mi esmoquin. Mi verga late bajo sus caricias.

—Cuidado... —Mi respiración pasa entre mis dientes mientras frota la palma junto al borde de mi erección. Está en un territorio peligroso. Mi lobo está nervioso. Quiere que la acueste y la ataque. Que la use y la tenga en mi cama, así nunca volverá a hacer algo tan peligroso.

Ella se acerca y deja que sus trenzas caigan sobre la parte superior de mi torso mientras empuja hacia abajo, frotándome más fuerte. Es perfecto hasta que dice,

—Quizás así podría haberme salido de esa situación difícil. ¿Alguna vez lo pensaste?

De inmediato mi mente va allí y me da la imagen de Aubrey seduciendo al guardia de seguridad. Contengo un gruñido.

—Cualquiera que te toque perderá la mano.

Sus ojos se abren grandes. Su mirada busca la mía, como si se preguntara de dónde vino esa intensidad. No me importa lo posesivo que haya sonado. Lo digo en serio.

Después de un momento de duda, ella sonríe.

—¿Celoso?

Antes de pensar, me muevo, la pongo sobre mi regazo. Ella se queda sin aliento y golpeo su trasero perfecto.

—Nadie te toca. —Lo digo en serio.

Su risa oscura me dice que le gusta.

—¿Y si lo toco yo?

—Te castigaré. —Pero me está castigando a mí, torturándome con ideas de ella con otros hombres.

Froto la parte inferior de su vestido y me pierdo en la sensación del músculo firme bajo mi palma; su peso presiona contra mi verga. Deslizo la mano por debajo de su vestido y busco su suavidad, su calor. Ambos suspiramos cuando lo encuentro y llevo a un costado el refuerzo de su tanga. Está empapada.

—Nadie más. —Esto —la acaricio ligeramente— me pertenece.

Ella se encuentra inerte sobre mi regazo, demasiado concentrada en el movimiento de mis dedos como para discutir. Y de pronto estoy desesperada. Necesito que esté a salvo. Necesito que sea mía.

¿Qué carajos estoy haciendo?

—Prométemelo, Aubrey. No volverás a escabullirte a salas de servidores. Ni nada imprudente como eso.

—No prometo nada.

—Entonces no te vendrás hasta que lo hagas. —Toco rápido su clítoris y sonrío ante el dilema. Sus propios ideales contra su deseo de venirse.

Otro golpecito.

Ella mueve la cadera sobre mi regazo y hace que mi verga empuje contra los pantalones del esmoquin.

—¿Qué hay de esto? Si quiero hacer alguna entrada ilegal, te llamaré primero.

—Trato. —La penetro con el dedo.

Ella se queda sin aliento; me mira por encima del hombro con sus labios color fresa separados. Es tan hermosa. Quiero satisfacerla. Quiero hacerla gritar mi nombre. Hacerla mía.

Espera, no.

No esa parte. Sólo que no quiero que esté nunca con nadie más.

Destino. Me estoy complicando.

Se lo hago lento con los dedos y ella se muerde el labio inferior, sosteniéndome la mirada.

—Quiero chuparte la verga. —Su voz suena rasposa, como miel y polvo de oro.

Mi labio superior se levanta en un gruñido de aprobación. Quito el dedo y ella se desliza hacia abajo para arrodillarse a mis pies. La ayudo liberando mi erección.

Ella toma la base de mi verga y pasa la lengua alrededor de la cabeza.

Inhalo con intención a través de mis fosas nasales. Ella me está haciendo perder el control y odio que me pase eso.

Arrastra la lengua por la parte de abajo de mi verga y luego la traga con la boca.

Está en problemas, esta humana. Le doy un puntaje perfecto por tener coraje antes, ¡pero mierda, es imprudente! Descuidada con su seguridad y su futuro.

Llevo una vida controlada y una existencia organizada. Así me aseguro de ser superior a cualquier otro tipo de la manada excepto mi alfa. Así dirijo la política en la manada y los negocios.

Aubrey claramente está interrumpiendo el orden de mi vida. El hecho de que viniera aquí esta noche cuando no hay una posible ganancia financiera o estratégica para mí o para mi manada lo prueba. ¿Qué podría esperar ganar mezclándome con esta humana? Ella trae problemas para mí y mi especie.

Pero luego toca mis bolas y acelera el ritmo, moviendo su cabeza sobre mi verga.

El placer me golpea como un tsunami.

No debería sentirse así de bien. Estar con ella no debería sentirse así.

Mierda. Estoy volviendo a perder el control. El enojo por ese hecho se mezcla con placer.

Sus ojos me están mirando. Sus labios están estirados alrededor de mi verga. Acabo de darle nalgadas a su trasero sabroso, y planeo hacérselo sin parar cuando la lleve a casa esta noche.

Es demasiado.

Pongo mi mano alrededor de su garganta. Es una amenaza a su propia existencia. Prueba para mí mismo de que todavía tengo el poder. Sigo a cargo, sin importar lo fuera de control que me sienta.

Sus ojos se abren grandes, pero sigue chupándomela como una buena chica.

Y eso es lo que me destruye. El hecho de que esté arrodillada a mis pies, trabajando para darme placer; es demasiado.

Dejo salir un gruñido mientras mi clímax me recorre hasta mi miembro.

—Me vendré, —logro gruñir, tensando mi agarre en su garganta—. Muéstrame cómo tragas.

Como es Aubrey y es realmente desobediente, sale y toma mi semen entre las tetas.

Mi risa es repentina y marcada.

Esta mujer me está arruinando la vida.

Capítulo veintiuno

ubrey

Estoy dolorida cuando me hundo en el hermoso sofá de cuero blanco del jet privado de Brick para nuestro viaje a Mónaco. Pasé las últimas dos semanas explorando el lado más oscuro del sexo con Billy.

Nalgadas. Ataduras. Caricias fuertes.

Me encanta la forma en la que pierde el control cuando se pone apasionado. La forma en la que intenta controlarlo todo y luego explota. Sospecho que lo odia, lo que lo hace aún mejor. Como si lo hubiera irritado. Como si hubiera ganado.

No estamos en una relación, eso está claro. Él me dice que nada es personal. Nunca habla de negocios o placer. Sólo es una discusión verbal e interludios ardientes.

Lo que está bien por mí; no es el tipo de hombre con el que saldría.

Todavía estoy viendo cómo me cae.

La noche de la gala de Sentience, mi arrendador estaba esperando afuera del departamento cuando regresé. Supongo que Pepper lloraba por mí, así que se descubrió el engaño de tener una mascota en el edificio. Tenía miedo de perder el departamento, pero Billy lo manejó con delicadeza, reclamando el perro como suyo y disculpándose con grandes sumas de dinero para hacer que el problema desaparezca.

De la misma forma que hizo desaparecer el video mío en la sala del servidor. Jamie dice que ahora tiene todo lo que necesita. Está ocupada recopilando documentos que pueden usarse para una gran demanda colectiva.

Después de esa noche, Pepper duerme en la casa de Billy.

Así que sí. Puede que no estemos en una relación, pero parece que compartimos un perro. Y lo hacemos como conejos.

Una azafata pasa por el jet entregando copas de champaña llenas de prosecco.

—¡Que empiece la fiesta! —Prendo el parlante portable Bose que traje y pongo «White Wedding» de Billy Idol para subir los ánimos.

Billy me mira sufriendo y sonrío.

Levanto el labio superior en mi mejor gruñido de Billy Idol y canto. Por un momento, creo que Madi me dejará pasar vergüenza yo sola, pero luego se une y levanta el puño en el aire con su propia versión de la canción.

Nunca antes estuve en un jet privado. Ni salí con Brick y sus amigos, más allá de la fiesta de compromiso. Esta realmente no es mi tipo de salida. Son todos billonarios y parece que Nickel es algún tipo de duque. O que está a punto de convertirse en uno en un matrimonio arreglado. Es una locura.

Apoyo mi copa de prosecco e intento relajarme y disfrutar de la experiencia, dejar de preguntarme cuánto suma este viaje a mi huella de carbono.

Como si me leyera la mente, Billy se acerca.

—El jet es eléctrico. No tiene emisiones.

Suspiro.

—¿En serio? —Me asomo por la ventana para mirar el ala como si pudiera saber la diferencia entre un motor a gas y uno eléctrico.

—Síp, prototipo, —dice Brick. Él y Madi están sentados frente a mí. Billy termina a mi lado de alguna forma. Parece que estamos otra vez en una cita doble.

—Eso es genial, —digo—. Billy me contaba acerca de la tecnología de baterías el otro día.

—¿Eso fue en All Night? —Pregunta Madi. Sabe que Billy se encontró conmigo en el club la noche que me plantó. Pero no he tenido la oportunidad de decirle que hemos estado haciéndolo desde entonces. Ya nos debemos una charla de chicas.

—De hecho, fue en la gala. Billy fue mi conductor. —Mi cita en realidad, pero no sé si queremos ponerle esa etiqueta.

Madi se sorprende.

—No sabía que habías asistido a eso, Billy. ¿Cómo estuvo?

Billy y yo nos miramos; acordamos en silencio que no compartiremos cómo entramos a una habitación de servidor y casi nos atrapan.

—Bien, —decimos al unísono.

Madi nos mira y procesa nuestra nueva camaradería. Brick parece sorprendido.

—¿Cómo es el equipo de Sentience? —Pregunta Brick.

—Un montón de fanfarrones, —responde Billy—. Su tecnología no es tan impresionante como creen, pero hoy en día los ángeles inversores le tiran dinero a cualquier mención de IA. Además su seguridad es una mierda.

Brick asiente. Tiene la mano de Madi entre las dos suyas. Cada tanto la levanta y la besa como si no pudiera soportar físicamente estar separado de ella.

Es mucho afecto público, pero es algo dulce. Me alegra que mi amiga haya encontrado a un hombre que la adore como se lo merece.

También me alegra que Billy no esté colgado de mí de esa forma, aunque sí se mantiene bastante cerca. No estamos en una relación, pero estamos haciéndolo, y ha dejado en claro que no quiere que nadie más me toque. Pensé que era sólo el calor del momento, pero lo he visto mirando mal a otros *bros* empresariales en el avión, como advirtiéndolos. Su posesividad debería ser alarmante, pero en parte me gusta. No me interesa hacerlo con ninguno de sus amigos.

El hermano menor de Madi, Brayden, no pudo unirse porque tenía finales en NYU. Es mi último semestre en la universidad de la ciudad y sólo tengo dos clases este semestre, así que tomarme algunos días no me matará. Los amigos de Brick están todos aquí, excepto Eagle, el esposo de Ruby. Él y Ruby nos encontrarán allí con Scarlett, la hermana menor de Brick que va a la universidad en algún lugar de Europa. Además de la piloto, Madi y yo somos las únicas mujeres en este avión. Pero los tipos de Moon Co. han sido cuidadosamente educados con Madi y conmigo. No estoy segura de si se relajarán lo suficiente como para soltarse frente a mí, pero será divertido descubrirlo.

—Me alegro de que se divirtieran. —Madi inclina la cabeza hacia mí; es obvio que quiere que cuente más sobre la historia de la gala y sabe que no le daré los detalles hasta que estamos sólo nosotras dos en privado—. Y estoy agradecida por el trabajo de ambos en planear todo este viaje. Tenemos que ponernos al día.

—Así es, —digo—. Necesito contarte todo acerca de cómo Billy y yo estamos criando un cachorro juntos.

La boca de Madi se queda abierta.

—Tú... ¿y Billy? ¿Criando un cachorro juntos?

El ceño de Brick se frunce como si no lo pudiera creer.

—Sip. —Hago sonar la «p». Puedo sentir que Billy gruñe a mi lado.

—Sabía que estabas cuidando un perro, —lo acusa Jake.

—No lo es mío, —protesta Billy. Es demasiado sencillo irritarlo. —No lo estamos criando juntos. Aubrey sólo trae al perro cuando pinta.

—Tú eres el que le compra todo a Pepper.

—¡Tú lo pagaste con mi tarjeta de crédito!

—Eso sólo fue la comida y una cama y los paños para cachorros. Tú eres el que le compra los juguetes. —Sé que estamos peleando como una vieja pareja casada frente a todos, y disfruto cada segundo—. Cada vez que llego hay otros diez juguetes para él. Pronto no podrás ver el suelo.

Billy lo niega.

—Tengo pruebas. —Sostengo el teléfono. Mi fondo de pantalla es Billy acurrucado con Pepper. Tomé la foto cuando no estaba prestando atención. El afecto en su rostro mientras mira al cachorro es evidente.

—¿Quién tiene al cachorro mientras nos vamos? —Pregunta Madi.

—La asistente de Billy lo tiene. —Conocí a Annabeth, una pelirroja hermosa que pasó por el penthouse para recoger a Pepper, y de inmediato me volví irracionalmente celosa de ella. Pero a Pepper le cayó bien de inmediato, así que al menos sé que está en buenas manos.

—Awww, miren a ese pequeño, —dice Jake. Él y un tipo blanco sentado a su lado, creo que se llama Vance, explotan de risa y burlan a Billy. Me siento un poco arrepentida de mostrar un momento tan tierno. Me gusta ver a Billy bajar la guardia. Es tan raro.

Pero puede defenderse.

—Pepper es inteligente. Ya lo tengo entrenado. Si no tienen cuidado, lo entrenaré para que haga sus trabajos. —Hace un bollo con su servilleta y la arroja a la cabeza de Vance. Vance la toma y la vuelve a arrojar hacia el fondo del avión donde está sentado Sully. Él la toma sin siquiera levantar la vista del teléfono.

—Bueno, Papi Perrito, entendido, —dice Jake.

Billy levanta las manos y hace varios gestos de énfasis. He visto a Madi hacer suficientes señas como para saber que habla en Lengua de Señas.

No sabía que Billy supiera. Lo sorprendente es que Jake y Nickel también parecen saber. Ambos responden con señas.

Madi se ríe.

—Esperen, ¿qué está diciendo?

—Está insultando a sus padres. —Madi sonríe—. Y todo acerca de ellos, en realidad.

Ahora Vance intenta sumarse a las señas, pero no parece conocer bien la lengua. En vez de eso, usa ambas manos para mostrarles a todos el dedo del medio. Madi y yo nos reímos.

—¿Cuándo aprendieron todos a hacer señas? —Pregunta Madi, encantada.

—Hemos estado tomando clases desde que Noah se mudó al piso ejecutivo, —le dice Billy—. No podíamos permitir que nos opacaras con todas tus habilidades.

—¿Noah es un ejecutivo? Eso es asombroso, —dice Madi—. Siempre fue mi colega preferido en Moon Co.

Brick se aclara la garganta y ella le dedica una pequeña sonrisa.

—Excepto por ti, —aclara.

—Está siendo entrenado, —dice Billy—. Tiene mucho que aprender. Pero creo que deberíamos dejarlo entrar a nuestro club. Ha pagado sus deudas; merece la membresía.

¿Qué club? ¿Club atlético? ¿Club social? ¿Qué, son todos Masones? Siento que están hablando de algo más que sólo una membresía.

—Hablaremos de eso más tarde. Este fin de semana es para relajarse y divertirse, —dice Brick, y todos se acomodan en sus asientos como si su palabra fuera la ley.

—Y practicar nuestro gran número de Queen, digo—. Brick, Madi te propuso como voluntario para Freddy Mercury.

Él la mira rápido buscando confirmación, y ella asiente, sus ojos brillan.

—Ah, sí. Tengo un atuendo blanco como el que se puso para Live Aid. Lucirás genial.

Las cejas de Brick se unen alarmadas; Madi y yo nos empezamos a reír de nuevo.

Él se relaja.

—Eso fue un chiste, ¿verdad?

—Sip.

—Deberías haber visto tu cara, —agrega Madi. Él niega con la cabeza y levanta su mano hasta sus labios para besarla.

Billy y yo hacemos contacto visual. Pongo los ojos en blanco y él sonríe.

Capítulo veintidós

A ubrey

—¿Entonces qué pasa contigo y Billy? —Pregunta Madi sin perderse el hecho de que me acompañó a mi cabaña privada anoche.

Y sí, entró y me cansó, así que pude dormir en una nueva zona horaria.

Sí, fue increíble como siempre. El tipo me puede hacer llegar al orgasmo una y otra vez hasta que esté agotada.

Madi está estirada sobre un cómodo sillón azul a mi lado. Ambos llevamos batas mullidas que nos dio el gran spa, y descansamos junto a una piscina de sal. Nos acaban de hacer masajes y manicura y otros cuidados, y ahora estamos comiendo hummus y bocaditos de verduras crudas entre sesiones de sauna y baños en el hidromasaje.

Las dos futuras cuñadas de Madi siguen haciéndose masajes, así que esta en nuestra oportunidad de charlar entre chicas.

—Tengo mucho para contarte. —Empiezo con la gala de Sentience y le doy todos los detalles de mis días y noches compartidos con Billy. Ella es una buena audiencia, se sorprende y ríe en los momentos correctos.

—¿Él qué? —Su mandíbula se abre cuando le digo que me dio su tarjeta de crédito. Describo todas las formas en las que la usé y ella se ríe—. Ve por ello, amiga. Tortúralo.

—Al principio lo hacía por cómo te trató. Pero después fue simplemente divertido.

Una asistente del spa pasa con pequeños vasos de helado de limón y Madi y yo tomamos dos cada una. El sabor a limón es frío y ácido en mi lengua, refrescante.

—Pero es tan bueno con Pepper. Nunca habría imaginado que tenía un lado más suave.

Parece que no para humanos, pero sí para cachorros. Eso debe significar algo.

—Muéstrame esa foto de nuevo. —Madi estira la mano y le paso el teléfono. Ella observa la foto, frunciendo el ceño —. Yo tampoco habría imaginado que lo tenía en él. —Ella niega con la cabeza y me devuelve el teléfono—. Odia la debilidad, en cualquiera. Pero supongo que los cachorros están exentos de su desdén.

—Creo que sólo actúa.

—No, tuve que probarme a mí misma para ganarme su lealtad. Y aún entonces fue porque Brick básicamente se lo ordenó.

—Sí, acerca de eso. Es extraño cómo toman órdenes de Brick. O sea, no son básicamente amigos de la universidad. ¿Supongo que es porque es el CEO? ¿Pero eso no afectaría sus vidas personales, verdad?

—Estos tipos funcionan mejor con un líder, —dice Madi —. Los criaron tipos exigentes. Se unieron por sus traumas en la universidad y crearon Moon Co. para probarse a sí mismos. Brick los lideró.

—¿Entonces siguen sus órdenes todo el tiempo? ¿Como si fueran una unidad militar?

—Algo así. —Tengo la sensación de que Madi quiere desestimarlo. No me está contando toda la historia, y no me gusta.

Entiendo que parte de esto podría ser información privada, pero estoy acostumbrada a que Madi me cuente todos sus secretos. Lucho contra la decepción de que no vaya a abrirse conmigo como antes. Supongo que algunos secretos tienen que guardarse.

—Sabes, Billy se parece mucho a ti.

Ella frunce la nariz; no le gusta la comparación.

—Leal, —explico—. Comprometido con sus amigos. Dices que odia la debilidad, pero creo que sólo espera lo mejor de sí mismo y que necesita eso de los que lo rodean. Si estás en su círculo, luchará por ti hasta el final. Pienso en él en la escalera de Sentience, besándome como si su alma lo necesitara. Actuando, pero ahora que recuerdo el momento, sus músculos estaban tensos. Estaba concentrado en mí, pero si esos tipos hubieran intentado algo, no tengo dudas de que Billy habría hecho lo que fuera necesario para sacarme. Hasta pegarle a alguno.

No necesitó recurrir a la violencia. Sólo actúa como si tuviera la verga más grande de la habitación y dominara a todos.

Ayuda que *sí* tenga la verga más grande de la habitación, sonrío para mí misma.

Me doy cuenta de que he estado soñando despierta mientras Madi me mira frunciendo el ceño.

—Aubrey...

—¿Qué?

Ella mira para otro lado como pensando de qué forma decirlo lo que quiere.

—Billy está comprometido. Con Moon Co. Con Brick y con el resto. —Intenta decirme algo, pero está dando vueltas.

—Lo sé, —respondo.

—No es el tipo de persona que se asienta.

Agh, ¿esto es lo que intenta decirme? ¿Que Billy no está buscando una relación? Lo sé. Yo tampoco busco una.

—Billy es el último tipo que querría como novio. Sólo lo hacemos, —digo—. Nos divertimos un poco.

—Bueno. —Ella fuerza una sonrisa—. Bien.

Una irritación sorpresiva me recorre.

—¿Por qué está *bien*?

—Simplemente no creo que sea capaz de tener una relación. Brick me contó que viene de un hogar abusivo con un padre riguroso.

Eso noticia me pega de lleno en el pecho.

Bueno, no me sorprende que sea tan contenido. Tan frío y controlado.

—A mí me parece que lo han entrenado para tener un éxito despiadado a cualquier costo, y no mucho más, —agrega.

Eso tiene sentido. La angustia por el dolor que soportó me ahoga.

Maldición, no quiero empezar a verlo como un humano tridimensional. El sexo casual está funcionando ahora mismo. No quiero mucho más.

Me levanto y me abro la bata, la dejo caer sobre el sillón. Tengo una banda elástica para el cabello en la muñeca, y junto mis trenzas en un rodete.

—Me daré un chapuzón.

Sin esperar la respuesta de Madi, giro y bajo los escalones hacia la larga piscina infinity. Está calefaccionada a la temperatura perfecta y la sensación del agua inmaculada chocando contra mi piel desnuda me relaja. Nado hasta el borde y me inclino contra él; dejo que el agua caiga por él. Este lado del spa tiene vistas a una parte hermosa de la playa. Hay un grupo de cinco tipos allí, corriendo de un lado al otro en la arena, gritándose entre sí y arrojando una pelota con la forma de un limón redondo.

Me doy cuenta de que es Billy. Y Brick, Jake, Nickel, y el resto. Están jugando a algún tipo de deporte con pelota. ¿Quizás rugby? Todos excepto Nickel se quitaron las camisetas, y me estaría mintiendo a mí misma si no admitiera que todos son un pedazo de bife de la mejor calidad posible. No sabía que los tipos realmente tenían abdominales así. Duros y marcados con tanto contorno que Miguel Ángel estaría ocupado esculpiéndolos toda la vida.

¿Cuándo es que tienen tiempo para entrenar tanto?

* * *

Billy

Lo que empezó como una mañana relajante en la playa se convirtió en un juego intenso de rugby transformista.

El rugby transformista y el humano son bastante similares. Al menos cuando estamos en público. En privado hay muchas reglas menos, y las formas de lobo están permitidas. Tenemos que jugar con una pelota especial porque nuestros dientes de lobo pinchan la pelota tradicional de rugby y la desinflan. He jugado juegos en los que la pelota era del hueso de la mandíbula de un ciervo o un pedazo de cuero.

Ahora que lo pienso, el rugby transformista y el humano no tienen nada en común. Hay muchas más peleas, muchas más mordidas. Y aullidos.

Nuestro juego en la playa es bastante tranquilo. Hasta

que mi piel cosquillea y me doy cuenta de que alguien nos está mirando. Giro y veo a la culpable. El spa elegante al que Madi llevó a las damas de honor da a esta parte de la playa. Aubrey está allí, mirándome desde la piscina. Con sus trenzas apiladas sobre su cabeza, parece una reina.

Se me infla el pecho. Es hora de dar un espectáculo. Me junto con Vance y Sully, enfrentando a Brick y a los demás. Nos hacemos señas con los planes y luego nos separamos.

Yo pateo la pelota inicial y empiezo a correr de inmediato. Sully se apresura a tomar la pelota y casi choca contra Nickel y Vance, quienes se arrojan a detenerlo. Vance grita y Sully le pasa la pelota de regreso. Es difícil porque Brick está corriendo hacia ambos.

Pero entonces lo tacleo. Apunto a su masa central y choco contra él, tirándonos a ambos a la orilla. Caemos al agua.

Lo próximo que hace es intentar ahogarme. Tiene algunos movimientos nuevos: se zafó de mi agarre con una técnica que le debe haber enseñado el oso transformista con el que pelea.

—Ríndete, —gruñe.

Normalmente lo haría, pero Aubrey está mirando.

—Nunca, —grito, y apunto a sus piernas. Me patea la cabeza y tengo mucha agua salada en la boca, pero Brick cae al agua de nuevo.

—¿Me estás tomando el pelo? —Ruge Brick. Sale ahogado porque le tiro agua cuando tiene la boca abierta y él la traga.

—Sonríe. —Vuelvo a tirarle agua—. Nos están filmando a escondidas. —Volteo y saludo a Aubrey. Madi se le ha unido en el borde de la piscina y ambas saludan y ríen.

Brick gruñe, pero saluda y su rostro se ilumina cuando Madi le tira un beso.

—¿Ganamos? —Le pregunto a Vance, quien está mirándonos desde la playa cubierto de arena.

—Sí. Nickel y Jake me taclearon, pero Sully llevó la pelota a su arco cuando todos nos detuvimos a mirarlos luchar.

Levanto el puño en el aire. Nuestra táctica de distracción funcionó esta vez. No volverá a hacerlo, pero ganar esta vez se sintió bien.

—Tonto, —me dice Jake con señales, y empezamos a insultarnos con lengua de señas.

Un aroma en la brisa nos alerta de que tenemos compañía. Volteamos todos juntos para ver al grupo de transformistas que se nos acerca por la playa.

Jake hace señas,

—¿Quiénes son?

Los transformistas tienen mejor audición. Saber lengua de señas le da una ventaja a nuestra manada cuando no queremos que nos escuchen.

—El rey de Mónaco y los lobos principales de su manada, —responde Sully—. Dijimos que estaríamos aquí. Por cortesía.

—Vayamos a saludar, —dice Brick en voz alta y lo seguimos por la playa acomodándonos en una formación casual con Brick a la cabeza y yo a su mano derecha.

Los lobos que nos enfrentan son grandes y corpulentos. En el mundo humano, los considerarían fisicoculturistas. El líder tiene una barba oscura y una melena alocada que cae por su espalda. Con su piel muy bronceada, parece un pirata. Sully nos dio a Brick y a mí un informe de él y su manada, así que sé que su familia era de magnates de envíos.

—Luka Atlantea, —lo saluda Brick—. Rey Lobo de Mónaco.

—Blackthroat. —La voz de Luka es grave y rasposa—. La gran sorpresa de Wall Street. Bienvenido a mi reino. Estamos honrados por tu visita.

—Nosotros somos los honrados, —Brick debe haber investigado en profundidad sobre el Rey Luka porque sus palabras suenan sinceras.

—¿Estás aquí para celebrar tu inminente boda, verdad? —Luka mira a su alrededor como buscando la pareja de Brick.

—Sí. Mi prometida está aquí con sus amigas. —Brick mueve una mano indicando a Madi y a Aubrey en el spa. Me tenso un poco. A mi lobo no le gusta llamar la atención hacia Aubrey. No conocemos a estos lobos.

Por el rabillo del ojo veo que Sully se acomoda de un pie a otro. Es nuestro guardia de seguridad. Es probable que tenga lobos instalados por todo el spa.

Esa idea me relaja.

—Estamos aquí para celebrar la despedida de soltero y soltera, —agrega Brick—. Es una tradición humana.

—Ah, —dice el Rey Luka. No sé qué está pensando. Su aroma está cubierto por una colonia pesada. Su rostro está ensombrecido mientras mira hacia arriba a las mujeres humanas.

Estoy nervioso. Que Brick esté en pareja con una humana sigue sorprendiendo a otros lobos. Las parejas de transformistas y humanos no son inexistentes, pero el alfa de una manada tan grande como la nuestra normalmente seguiría la tradición de encontrar a una transformista fuerte que mantenga la manada fuerte. Al menos esa era la forma tradicional de verlo.

La forma de mi padre de verlo.

Solía ser mi forma de pensar. Pero Madi demostró su fuerza y probó que me equivocaba.

De todos modos, otras manadas podrían ver la pareja de Brick como una debilidad y decidir desafiarlo.

¿El Rey de Mónaco será uno de ellos?

La apariencia desconfiada desaparece el rostro de Luka como si nunca hubiera existido. Su boca forma una gran sonrisa y abre los brazos como un huésped exuberante.

—Bueno, no pueden ir a los casinos. Sus dueños son vampiros. Pueden venir a bordo de mi yate y les mostraré de qué se trata Mónaco. Celebremos tu boda al estilo de Atlanta.

—Gracias, nos encantaría, —dice Brick.

Miro a Sully a los ojos. Parece que iremos a una fiesta en un yate con un montón de extraños. Alcohol, un gran grupo de transformistas, y dos humanas, incluida una que no sabe que existe nuestra especie.

Mierda.

¿Qué podría salir mal?

* * *

La *Dama del Mar* es un super yate de doscientos millones de dólares de las Empresas Atlantean. Mide 75 metros, es el yate más grande del puerto. Escuché que las tasas para anclarlo son de seis cifras por mes.

Al atardecer, brilla como una joya. Es tan enorme que bien podría ser una brillante ciudad blanca flotando en el agua.

Miro a Aubrey mientras abordamos el bote. Por alguna razón, ella y Madi estaban cantando "You're So Vain" de Carly Simon de camino aquí. Ahora ella, Madi y las hermanas de Brick, Ruby y Scarlett exclaman «uhh» y «ahh» ante los pisos lujosos de madera y el área de descanso con cuero blanco. Los miembros de la tripulación llevan uniformes blancos y azules y nos ofrecen copas de prosecco. Rechazo la mía y Aubrey la toma para beberla por mí, sus ojos brillan. Me alegra que se esté divirtiendo.

Noto que nuestros hombres están mucho menos relajados. Me mantengo entre las mujeres y los lobos de la manada de Mónaco en todo momento. Luka permitió que el equipo de Sully subiera al bote para hacer un chequeo de seguridad. Sully dio el visto bueno para el viaje, así que no debería estar en máxima alerta.

El mayor peligro es el Rey en sí. Y está bebiendo. Toma mucho alcohol para que un transformista mantenga un estado embriagado, pero parece determinado a lograrlo. También insiste en darnos un paseo completo que incluye el cine, gimnasio, spa y la sala de hielo. A las mujeres les encanta.

—En vez del spa, deberíamos haber venido aquí, —se ríe Scarlett.

—Eres bienvenida cuando gustes, miladi, —Luka toma su mano y se inclina ante ella.

No me gusta verlo coquetear con Scarlett, a quien considero una hermanita, pero ella es una loba que puede protegerse a sí misma. Brick la hace entrenar autodefensa a diario.

Estamos mezclándonos en el deck de la fiesta junto a la piscina con piso de vidrio.

Los otros lobos están alejados, murmurando educadamente. Todos se están comportando.

No sé cómo terminé junto a Luka, pero él está hablándome y sería de mala educación rechazarlo.

Preferiría estar con Aubrey. Después de un día de spa, está brillando. Ahora mismo, ella y Madi están en la parte superior del deck apreciando la vista.

—Tu luna es encantadora, para ser humana, —murmura Luka.

Asiento, aunque quiero preguntarle qué quiso decir con lo de «para una humana». ¿Es un supremacista transformista como mi padre? ¿Como me criaron a mí?

—Tú también estás aquí con una humana, —dice Luka. Levanta la cabeza y olfatea el aire—. La que tiene un aroma delicioso. ¿Naranjas especiadas?

Hablar acerca de aromas es muy personal. Me tenso; mi lobo detesta que esté hablando de Aubrey de una forma tan íntima y tan casual. Pero quizá sea algo estadounidense.

Luka mueve su trago. Está bebiendo ouzo, y el fuerte aroma a anís esconde su propio aroma.

—Yo también disfruto de una humana cada tanto. Son tan débiles. Las dominas un poco y se vuelven dispuestas a complacer. Son fáciles de tener como mascotas.

Tengo el don de mantenerme indiferente. De controlar mis reacciones para poder manipular situaciones con el ángulo correcto, pero la ira explota en mi mente. ¿Este idiota en serio comparó a Aubrey con una mascota? ¿Como si fuera un perro como Pepper?

Quiero matarlo. Aquí mismo, ahora mismo. Sería tan sencillo. No lo vería venir; podría simplemente golpearlo, arrancarle los ojos y estrangularlo antes de que supiera qué pasa.

Mi lobo está aullando, completamente a bordo. Nadie habla de Aubrey así y sigue vivo.

Pero... no puedo. Este es el Rey de Mónaco. Estamos en su territorio.

Este es otro ejemplo de lo mucho que Aubrey afecta mi habilidad de funcionar. Mierda.

Nickel nota mi tensión y me hace la seña equivalente a

«Tranquilo, tigre». Le hago la seña de «Vete a la mierda». No perderé el control de mi lobo en medio de un país extranjero.

Le sonrío al rey, mostrando mis colmillos.

—Nuestra manada trata a los humanos como iguales. Compartimos su mundo, después de todo. Y no sé acerca de las prácticas de otras manadas, pero no lo hacemos con nuestras mascotas. —Escondo mi risa, pero no es necesario. Mi mensaje es recibido.

El rey lo escucha fuerte y claro. Sus ojos se vuelven llamas ámbar, del mismo color que Brick, y luego controla a su lobo.

—Me entendiste mal. Sólo sentía curiosidad de por qué el alfa de una manada tan fuerte se rebajaría a ponerse en pareja con una humana débil. Diluirá su linaje. Sus cachorros serán inútiles.

Eso es todo.

Sé que sólo dice en voz alta lo que piensan muchos lobos mayores de nuestra propia manada. Pero no puedo pasar por alto este insulto.

—Nuestra luna no es débil, —digo lo suficientemente alto como para que me escuchen todos en el deck—. Ella le da fuerza a nuestra manada.

El labio de Luka se levanta, pero parece darse cuenta de que cruzó un límite.

—No quise decir nada con esto, por supuesto. Sólo tenía curiosidad.

—Asegúrate de que tu curiosidad no te haga menos cortés, —le respondo. Sus ojos brillan; le acabo de dar una orden al rey de este territorio. En su propio yate, para empeorar las cosas.

Nickel debe sentir peligro porque se acerca a interceder.

—Luka, me alegra conocerte, finalmente. Creo que nuestras familias están conectadas por matrimonio. ¿Nuestros primos de Gibraltar?

Luka ignora a Nickel. Su mirada está puesta en mí. Me tenso y espero un desafío.

Pero en vez de eso se ríe y termina su trago.

—Permíteme una curiosidad más. ¿Tu humana? —Hace un gesto hacia Aubrey, quien ríe y disfruta el viento del deck superior. Ella aleja las trenzas de su cuello y una ráfaga fresca de su aroma llena. la brisa—. ¿Qué brinda? Además de unos agujeros para complacerte...

No pienso, sólo actúo. El rey suele pararse con ambos pies plantados, como el capitán de un barco acostumbrados a mares tempestuosos. Pero cometió el error de inclinarse hacia atrás sobre la baranda para señalar a Aubrey.

Me agacho y tomo su pierna para tirar de ella. No esperaba un ataque y ciertamente no uno que involucrara que me arrodille frente a él. En una fracción de segundo hago que pierda el equilibro y la gravedad hace el resto.

El rey abre grande la boca y luego se cae hacia atrás. No en el deck inferior; estamos en la parte más baja del barco.

No, se cae por la borda. Miro en cámara lenta como ruge, el sonido irrumpe en la noche, y cae hacia en el agua oscura con un salpicón.

¿Qué he hecho?

Acabo de tirar al rey de la manada de Mónaco por la borda en su propio bote.

Dos de sus guardaespaldas ya se mueven hacia mí, gritando. Me atraparán y me arrestarán.

No los dejo. Los distraigo y me muevo y esquivo, me meto detrás de ellos y uso su propio impulso en su contra. Uno de ellos se tropieza y me vuelvo el punto de apoyo para hacerlo volar. El otro choca contra mí. Giro, me desvío y lo envío también por la borda.

Ahora hay tres lobos en lo profundo del agua. Lo que está bien; estoy seguro de que todos pueden nadar. Los guardaespaldas del rey pueden protegerlo de los tiburones.

Tengo problemas más importantes. Hay gritos por encima de mí mientras la manada del rey se apresura para llegar a este deck y ocuparse de mí.

Alguien se pone a mi lado y casi lo pateo, pero me doy cuenta de que es Nickel. Huele a gin y su perfecta camisa de polo está empapada del líquido con aroma a enebro. Está respirando agitado y me doy cuenta de que hizo que uno de mis atacantes se tropiece. Está ocupando su lugar para luchar a mi lado.

Un aullido y Jake aterriza en el deck a mi lado. No tiene camisa; sus abdominales brillan mojados por la piscina. Sus ojos están encendidos; su lobo salió a jugar. Llega a mi lado, enfrentado a Nickel. Les hago señas de que formen como en rugby y enfrentemos a los lobos enfurecidos del Rey.

—Las humanas, —murmuro. Miro hacia arriba pero ya no logro ver a Aubrey o Madi.

—Brick está en eso. Él, Sully y Vance las llevarán a un lugar seguro aún si tienen que robar un bote para hacerlo.

Eso me hace sentir mejor. Ya arruiné todo empezando una pelea con nuestros huéspedes. Tendré que explicarle esto a todos después.

—Entonces será mejor que los distraigamos.

Jake festeja. Muestra los colmillos con su sonrisa.

—Pateemos algunos traseros de transformistas.

—¿Entonces qué pasó realmente? —Exige saber Brick. Estamos en la suite de su penthouse, hablando sólo nosotros dos. En el bote de regreso del super yate, le expliqué al grupo que Luka se emborrachó y fue maleducado y las cosas escalaron a una pelea. Por suerte todos estaban llenos de adrenalina y seguían estando en modo fiesta. Aubrey y Madi empezaron a cantar «You're so vain» de nuevo y Jake y Vance incluso de unieron. Nuestro escape del super yate fue sólo otra parte de la diversión.

Ahora Nickel y Sully están encerrados en una sala de comunicaciones. Nickel está hablando por teléfono con su familia y usando sus conexiones personales para facilitar las coas con la manada. Sully está agregando capas de seguridad para asegurarse de que la manada esté a salvo. Todos los demás están durmiendo, cansados por toda la emoción.

Excepto Brick y yo. Él quiere respuestas.

—Insultaron a Madi, —le digo y sus ojos se vuelven fríos. No está contento con cómo fue la situación, sobre todo porque podrían haber salido lastimadas las humanas. Pero entiende la necesidad de defender a nuestra luna. Él haría lo mismo—. Y los humanos en general. ¿Nos echarán de Mónaco?

—Está la posibilidad, pero creo que podemos calmar las cosas lo suficiente como para terminar el viaje. Las conexiones de Nickel nos ayudarán a apelar a la razón. Se sabe que Luka es impulsivo y aunque sea el rey sigue siendo guiado por los miembros más inteligentes de su familia. Querremos evitar este país en un futuro cercano, pero dudo que Luka quiera que se sepa que lo tiraste de su propio bote.

Me río y recuerdo su indignación mientras cayó al agua.

—Sueles tener más autocontrol que esto, —observa Brick. Estaba esperando que me cantara las cuarenta por empezar una pelea, pero parece menos enojado que reflexivo.

—Me afectó. Estaba escupiendo la misma mierda que dice mi padre. —Brick es una de las pocas personas que sabe lo malo que fue mi padre—. Y... mencionó a Aubrey.

—Ah. —Hay mucho peso en esa sílaba. Me pregunto cuándo revelé, si mi cautela anuncia mis sentimientos más profundos hacia la humana caótica—. Hace un año no habrías levantado un dedo para defender a una humana.

Inhalo y mis mejillas arden con vergüenza. Traté a Madi como la mierda porque pensaba que destruiría a nuestra manada. No confiaba en ella y pensé que terminaría siendo una debilidad con la que no podíamos lidiar. Y sí, el fuerte prejuicio anti humanos de mi padre tuvo que ver con esto.

—He cambiado.

—Sí, lo has hecho. —Brick se inclina hacia atrás en su silla y cruza los brazos sobre el pecho—. Aubrey es la mejor amiga de Madi. Es como una hermana. Necesito saber qué significa esta humana para ti.

Me siento como un niño al que el padre le hace muchas preguntas acerca de su cita para el baile de graduación. *Prometo traerla a casa antes de las 10 pm.*

—La he tratado bien, —digo a la defensiva.

—Eso no es lo que estoy preguntando. Sé que cuando era importante la trataste con respeto. Si no lo hubieras hecho, ella te habría cortado las bolas. Y Madi la habría ayudado.

Esto es correcto, pero me estremezco.

—Y luego yo te habría matado, —continúa con un tono neutro—. No querría hacerlo, eres el segundo de la manada y mi mejor amigo, pero...

—Lo entiendo. Si la lastimara, no podría perdonármelo.

—Hmm, —vuelve a murmurar Brick. Entrecierra los ojos y observa mi rostro. Me he delatado.

¿Qué significa Aubrey para mí? No puedo responder porque ni siquiera lo sé. Ella es el caos de mi control. Grandes manchas de pintura en una paleta monótona. Aroma a naranja, canela y nuez moscada que llena la parte de atrás de mi limusina.

¿Qué puedo decir? Tiene un arito de plata en la nariz que me quema la piel. Besarla es mejor porque duele un poco.

No puedo decirle nada de esto a Brick.

—Ella es especial, —digo.

—¿Qué piensa tu lobo?

—Quiere protegerla. —Quiere que haga más que eso.

Brick inclina la cabeza como esperando que confiese el resto. Que mis colmillos se han afilado cuando está en mi cama. Que me puse salvaje cerca de la luna llena. Que imagino reclamarla y tenerla en mi vida... por siempre.

No estoy listo para admitir lo que podría ser para mí. *Pareja*.

Brick parece entender esto. Casi se puso lunático intentando evitar reclamar a Madi. De todos los lobos, él sabe lo que estoy atravesando.

Después de una larga pausa, asiente.

—Tu castigo es patrullar el resto del viaje. —No es un gran castigo; todos nos encargamos de la seguridad para asegurarnos de que Luka no tenga una entrada para vengarse—. Ve a dormir un poco. Tomaremos el turno del amanecer.

—¿También te castigarás a ti mismo? —Lo sigo y me levanto de mi asiento.

—Es mi culpa que estuviéramos en esa bota para empezar. Debería haberme asegurado de saber qué pensaba de

253

los humanos antes de permitirle estar tan cerca de las nuestras. —Me golpea el hombro—. Estoy agradecido de que defendieras a Madi y a Aubrey.

—¿Aunque nos saliera caro?

—Aún entonces.

Esa es la lección que me enseñó el destino cuando conocí a Madi. Sin importar qué, la pareja siempre viene primero.

Capítulo veintitrés

Billy

La siguiente mañana, Sully nos dice que todo está despejado en cuestiones de seguridad. Los invitados se dirigen al centro porque las mujeres, mayormente las hermanas de Brick, Ruby y Scarlett, quieren comprar cosas de lujo. Preferiría conservar mi masculinidad, pero mi lobo no quiere que Aubrey vaya sin compañía.

Mi asistente, Annabeth, hizo un gran trabajo con la logística y de algún modo consiguió una limusina blindada conducida por uno de los mejores lobos de seguridad de Sully y entramos. Scarlett sirve champaña para todos.

De camino, a Aubrey le suena el teléfono. Ella mira rápido la pantalla y frunce el ceño.

—Lo siento, tengo que atender.

Por el teléfono escucho la voz metálica de una mujer en pánico.

—¡Aubrey! Ayer llegué a casa y mi computadora no estaba. Habían entrado a mi departamento y arrasado con el lugar.

Frunzo el ceño mientras Aubrey se pone tensa.

—¿Llamaste a la policía? —pregunta.

—¡No! ¿Bromeas? Este no es un robo normal. ¡Es Sentience! ¡Te dije que alguien me estaba observando! Estoy escondiéndome. No sé si tú estás en peligro, pero quería avisarte. Dile también a Jan.

Siento el miedo que sale de Aubrey y pone furioso a mi lobo. Todos en la limusina notan el cambio y se concentran en Aubrey.

—Lamento mucho que involucrarte en esto, —dice la persona al otro lado de la línea.

—Ey, está bien —la calma Aubrey—. Tendré cuidado y me aseguraré de que Jan también. Estaremos bien. Cuéntame cuando encuentres un lugar seguro.

—¿Qué sucede? —Pregunta Madi.

Aubrey duda y luego niega con la cabeza y se obliga a sonreír; es claro que no quiere arruina el clima festivo.

—No es nada, sólo, em, alguien a quien le entraron a la casa.

Está claro que está lejos de ser nada, pero lo dejo pasar hasta ayudarla a bajarse de la limusina y poder hablar en privado. Ella no quiere perturbar el fin de semana de Madi y lo respeto. Estamos en un conjunto de tiendas lujo ubicado en un patio externo con fuentes y jardines.

El grupo se dispersa y acuerda volver a reunirse en un par de horas.

—¿Qué pasó? —Acompaño a Aubrey a alejarnos de los demás—. ¿Eso tuvo que ver con el espionaje de Sentience, verdad?

Ella traga saliva. Odio el miedo que veo detrás de su expresión habitual de confianza.

—Entraron a la casa de la informante de Sentience. Me

dijo antes que pensaba que alguien la estaba siguiendo. Por eso me asusté esa anoche cuando me seguiste en tu coche.

—Mierda. Lamento haberte asustado.

Ella niega rápido con la cabeza.

—No, no pasa nada. Sólo...

—Haré que alguien vaya a tu casa y vigile mientras no estemos. ¿Quién es Jan?

Me mira sorprendida y me doy cuenta de que revelé demasiado. No debería haber escuchado su conversación con la música de la limusina.

Me hago el desentendido con un encoger de hombros.

—Lo escuché. Estabas justo a mi lado.

—Jan es mi amiga abogada. Ella y su pareja son dueñas de La Résistance, donde trabajo. Podría tomar el caso si tuviéramos suficiente evidencia.

—¿Quieres que también le sume seguridad?

Los ojos de Aubrey se agrandan, pero su cuerpo se relaja. Le he dado alivio.

—¿Harías eso?

—Absolutamente. —Le marco a Grayson, el portero. Es uno de los miembros del equipo de seguridad de Sully, pero me responderá como beta de la manada—. Llama a Jan para avisarle, —le digo a Aubrey.

Ambos tenemos conversaciones cortas y le envío las direcciones de Aubrey y Jan a Grayson.

—Gracias. —Ella me mira con sus cálidos ojos café—. ¿Realmente solucionas problemas, verdad?

Algo se mueve en mi pecho. Me niego a trabajar para ganarme la aprobación de cualquiera que no sea mi alfa. Pero escuchar la admiración y el aprecio en la voz de Aubrey me afecta. Quiero volver a ganarme su gratitud. Quiero que me mire así, como si fuera fuerte y poderoso.

Como si fuera el hombre que la sostendrá con fuerza cuando haya problemas.

—¿Quién dijo eso, Madi?

Ella asiente.

Me inclino y beso su frente. Es un gesto decididamente afectuoso, completamente inusual para mí, pero me gusta cómo me hace sentir.

Como si por un momento no fuera una isla en medio de un maldito océano. No soy yo contra el mundo.

Podría elegir entre mantener el mundo bajo un control meticuloso para asegurar mi supervivencia, o podría convertirme en este tipo. Alguien que tiene una mujer encantadora que cuidar y proteger.

Es un papel que nunca pensé querer. Involucra vulnerabilidad. No sólo entre mi mujer y yo, sino porque hay una mujer en mi vida. Ella se vuelve una vulnerabilidad. Una debilidad. Otro lugar peligroso donde podrían darme.

Brick eligió esta vida. Permitir que alguien debilite todo lo que construyó. Él no es el tiburón afilado que conocí en la universidad. El que buscaba recuperar todo lo que los Adalwulf le habían quitado.

Pero Madi también lo ha fortalecido. Como pareja, como alfa y luna, son más que la suma de sus partes. Su fuerza es exponencial. Y ahora sonríe. Ha encontrado una satisfacción que parecía estar fuera de mi alcance.

Quizá no lo esté.

—¿Te sientes mejor? —Le pregunto.

—Sí.

—Bien. Vamos, compremos. —Tomo su codo y la llevo hacia una joyería.

—¿En serio? —Ella me mira entre pestañas gruesas, una curva sensual en sus labios—. No me pareces el tipo que le gusta ir de compras.

—No lo soy.

—Yo soy más de buscar gangas. Me gusta revolver percheros o los mercados de pulgas. No puedo pagar nada aquí.

—Tienes los cien mil que me cobraste.

Ella me mira con una sonrisa traviesa.

—Es verdad. Pero ese dinero ni siquiera se siente real. Sólo te desafiaba para ver dónde dirías que no. No esperaba que realmente me pagaras tanto.

—Negociaste lo que valía para ti. Pagué lo que valía para mí. Ven aquí, miremos en este lugar. —La llevo a la joyería que vi cuando buscaba por dónde iríamos—. Este lugar tiene diamantes de laboratorio. Ningún chico muere en minas por sus joyas.

Aubrey me observa.

—No sé si te estás burlando de mí.

—Para nada. Sé que es importante para ti. —Miro a la mujer detrás del escritorio que nos saluda en francés—. Buenas tardes. Me gustaría comprarle a mi novia un arito de diamante para su nariz y ombligo. ¿Tiene alguno? —Pregunto en francés.

Ella me mira entusiasmada.

—Así es. Tenemos una gran selección. Miren estos. —Ella saca una bandeja de aros de diamantes de un gabinete cerrado detrás de ella.

Aubrey los mira rápido sin interés. Lo entiendo. No la impresiona el dinero ni los regalos caros.

—Este es un diamante rosa. Se vería espectacular en ella. —La vendedora sigue hablando en francés—. Y hay un par haciendo juego con dos diamantes para su ombligo. Los buscaré ahora. —Ella se agacha para abrir otro gabinete y sacar otra bandeja, esta vez con pares de diamantes, uno grande, uno pequeño, sobre pendientes redondos.

Todo el arito con el diamante rosa y se lo paso a Aubrey. Ella lo mira.

—¡Oh! —Levanta la mirada hacia mi rostro sorprendida —. Es un arito para la nariz.

—¿Qué, pensaste que te compraría un pendiente cursi o algo así, Plata? Presto atención. Sé lo que te gusta. —Le paso un espejo—. ¿Es este?

—Me estás comprando un regalo —Suena sorprendida —. Guau. —Se lleva el diamante rosa a su fosa nasal—. Sí prestas atención. Es hermoso. Me... Me encanta.

Casi puedo verla luchar internamente y celebro la pequeña victoria de elegir el regalo correcto. Uno que no rechace por desdén al dinero. Uno que refleje mi respeto por quién es, cómo es.

—Hay un par que hace juego para tu ombligo.

—¿En serio? Gracias. —Sus labios se levantan en las comisuras mientras me mira sorprendida—. Esto es... inesperado. Muy dulce y generoso. —Levanta los labios para besar los míos.

Toma todo mi autocontrol no tomarla y hacérselo con la lengua en esa boca atrevida hasta que le falte la respiración. Pero no demuestro cariño en público.

—No pensé que fueras capaz de ser dulce.

—No lo soy. —Hago que mi voz sea más seca que nunca —. Pero soy alérgico a la plata.

La comprensión aparece en el rostro de Aubrey.

—¡Por eso siempre te pones rojo después de besarnos! — Ella se tapa la boca con la mano—. Oh por dios, ¿por qué no me dijiste antes?

—No quería que pararas. Te he aceptado, Aubrey Cook, como mi kryptonita personal.

La expresión de Aubrey es cálida mientras sus labios forman una sonrisa creída.

—Me encanta eso.

—Por supuesto que sí.

—Llevaremos estos, —le digo a la vendedora y le indico el arito de nariz con diamante rosa y el del ombligo que combina. El arito más grande en su ombligo es al menos de dos quilates y está rodeado por un círculo de diminutos diamantes blancos.

—Excelente elección. —Dice la vendedora fácilmente en nuestro idioma—. ¿Le gustaría llevarlo puesto?

Aubrey asiente y se quita los aritos de plata mientras pago una cuenta de cinco mil dólares y Aubrey se pone las joyas nuevas.

—Me encantan, gracias. —Ella me mira a la cara y me baja para darme un beso.

Tengo un momento de alarma. ¿Qué estoy haciendo? Actúo como novio de Aubrey, y no lo soy.

No puedo serlo. Las cosas se están saliendo de control. Una sensación de peligro sube por mi columna. Peligro de vida o muerte, pero eso no tiene sentido.

Me suena el teléfono y lo saco rápido.

—Billy, es Grayson. Pasé por el departamento de la Srita. Cook y lo han destrozado. Rompieron la cerradura. La vecina dice que debe haber ocurrido ayer. Dice que vio a un tipo salir del departamento y le preguntó si estaba cuidando el lugar mientras ella estaba en Mónaco. Ahora tiene una idea de su ubicación.

Mierda.

Esa es la advertencia que sentí de mi lobo. No era que darle regalos a Aubrey fuera poco seguro. Era acerca de *su* seguridad.

Que de pronto me doy cuenta que significa todo para mí.

Salgo y ella me sigue.

—Bueno, haz una denuncia policial. Ve si puedes sentir algún —me detengo antes de decir *aroma*— algún rastro de quién estuvo ahí. Y revisa el área circundante. Pueden estar vigilando el lugar. Si es así, atácalos y tráelos para que yo me ocupe cuando regrese.

—Estoy en eso, jefe.

La advertencia en mi nuca no cesa. Miro a nuestro alrededor, aunque estamos a 6500 kilómetros de Manhattan. Mi cuerpo se mueve antes de siquiera registrar lo que veo.

Un francotirador, a sesenta metros.

Tacleo a Aubrey hacia el suelo y la bala atraviesa mi piel para enterrarse en mi espalda.

* * *

Aubrey

Grito.

No estoy segura de qué sucede. Por qué Billy me tiró al piso. El pavimento me raspa y deja moretones en mis rodillas. Su cuerpo cubre el mío, pesado como un rinoceronte.

La forma en la que cubre mi cabeza con los brazos deja en claro lo que sucede antes de que diga con dificultad,

—Mantente abajo. Hay un francotirador.

Un francotirador. ¿Qué carajos?

¿Esta violencia con armas es una coincidencia o está relacionada a Sentience?

Billy sacó el teléfono y ladra órdenes.

—Necesito refuerzos *ahora*, —antes de ayudarme a pararme. Su mano sigue en mi cabeza, empujándome para estar doblada a la mitad por la cintura como él al esquivar a lo que sea o quién sea que nos persiga.

Entonces veo la sangre que mancha su ropa.

—¡Te dieron!

Oh no. No no no no. Oh por dios.

—¡Billy!

Esto no es real. Catastrófico. Lucho por respirar para intentar pensar.

Él me lleva a correr agachada detrás de una pared de jardín baja y mantiene la mirada en un lugar a la distancia.

No escucho los sonidos de los disparos, pero el vidrio explota detrás de nosotros.

Hay ruidos de gritos de todos lados. Debe estar usando un silenciador. Nadie escuchó el primer disparo, pero ahora todos afuera de las tiendas saben que hay un francotirador.

Mi corazón late tan fuerte que juro que se saldrá de mi pecho.

—Te dieron. Oh por dios. La cantidad de sangre que baña la ropa de Billy me asusta muchísimo. Tenemos que llevarlo a emergencias—. ¡Ayuda! —Grito, mirando a mi alrededor—. ¡Que alguien llame a una ambulancia!

Morirá y fue para salvarme.

No puede morir.

Una bala choca contra la pared de ladrillos a mi derecha. Grito fuerte por la sorpresa.

—Estamos bien, —dice Billy con calma aunque tiene que estar a segundos de desmayarse por toda la sangre que perdió—. Sólo mantén la cabeza baja para que no pueda localizarnos.

—¿Están aquí por mí?

Él mira alrededor de nuevo y luego me hace correr agachada detrás de otra pared.

—No dejaré que te den, Plata.

Sully, Vance, Nickel y Eagle corren hasta alcanzarnos.

—Francotirador, dos en punto. Aubrey es el objetivo. Consigan transporte,

—Billy ladra la información con una precisión militar,

aunque sus movimientos se vuelven más lentos por la falta de sangre.

No fue militar, ¿verdad?

Lo más sorprendente es que los chicos reaccionan como si fueran parte de un equipo SEAL de la marina.

—Entendido. Jake, Vance, encuentren al francotirador. Cubriremos a Aubrey, —-responde Sully. Sully y Nickel nos cubren y me dan aún más seguridad mientras corremos, todos juntos, hacia la calle.

Billy cae y queda sobre una de sus rodillas.

—¡Está herido! —Grito, diciendo lo evidente.

Nickel lo levanta y pone sobre su hombro bajo el brazo de Billy.

—Cubre a Aubrey. —La voz de Billy suena débil.

Oh por dios. Morirá. No puedo dejar que muera.

Esto no puede estar pasando.

—Tenemos que llevarlo a un hospital, —grito.

Brick, Madi, Scarlett y Ruby, y Eagle llegan corriendo y uno de los tipos grita «protejan a la Luna».

Brick y Scarlett cubren a Madi.

Las sirenas se escuchan a la distancia.

La limusina está frente a nosotros con las puertas abiertas. Los chicos nos apresuran hacia ella. Billy todavía me sigue como si necesitara protección cuando él está a punto de desangrarse.

—¡Espera! —Grito y señalo en dirección a las sirenas—. Esa podría ser una ambulancia. Billy debería ir en ambulancia.

Me ignoran.

—Pongan a Aubrey en el frente, —dice Brick rápido detrás nuestro. Toma mi brazo para intentar separarme de Billy.

—Claro, —concuerda Madi.

¿En el frente? ¿Con el vidrio del chofer separándonos? Claro que no, maldición.

—¿Por qué? —Chillo.

—Aubrey, —Madi también intenta llevarme ahora.

Billy colapsa junto a la puerta de la limusina y Nickel y Sully tienen que recogerlo para tirarlo como un fardo de heno sobre uno de los asientos.

La realidad de que Billy podría morir me congela.

—¡No! —Me libero de Brick y Madi y me pongo detrás de él—. Iré con él.

—Mierda, —murmura Brick, pero todos entran y la limusina sale disparada con los neumáticos chillando antes de que siquiera se cierre la puerta.

—Billy. —Me arrodillo frente al asiento donde está tirado de costado. Su rostro está pálido y sus dientes castañean.

Nickel se sienta a sus pies y mueve a Billy hacia adelante para examinar la herida.

Toco frenéticamente su cuerpo como si mis palmas pudieran curarlo sólo con tocarlo.

—¿Qué carajos acaba de pasar? —Ruge Brick.

Los labios de Billy se mueven, pero no sale sonido. Empieza a temblar como si tuviera una convulsión. Sus ojos parecen volverse un plateado helado.

—La bala no pasó, —informa Nickel—. Por suerte para Aubrey.

¿Para mí? ¿Qué carajos quiere decir? Oh, ¿porque también me habría dado? Pero todos los que miran thrillers de mafiosos saben que las heridas que traspasan son mejores. Si tiene una bala atorada en algún órgano, necesitará una cirugía importante.

—Es mi culpa, —digo ahogada—. Vinieron por mí.

Un extraño sonido a chasquido sale de la espalda de

Billy, como si se estuviera quebrando. Dios, ¿la bala le dio en la columna?

—Maldición, —murmura Brick otra vez.

—Le dispararon por mí. —Las lágrimas caen por mi rostro—. Ahora morirá.

—No morirá. —Nickel suena calmado. Es extraño cómo la gente actúa diferente en emergencias. Billy también estaba relajado.

Y ahora morirá.

El rostro de Billy se contorsiona. El chasquido de sus huesos se vuelve más fuerte. Hay tela que se rompe y, de pronto, Billy se ha ido.

Se me corta la respiración.

En su lugar yace un *enorme lobo blanco y gris*. La ropa de Billy está hecha pedazos a su alrededor.

Un extraño sonido a llanto sale de mi garganta. Qué... acaba...

El pelaje del lobo blanco se vuelve rojo por la sangre.

—Eso es, Billy. —La mano de Nickel está sobre la parte trasera del lobo—. Deja que tu lobo te sane.

—El... el lobo es Billy. —Mi voz suena muy lejana a mis oídos.

Billy es un lobo.

Volteo para mirar por encima del hombro al resto del grupo. Cada rostro que veo luce inmutado. Pálido y sobrio, pero inmutado. Hasta el de Madi.

—¿Billy es un hombre lobo? —Es como si una parte de mi mente, la que está llena de cuentos de hadas y fantasía, lo entiende a la perfección, pero la otra dice que es imposible.

—Un lobo transformista, —dice Madi.

Entonces me doy cuenta.

—Son todos lobos.

¿Excepto por Madi? ¿O la han transformado?

—Estará bien, —dice Madi y esta vez le creo. Porque si los hombres pueden convertirse en lobos, ciertamente puedo creer que otra magia y milagros son posibles.

Inclino la cabeza y las lágrimas caen por mi rostro.

—Bueno, —lloro—. Eso es bueno. —Me doy cuenta de que las demás personas en la limusina se miran entre ellas.

Conozco su secreto.

Acerco mi rostro al del lobo. Es enorme; mucho más que un lobo normal. Mi cuerpo tiene una respuesta biológica de miedo ante la cabeza enorme y los dientes gigantes, pero es Billy. El tipo que acaba de recibir una bala por mí.

—Por favor, tienes que estar bien —murmuro.

Él lame las lágrimas de mi mejilla.

—Por favor.

—Ya dejó de sangrar, —dice Nickel en voz baja—. Su cuerpo expulsará la bala en uno o dos días. Necesitará descansar para recuperarse, eso es todo.

El alivio me recorre y lloro más fuerte.

—Oh. Eso es bueno. —Acaricio sus orejas sedosas—. Eso es realmente bueno.

—¿Qué pasó, Aubrey? —Pregunta Brick, sin gritar esta vez.

Me limpio las lágrimas con la muñeca y giro para verlo mientras mantengo una mano sobre la cabeza de Billy.

—Estoy involucrada en espionaje corporativo. Para acabar con Sentience, la empresa de IA que se robó el trabajo de todos.

Las cejas de Brick se levantan.

—¿Sabías esto? —le pregunta a Madi, quien se estremece.

—Sí.

—No sabía que llegaría a esto, —digo.

—Hubo un informante de una empresa IA que terminó

muerto en una habitación de hotel, —dice Brick—. Hicieron que su muerte parezca un suicidio... pero sus padres lo niegan. Estos tipos no bromean.

Tiemblo. Jamie tenía razón al ser paranoica.

—Entonces intentan deshacerse de mí El tipo de Billy dijo que habían arrasado mi departamento ayer y deben haberme encontrado aquí. Es sólo... una locura. —Niego con la cabeza sin poder creer que las cosas hayan llegado a esto.

—Tener una idea hubiera estado bien, —murmura Brick —. De cualquiera de ustedes. —Mira a Madi y a Billy.

Es extraño ver que alguien le habla a un animal como si entendiera.

De pronto, su relación con sus amigos tiene mucho más sentido. Son lobos. Siguen un alfa.

No me sorprende que Madi se alejara después de ponerse en algo serio con él.

Recuerdo cómo se sentía al margen con él al principio, separada en un ala diferente de la casa cuando quedaron atrapados por la nieve en Adirondacks. Eso debe haber sido antes de...

—Madi... ¿también eres una loba? —digo como un graznido. Tengo que saberlo. ¿Me morderán y me transformarán en una de ellos ahora? ¿Cómo funciona esto?

Ella se ríe un poco, pero sus ojos siguen angustiados, como si se arrepintiera de no poder decírmelo antes.

—No, sigo siendo yo. Son una especie diferente. No es un contagio como nos hacen creer las películas.

—Bueno. —Volteo de nuevo hacia Billy. Es todo lo que puedo soportar ahora mismo. Sigo acariciando su cabeza y orejas.

No me importa si son una manada de burros. Lo que importa es que Billy es mucho más de lo que creía. Lo encasillé en el papel de pendejo billonario. Un gran bravucón malo. Pensé que sólo le importaba el dinero y los negocios cuando en realidad tenía una profundidad y una historia que nunca vi.

Ahora quiero conocer al verdadero Billy. El que es ferozmente leal a su alfa. El que me protegió con su vida. Hay mucho más en él de lo que me di cuenta, y quiero verlo todo.

Capítulo veinticuatro

Billy

B Me despierto con el aroma de Aubrey a nuez moscada y miel metiéndose por mis fosas nasales. Lo disfruto y descubro que me calma, como si estuviera en el lugar correcto.

Espera, ¿dónde estoy? Aubrey y yo no dormimos juntos. Tenemos sexo y me voy.

Obligo a mis párpados, pesados con lagañas, a abrirse y mirar a mi alrededor. Estoy en la cabaña de Aubrey. Está acurrucada a mi lado, su millón de trenzas cayendo sobre la almohada. El arito de la nariz con el diamante rosa luce delicado y hermoso en su fosa.

Eso, además del dolor agudo entre mis omóplatos, trae todo de vuelta. Alguien le disparó. Llevarla a la limusina. Luego se vuelve confuso. Recuerdo vagamente que Aubrey lloraba. Lamí su rostro.

Mierda.

Me transformé. Por supuesto que lo hice; me dispararon. Mi cuerpo se repara mucho más rápido en forma de lobo.

Recuerdo que Aubrey insistió en cuidarme, así que Nickel me trajo aquí a su cabaña.

Busco a Aubrey y traigo su cuerpo contra el mío. Sus ojos se abren de golpe, sorprendidos.

—No quise despertarte, —murmuro.

—¡Estás despierto! —Ella se levanta y la acuesto de nuevo—. ¿Cómo te sientes? —Gira y busca una botella de agua junto a su mesa de luz—. Aquí, bebe algo de agua. Perdiste mucha sangre.

Encuentro una sonrisa en las comisuras de mis labios. Normalmente odiaría sentirme fuera de control. Quiero ser el tipo que les da órdenes a todos y a todo lo que me rodea. Definitivamente no alguien que ni siquiera estaba consciente de dónde dormía. Pero despertar junto a Aubrey no molesta a mi maniático interno del control. Y Aubrey ocupándose de mí se siente... dulce. Tierno.

Eso es extraño porque la ternura no suele ser una emoción que permita. Ni siquiera con mi mamá o hermana. Acepto la botella de agua que me pasa y la bebo. Ella tenía razón; tengo sed.

—¿Tienes hambre?

Mi mano se desliza para tomar su trasero.

—Voraz.

Parte de la preocupación en su expresión se desvanece.

—Realmente estás bien, ¿verdad?

Miro rápido el reloj.

—¿Cuánto tiempo estuve inconsciente?

—Dieciséis horas. —Ella me mira. Hay explosiones doradas que decoran sus iris café—. Me salvaste la vida.

Recordar que todavía hay alguien que la persigue me hace inhalar profundo. Me siento y me estremezco un poco ante el dolor entre mis omóplatos.

—¿Encontraron al francotirador? ¿Qué sucede?

Esta vez Aubrey me tira hacia atrás para acostarme sobre la cama.

—No lo sé. Jake y Vance fueron a buscarlo, pero no escuché si lo encontraron o no.

La observo y llevo la mano a sostener su mejilla.

—Entonces ahora conoces nuestro secreto.

Ella asiente.

—Guau.

—Pareces poco perturbada ante eso.

—Estuvo un poco eclipsado por el hecho de que morías. —Hay un temblor en su voz que me aprieta el corazón.

La imagen de su rostro manchado de lágrimas junto al mío después de transformarme aparece en mi mente. Estaba preocupada por mí. Esta chica que alguna vez me odió estaba devastada cuando me lastimaron.

—Nunca dejaría que te lastimaran, Plata, —le digo—. Encontraré al que te disparó y le arrancaré la columna por la pelvis.

Sus ojos se abren de golpe.

—Eso, em, da miedo, pero es ardiente. —Siento el aroma a su excitación.

Su cuerpo me necesita. Igual que el mío necesita el suyo.

Mis labios vuelven a temblar. Mi verga se alarga para ella. La acuesto y me subo encima de ella. Sigo desnudo por transformarme.

—Ahora te lo haré.

Ella mueve la pelvis para encontrar la mía, pero dice,

—¿Estás seguro? O sea, ¿tienes la energía?

—Necesito tu vagina, Aubrey. Me ayudará a sanar.

Ella deja salir una risa rasposa.

—No estoy segura de que eso sea verdad, pero bueno. —Busca una caja de condones que dejé junto a la cama cuando la traje aquí al llegar. Se siente como hace tanto tiempo.

Lleva una camisola de seda lavanda y un conjunto de bragas. Ahora que sabe qué soy, no tengo que contenerme. Tomo el borde de sus bragas con ambas manos sobre su muslo y rompo la tela a la mitad.

Ella se queda sin aliento y ríe.

—¡Oh, por Dios! Eres super fuerte. Ahora todo tiene sentido.

Rompo su camisola por el frente.

—Me perdí tantas pistas.

—¿Como cuál? —Le pregunto porque necesito saber dónde me descuidé. El maniático del control en mí tiene que procesar todas las posibles debilidades.

—Tu fuerza. Cómo entrenaste a Pepper con una mirada. Por qué Madi nunca me incluía.

Pongo un condón sobre mi erección.

—Pensé que eras un pendejo, pero sólo protegías tu secreto.

—No. Soy un pendejo, —le aseguro—. Nadie te discutiría eso.

Ella niega con la cabeza.

—No lo eres.

Froto la cabeza de mi verga entre sus piernas. Está mojada y lista para mí. Entro de a poco. Mi cuerpo sigue débil así que no tengo la pulsión de urgencia que tuve todas las otras veces con ella.

Quiero tomarme mi tiempo. Sólo experimentar la sensación increíble de estar adentro de ella sin la necesidad de desvivirme para darle placer y descargarme.

Ella sigue procesando todo.

—Madi dijo que eras clasista. Pensé que podía ser código para racista. Pero ahora lo entiendo. No te relacionas con extraños. ¿O cómo llamas a las personas como yo?

Algo parecido al dolor me apuñala en el pecho. No quiero ser la persona que está describiendo. No me gusta cómo se siente. Suelo funcionar sin compasión por los demás porque eso hace que sea imposible tomar decisiones claras.

Pero Aubrey no suena herida ni prejuiciosa. Más bien me ve, realmente me ve, y no se asusta.

—Humanos. —Mi voz suena rasposa. Me arqueo para entrar y salir lento de ella, disfruto de la entrada cerrada a su canal y de la forma en la que arquea sus pechos grandes y mueve la pelvis para tomarme más profundo—. Me criaron en una ciudad pequeña compuesta totalmente por transformistas. Mi papá era un supremacista transformista.

Destino, ¿estoy contándole esta historia? Nunca cuanto esto. No lo he hecho desde que se la dije a Brick el primer año en Yale.

Encuentro sus manos y las pongo junto a su cabeza, entrelazando los dedos con los suyos.

—¿Soy la primera? —pregunta.

—¿Primera qué?

—¿Primera humana?

Me estremezco.

—Sí, —admito.

No parece ofendida.

—Tú también eres el primero. —Ella sonríe.

—¿Primer lobo?

—Billonario. Y lobo. Aunque estuve antes con un tipo blanco.

No puedo evitarlo. Me río. Las cosas se sienten tan diferentes con Aubrey ahora mismo. Como si hubieran caído todas nuestras barreras. Todas las malas contestaciones, todos los juegos de poder están ausentes. De pronto estamos en el mismo equipo.

Me acerco y muerdo su cuello mientras sigo entrando y saliendo de ella.

—Te deseé la primera vez que sentí tu aroma a nuez moscada y miel en el café. Eras tan atrevida, maldición. Quería ponerte sobre ese mostrador y golpear tu dulce trasero.

Aubrey larga fluidos, excitada, como siempre, por la sugerencia de dominancia. Sigo ese camino, atrapando su garganta entre mis dedos.

—¿Te hice romper esa regla? —Los párpados de Aubrey caen.

Empiezan a sonar alarmas. No debería compartir esto con ella; no debería darle una razón para odiarme, pero no parece ofendida.

—Sí, —admito.

Ella me mira con satisfacción.

—Tú también me hiciste romper las mías.

Destino, es hermosa. Me gusta así, suave y abierta a mí. También me gusta peleadora, pero esto es algo especial. Me está dejando entrar.

—¿Tu regla de no billonarios?

—Sip. Quería seguir odiándote, pero eras realmente sensual. Y entonces empezaste con el porno de habilidad.

—¿El qué?

—El porno de habilidad. Cómo resuelves problemas con tanta facilidad. Como entrenar un cachorro y hacer que borren las cámaras de seguridad. Protegerme de francotiradores. Vale la pena desmayarse por ti, Billy. —Una mirada vulnerable aparece en su rostro—. Me considero una mujer fuerte e independiente, pero me gusta cómo me haces sentir cuidada. Debes verme por quien soy realmente, a pesar de todo lo que finjo.

Mi lobo disfruta escuchar que se siente protegida conmigo, como debería. Se me ocurre que me siento atraído por la fuerza de Aubrey, aunque mis prejuicios decían que tenía que ser débil porque es humana. Me equivoqué, igual que me equivoqué con Madi. Aubrey es fuerte de formas que no puedo comprender. Es valiente y leal y tiene un sentido de justicia que no se retrocede ni se achica ante la autopreservación.

Es una en un millón. Pensé que era para sacarme las ganas, pero es mucho más.

Lo es todo.

—Plata, estoy a punto de convertir *esto* en porno de habilidad. De ser lo suficientemente hábil como para hacer que te vengas con los dedos alrededor de tu garganta.

Ella sonríe.

Aprieto los dedos, no lo como para bloquear el paso del aire; sólo lo suficiente como para que sea emocionante. Se lo hago más fuerte, yendo más profundo con cada empujón. Haciendo que signifique algo.

Ella empieza a gemir y el sonido hace salir mi lado salvaje. Levanto velocidad y me muevo más fuerte contra ella ahora. Sus ojos se ponen en blanco. Sus gemidos me ponen más duro que una piedra.

Mi cuerpo encuentra una nueva reserva de energía, probablemente tomada directo de Aubrey, y la tensión aumenta. Mis bolas se tensan.

—Vente, Aubrey, —le ordeno.

—¡Sí! ¡Sí! —grita—. Estoy a punto... —sus músculos aprietan mi verga.

Me vengo casi al mismo tiempo, empujando profundo y llenando el condón. Cuando terminamos, me quedo de lado y envuelvo los brazos alrededor de Aubrey, inhalando su aroma en mi ser.

No se suponía que sucediera así. Esto no era parte de mi plan maestro. Aubrey no debería saber lo que soy. No debería estar tirado aquí con los brazos alrededor de una humana, olvidándome de que me importe algo que no sea ella y su seguridad.

Pero ninguna parte de mí se arrepiente de esto.

Aubrey es mía. Buscaré a sus enemigos y los acabaré, uno por uno.

Me interpondré entre ella y el peligro cuando sea.

Aún si me cuesta todo.

Capítulo veinticinco

ubrey

Después del sexo, Billy vuelve a dormir conmigo en sus brazos, así que salgo en silencio de la cama para ir al balcón a llamar a Madi. Llamé a Jamie anoche para decirle que alguien me había disparado, y temo que podría estar relacionado a Sentience. Ella sigue escondiéndose, así que espero que esté a salvo.

Se suponía que tomáramos el vuelo de regreso esta mañana para estar listos para la boda, pero decidieron retrasarlo para que Billy se recupere un poco más. El plan era irse esta tarde ya sea consciente o no, lo que me aterraba.

Pero supongo que después de esa muestra espectacular de virilidad, no tengo de qué preocuparme. Tenían razón; iba a estar bien.

Lo que es una locura. Todas las piezas siguen formando un rompecabezas en mi cabeza. Todas las pistas que tenía, pero no reconocí. La alergia a la plata, ¡oh por dios!

Se supone que los hombres lobo son alérgicos a la playa, al menos según la leyenda. Pero ellos no son hombres lobos, son lobos transformistas.

Tengo tantas preguntas.

Madi responde después de que suena un par de veces.

—Ey, ¿cómo está?

—Se despertó. Tuvimos sexo y se volvió a dormir.

Madi se ríe.

—Bueno. Supongo que eso significa que podrá volar de regreso.

—Sip. Gracias a Dios.

—Jake y Vance no pudieron encontrar al francotirador.

Respiro profundo.

—¿No?

—Pero Nickel determinó a través de su familia que no fue Luka ni su manada. Así que probablemente tengas razón; el francotirador fue enviado por Sentience.

—Entonces... ¿te casarás con un lobo, eh?

—Sí. Lamento no haber podido decírtelo. Me mataba. Sé que estábamos separándonos por este secreto y simplemente no sabía cómo solucionarlo.

Las lágrimas invaden mis ojos. De pronto estoy llorando. —Sí, te he extrañado tanto.

—¡Yo también! Lo siento, Aubrey.

—Bueno, ahora lo sé. Tiene sentido que estuvieras advirtiéndome que me alejara de Billy.

—No, creo que me equivoqué con eso. Él solía ser prejuicioso con los humanos. Al principio no pensaba que fuera la pareja apropiada para Brick porque no soy loba, y los alfas tienen que proteger sus linajes o sus hijos no se transformarán. Pero creo que puede que tú hayas cambiado las cosas para él. Creo que podrías ser su pareja.

Hay cierta reverencia en la forma en la que dice *su pareja* que me da la idea de que tiene un significado más profundo.

—¿Eso qué significa?

—Bueno, los lobos pueden tener relaciones normales, como los humanos. Pero se supone que cada lobo tiene una pareja verdadera. Una unión destinada. Alguien a quien conocen instintivamente, sobre todo por su aroma, como La indicada. Pero no es tan común encontrar a tu verdadera pareja. Tendrías que buscar en todo el mundo. Así que es bastante especial cuando sucede.

Recuerdo lo que me dijo Billy cuando estábamos haciendo el amor. *Te deseé la primera vez que sentí tu aroma a nuez moscada y miel en el café.*

¿Soy su pareja destinada? Eso explicaría por qué me persiguió aun cuando era tan irritante. Quizá me buscaba en contrario de su propio juicio.

—¿Eres la pareja de Brick?

—Sí. Supongo que es inusual que un lobo alfa tenga una pareja destinada humana, así que a esta manada le ha costado mucho aceptarlo.

—Oh por dios. Eso debe haber sido tan difícil. Ojalá lo hubieras compartido conmigo. —Me rompe el corazón que no pudiera hablarme de eso.

—Quería hacerlo. Tanto. Me sentí tan sola. Pero parte de estar en esta manada es seguir las reglas estrictas sobre el secreto.

Eso pensé.

—Eso tiene sentido. Si se supiera que hay hombres que pueden transformarse en lobos, los cazarían o experimentarían con ellos. Perderían su libertad por siempre.

—De todos modos, finalmente entraron en razón cuando me probé a mí misma.

—¿Y crees que yo podría ser la pareja destinada de Billy?

—Ha estado fascinado contigo desde el principio. Debería haberlo visto antes, pero simplemente no confiaba en él. Ahora parece tan evidente. Se metió en una pelea con la manada local de Mónaco cuando su alfa dijo algo insultante sobre ti en el yate. Y todo lo que le importó ayer fue protegerte. Habría muerto por ti. Considerando el hecho de que Billy es bastante egocéntrico, diría que significas mucho más para él que sólo la obligación de complacer a su alfa.

Me quedo pensando en eso.

—Pero lo más importante es, ¿qué sientes por él?

¿Cómo me siento? Me dije a mí misma que esto sólo era un amorío. Billy no tenía potencial de relación para mí. Simplemente somos demasiado diferentes. Tengo ideales y una imagen propia que no incluyen volar en jets cruzando el océano para ir a fiestas ni vivir en un penthouse en la Calle de los Billonarios.

Pero Billy me ha mostrado que hay profundidad debajo de los dólares. Sí le importa el cambio climático y proteger el medioambiente. Pensé que era egoísta y reservado, pero aprendí que haría lo que fuera por las personas que le importan y que la dura coraza protectora externa viene de heridas profundas.

Respiro hondo.

—¿Para ser honesta? Me estoy enamorando de él, Madi. Fuerte. Intenté que no pasara. Me dije a mí misma que era sólo sexo porque es todo lo que detesto en un hombre, pero no puedo evitar cómo me siento por él.

—¿Segura? —Pregunta Madi.

—¡Sí! ¿Así te sientes con Brick?

—Sí.

—Me siento vista por él. Protegida. Él me cuida como mi papá cuida a mi mamá. Ayer me compró joyas, y no una estúpida pulsera de tenis. De algún modo encontró un diamante rosa de laboratorio para el arito de mi nariz y uno haciendo juego para el ombligo.

—Realmente pensó en lo que te gustaría.

—¡Exacto!

—Sí, le presta mucha atención a la gente, aunque finja que no le importa una mierda. Es probable que sea el resultado de su abuso en la niñez.

Se me estruja el pecho. Lo juzgué demasiado.

Ahora, después de toda la felicidad que me trajo atormentarlo, sólo quiero hacer su vida más simple. Quiero estar allí para él como estuvo allí para mí ayer. Lograr que se abra y comparta su interior conmigo.

Quiero ser su pareja.

—Sí, me estoy enamorando, Mads. Espero que él también.

* * *

Salgo de la ducha. Billy sigue dormido después de mi conversación con Madi, así que decidí arreglarme y empezar a empacar.

Mientras me seco con la toalla, escucho el barítono grave de la voz de Brick en mi suite.

¡Ah! Billy debe haberse despertado y lo dejó entrar.

Incómodo. No quiero salir de aquí sólo con una toalla. Me pongo crema humectante.

Hablan en voz baja y no puedo escuchar qué dicen hasta que deja de funcionar el aire acondicionado y de pronto se escucha claro.

—Necesito saber tus intenciones. Hoy. Entre más recuerdos acumule, más difícil es borrarlos.

Me quedo helada. *Borrar. ¿Recuerdos? ¿Perdón?*

Mi corazón empieza a latir con fuerza.

¿Está hablando sobre *mis* recuerdos?

Madi no dijo nada sobre borrar recuerdos. ¿Pero por

qué lo haría si sabía que iba a suceder? Decírmelo sólo haría que hubiera más recuerdos que borrar.

Se me da vuelta el estómago; de pronto me siento intranquila.

—Me encargaré de eso.

—¿Encargarte cómo? ¿La llevarás con el rey vampiro a que le borren la mente? ¿O es tu pareja? —Pregunta Brick, todavía en voz baja—. ¿Planeas marcarla?

—Mierda. —Escucho el ruido de los pasos pesados de Billy, como si acabara de salir de la cama.

¿Ese *mierda* lo dijo porque le dolió levantarse? ¿O porque no sabe si soy su pareja?

De pronto siento que estoy flotando en una caminata espacial. Hace un par de semanas no me habría importado su respuesta. Hace un par de semanas no quería ningún tipo de relación con Billy más allá del sexo.

Ahora acabo de decidir que lo quiero por siempre.

Pero Billy tuvo una niñez difícil con mucho abuso de un supremacista transformista. Eso haría que fuera difícil aceptar una unión destinada con una humana. *Si*, realmente, soy su pareja.

Dios, esto es complicado. Presiono mi cadera contra la mesada del lavamanos para apoyarme; mis rodillas de pronto están débiles. Estoy temblando aunque no podría describir la emoción asociada a esto. No es miedo. No es dolor. Sólo... vulnerabilidad. Todo mi mundo parece estar colgando de un hilo.

Alguien intentó matarme ayer.

Descubrí que existen los lobos transformistas y el tipo con quien lo he estado haciendo es un gran lobo blanco beta.

Resulta que mi mejor amiga no me abandonó por su prometido; se unió a una manada de lobos.

Saben borrar recuerdos para quienes los descubren.

Puede o no que sea la pareja destinada de Billy White.

Esa es la parte que más me hace sentir a la deriva. Quiero que Billy me elija. No porque huelo bien para él, sino porque me ama.

—No lo sé, —dice Billy finalmente.

Me tiemblan los labios e inhalo profundo.

—Pero de todos modos lo solucionaré, alfa.

Capítulo veintiséis

Billy
La noche anterior a la boda de Brick, regreso a Sentience.

Dejé a Aubrey durmiendo en mi cama. Estará a salvo en el edificio de nuestra manada. Odio dejarla después de la cena de ensayo, pero no podré dormir hasta solucionar esto.

Necesito averiguar si Sentience está detrás de esto. Fue fácil contactarme con el fundador y con el equipo del CEO y que me invitaran a una reunión privada.

Invité a un coconspirador para que las cosas fluyan más natural.

El guardia de seguridad me saluda y nos deja entrar a ambos al edificio Sentience. No es horario laboral. Puse un horario para que no hubiera nadie aquí más que el equipo de liderazgo y su seguridad.

Freno frente al mural de Aubrey. Destruiría el edificio con mis propias manos si no fuera por esa hermosa obra de arte. En vez de eso, tengo mejores planes. Sólo necesito echar a los anfitriones actuales de forma permanente.

No es perfecto, pero Aubrey ha influido en mí. Sí quiero que el mundo sea un lugar mejor.

—Por aquí, —dice el guardia de seguridad y nos lleva a los ascensores.

Thaddeus, el rey vampiro de Manhattan, camina a mi lado. Es mi coconspirador. Decidió ayudar sólo para divertirse, además de un pago de diez millones de dólares.

Una vez que el guardia pasa su tarjeta para permitirnos subir, Thaddeus lo mira profundo a los ojos. El humano se queda quieto, un ciervo congelado ante las luces de un coche.

—Dame la tarjeta de acceso, —le ordena Thaddeus. El hombre obedece.

—Buen chico, —ronronea Thaddeus—. Ahora escucha, decidiste que este trabajo no es para ti. Renunciarás y seguirás tus sueños. ¿Qué es algo que siempre quisiste hacer?

—Surfear, —responde el humano.

—Excelente. —Thaddeus le ordena que empaque toda su vida y se dirija a San Clemente, California—. Ve. —El humano gira como un robot y sale del edificio.

Nunca vi a un vampiro encantar a un humano, pero me revuelve el estómago.

Aunque es necesario.

—Será más feliz, —dice Thaddeus, como si pudiera sentir mi malestar. Sacude la tarjeta de acceso con una sonrisa traviesa en el rostro y avanza. Se encargará del resto del equipo de seguridad. No quedará nadie más en el edificio que no sean las personas que quisieron matar a Aubrey.

Nadie que los escuche gritar.

El ascensor me deja en la suite C. Salgo y noto cada

detalle de la habitación. Estamos en un gran espacio abierto que muestra la sorprendente vista de la ciudad. Hay seis tipos aquí: el fundador y el equipo CEO. Dos de ellos están en una mesa de metegol, jugando mientras sus amigos miran. Tres están bebiendo cerveza y uno come papas sabor barbacoa, puedo olerlas. Hay algunos aromas más escondidos. Alguien está fumando marihuana y uno de los tipos ha sudado a pesar de su desodorante. También hay un dejo amargo que me dice que han probado drogas más fuertes como la cocaína.

Finalmente, uno de ellos me ve y se acerca. Es un tipo asiático, casi tan alto como yo, y sus ojos están un poco llorosos.

Abre grande los brazos para darme la bienvenida.

—William White, ¿no es cierto?

Levanto el mentón, pero no me molesto en saludarlo. Mi lobo y yo estamos listos para la violencia.

Si este tipo intenta estrechar mi mano, terminaré rompiéndole la suya.

—Amigo, es tan genial conocerte. Todos hemos estado esperándolo, ¿verdad, chicos?

Los demás festejan.

Estos son los tipos que intentaron quitarme a Aubrey. Si no hubiera sido por los sentidos super afilados y la velocidad aumentada de mi lobo, la bala hubiera encontrado su objetivo y ella hubiera muerto en mis brazos.

Es impensable.

Pagarán.

Sólo tengo que controlarme unos minutos más, lo suficiente como para que Thaddeus acabe con el equipo de seguridad.

—Es tan genial conocerte, amigo. Tan genial, —sigue repitiendo el tipo frente a mí. Definitivamente tomó algo.

De hecho, nos conocimos brevemente en la gala cuando mostraron el mural de Aubrey, pero no se lo recordaré.

Detrás nuestro suena el ascensor y me tenso porque no sé quién podría estar llegando. ¿Thaddeus se ocupó del resto del equipo de seguridad?

Las puertas se abren y sale Brick, seguido por Nickel, Jake y Vance.

Brick me sonríe. Sus ojos brillan y sus colmillos bajaron; su lobo salió.

—¿No pensaste que harías esto solo?

El alivio me recorre, seguido de gratitud. Mis hermanos de la manada siempre me apoyan. Incluso mi alfa está aquí la noche antes de su boda. Extiendo la mano y él la toma. Uso nuestra conexión para traerlo más cerca y hablar, sólo un transformista podría escucharlo, —Buscaban a Aubrey. Quiero que sufran.

—De acuerdo.

—Eh, ¿amigos? ¿Qué sucede?

Pongo una sonrisa aburrida en mi rostro.

—Estaba ansioso por conocerlos; traje a todo mi equipo.

—Guau, eso es genial. Tan genial. —Él mueve una mano para invitarnos a la mesa de metegol—. ¿Quieren hablar de negocios u ofertas públicas o algo así?

—Algo así. —Le doy una sonrisa verdadera al CEO, una que muestra mis colmillos, y él da un paso atrás. Luego me quito la camisa.

Los sonidos de los humanos me dicen que no esperaban esto.

El que está más cerca de mí traga saliva y sus pupilas se agrandan.

—Guau. Eres super fuerte.

Los que jugaban al metegol abandonaron el partido. Uno de ellos frunce el ceño.

—Ey, amigo, ¿de qué se trata todo esto? —Probablemente crean que estoy a punto de proponerles una orgía.

—Después de esta noche, su empresa dejará de existir. —Los tipos me miran sin entender, sorprendidos, pero no los dejo hablar—. Sentirán que quieren seguir otro rumbo. Cerrarán la empresa y les ofrecerán una compensación a todos los artistas a quienes les robaron.

Los tipos se miran entre sí; sus cabezas se mueven rechazando lo que digo automáticamente. Un par de ellos se empiezan a enojar.

—¿Qué carajos...?

—Deja de hablar, —digo. —Uso un tono tranquilo, pero es una orden. No me molesto en usar una orden alfa con estos tipos. Reconocen nuestra dominancia—. Harán lo que digo y se disculparán públicamente. Su junta estará sorprendida, pero lo entenderá. Si no, haremos que el rey vampiro los encante.

Mientras hablo, Jake y Nickel se paran en lados opuestos de la habitación. Se dirigen al fondo de la suite C para asegurarse de que no haya testigos escondidos en una oficina. Los humanos se agrupan de forma inconsciente para protegerse cuando ellos pasan.

Me quito los zapatos. A mi lado, Brick hace lo mismo. Nos estamos desvistiendo para poder soltar a nuestros lobos. Para cuando estemos persiguiendo a estos idiotas por su suite C, no tendrán la habilidad de salir de casa, mucho menos dirigir una empresa. Entonces, para asegurarme de su cooperación, Thaddeus los obligará a cumplir con nuestro pedido.

Por la mañana, Sentience ya no existirá.

Pero primero quiero respuestas.

Jake y Nickel vuelven de revisar las oficinas y usan

lengua de señas para decirnos que no hay moros en la costa. Les hago una seña para que esperen un momento.

—Intentaron tomar la vida de alguien muy valiosa para mí. Y ahora me responderán a mí. —Dejo salir a mi lobo y los humanos se retraen ante el brillo que ilumina mis ojos—. Díganme por qué contrataron un asesino para matar a Aubrey Cook.

—¿Qué? —grita el CEO. Se puso pálido y parece estar un poco verde en los bordes.

Uno de los jugadores de metegol da un paso al frente con los puños cerrados.

—Amigo, no contratamos a nadie para matar a nadie. No siquiera sabemos quién carajos es...

El tipo a su lado lo codea.

—Aubrey Cook. ¿Ella no era la que pintó nuestro mural?

—Ah, sí, se estaba escondiendo en la gala, —dice otro tipo.

—Intentaron matarla, —gruño. Todos se hacen para atrás y se sostienen de la mano como si se defendieran de un ataque.

—No, no, —gritan—.

Sólo enviamos a alguien para asustarla.

—No deberían haber matado a nadie, —dice uno.

—Ella intentaba robar nuestros secretos, —añade otro. —Junto con una empleada inconforme. Enviamos a alguien para que revisara los departamentos de ella y Jamie y encontrara nuestros archivos robados. Eso es todo.

No huelo una mentira.

Miro rápido a Brick. Está frunciendo el ceño.

—¿Entonces no había un asesino? —pregunta.

—¿Qué? ¡No! —Protestan todos—. ¿Por qué pensarías eso?

—Un asesino la persiguió. En Mónaco, —digo—. Casi le disparan. La bala pasó a centímetros. Mis propias vértebras evitaron que saliera de mi cuerpo y la matara. Tiene suerte de tener un escudo transformista.

Los ojos del CEO se ponen en blanco. Se arrodilla y cae al suelo.

—Que alguien lo ayude, —ordena Brick y dos tipos se apresuran a obedecer. Lo levantan y le dan agua cuando se despierta.

Los transformistas nos unimos.

—Están diciendo la verdad, —dice Jake. Podemos oler cuando alguien miente.

—¿Puede que alguien más de la empresa haya contratado al sicario? —Pregunta Nickel—. ¿Alguien de la junta?

—Probablemente no quieran que la junta se entere de que hubo robos intelectuales. Lo dijeron ellos mismos, contrataron gente para destrozar sus departamentos. No creo en lo absoluto que hayan contratado un sicario. —Brick voltea a verme y me pregunta lo que me mantiene despierto de noche.

—Si Sentience no intentó matar a Aubrey, ¿entonces quién?

Mi estómago se agita. No lo sé y necesito saberlo. Es la única forma de asegurarme de que Aubrey esté a salvo.

—¿Estamos seguros de que no fue la manada de Luka?

Nickel asiente.

—Puedo volver a consultarlo, pero las conexiones de mi familia no creían que tuviera algo que ver con eso. No es su estilo.

Suena el ascensor. Es Thaddeus. Debe haber terminado de encargarse del equipo de seguridad.

—¿Cómo va todo? —pregunta.

—No tan bien, —Brick mira hacia abajo al CEO.

—¿Es mi turno?

Todos me miran. Estaba esperando golpear a estos tipos y hacerlos sentir miedo con los lobos. Ahora sólo quiero regresar con Aubrey y asegurarme de que esté bien.

—Adelante, —digo.

—Caballeros, miren hacia aquí, —dice Thaddeus con tonos monótonos. Los humanos se concentran todos en él.

Nos alejamos y dejamos que el vampiro haga su trabajo. Los convencerá de que cierren sus operaciones y emitan pagos a los artistas a quienes les robaron y de venderme el edificio.

Por la mañana, Sentience ya no existirá. No encontré al sicario, pero puedo hacer esto.

Capítulo veintisiete

Billy

Las bodas son peores que las galas. Estoy haciendo de acomodador con mi esmoquin porque, por alguna razón, esa es la tradición para los padrinos.

La calle frente al Hotel Plaza se inundó con limusinas que dejan miembros de la alta sociedad. Los porteros sostienen las puertas, pero nuestro trabajo es revisar las invitaciones y acompañar a los invitados a la sala de banquetes.

Todos están aportando al trabajo de acomodador, hasta Noah, que no es parte del grupo de la boda ni de la manada, pero fue invitado a pedido de Madi.

Han pasado dos días desde que regresamos. Dormí la mayor parte del vuelo de regreso a Estados Unidos mientras mi cuerpo seguía regenerándose. Insistí en que Aubrey se quedara conmigo, citando las amenazas contra su vida de parte de Sentience. Ahora sabemos que Sentience no pidió el ataque.

Eventualmente se sabrán las noticias de su final, pero Brick y yo decidimos mantener todo oculto hasta después de la boda.

Espero haber sido yo el objetivo del francotirador; alguien enviado por Luka para arruinar nuestras vacaciones después de avergonzarlo en su yate. Si ese es el caso, Aubrey está a salvo, pero no dormiré tranquilo hasta saberlo con certeza.

Aubrey ha estado tranquila desde que regresamos, más callada de lo normal. No sé si se asustó por descubrir que soy un lobo o si sigue perturbada por el tiroteo. Definitivamente sigue procesándolo todo. Sólo estoy agradecido de que no se haya alejado por completo de mí.

Le hice el amor hace una hora, después de que se duchara para la boda, porque mi lobo necesitaba su aroma en ella para el evento de esta noche.

En unos momentos la acompañaré hasta el altar, Padrino de la Dama de Honor. Por mucho que deteste las tradiciones humanas, estoy ansioso por compartir este momento con la mujer más hermosa de Nueva York en mi brazo. La mayoría de los invitados ya llegaron, pero Noah y yo estamos afuera por si alguien llega tarde.

—¿Qué sucede por allí? —Noah hace una seña y señala a los miembros de la alta sociedad que entran a un hotel al lado. Parece que fuera otro tipo de gala o evento formal.

—No lo sé, —le respondo con señas—. Me parece extraño que pongan dos eventos importantes aquí en la misma noche.

Llega una limusina blanca. Cuando un hombre rubio y pálido se baja, gruño.

Noah debe sentir la vibración porque me mira y luego queda sorprendido.

Mi labio se aleja de mis dientes y escupo,

—Aiden Adalwulf. —Empiezo a deletrear *Aiden* con los dedos y Noah asiente antes de terminar la mitad, lo entiende. Su mirada vuelve al otro lado de la calle.

—Tiene que opacar la boda Blackthroat, —comenta Noah— teniendo un evento propio justo al lado.

—Sí. —Hago la seña al mismo tiempo que digo la palabra; mi puño asiente con mi cabeza.

Una mujer esbelta y escuálida con el mismo cabello pálido como la luna de Aiden se baja de la limusina detrás de Aiden.

El cuerpo de Noah se mueve hacia adelante, como si de pronto estuviera alerta.

Aiden no la espera ni la ayuda a bajarse de la limusina. Camina solo. La joven loba lo sigue a paso lento, con la cabeza inclinada como una sirviente.

—¿Quién es? —Hace señas Noah.

Niego con la cabeza y le respondo con señas,

—No la he visto antes, pero creo que es Aster. Es una prima lejana de Aiden. Escuché que es la nueva vidente de la manada. —Tengo que deletrear *vidente* porque no es una palabra que haya aprendido en señas.

Noah se queda mirando hasta que ella desaparece adentro, como hipnotizado. Su garganta se traba al tragar.

—¿La conoces? —Le pregunto.

Él duda y luego hace la seña de «no», pero su entrecejo está fruncido como si lo que vio lo hubiera perturbado.

No le creo, pero lo dejo ir por ahora. La parte más paranoica de mí originalmente pensó que él podría ser un espía Adalwulf cuando llegó a Moon Co, pero cuando Sully revisó sus antecedentes no había contacto con nuestra manada rival y ha probado que es leal. No tengo razón para desconfiar de él.

Una pareja mayor sale de la limusina más cercana y la mujer sostiene una invitación. Son miembros de la manada, así que no reviso la lista.

—Buenas tardes. Bienvenidos. Por aquí, por favor. —

Cuando los acomodo, la planificadora de la boda me llama adonde están el resto de los padrinos y acomodadores. Hay un orden y una sincronización complicada para caminar hasta el altar. La revisamos anoche en el ensayo, pero sólo le presté atención a mi trabajo, acompañar a Aubrey.

Me quedo sin aliento cuando ella aparece con Ruby y Scarlett. Las tres llevan vestidos rojo ladrillo sin tiras, ajustados en el torso y abiertos a mitad del gemelo, como sirenas. Aubrey es sorprendente. Su cabello está apilado alto sobre su cabeza y atado con una cinta roja. Sus pechos sobresalen del corsé de su vestido; se ven listos y ansiosos porque los toque. Como las hermanas de Brick, ella lleva unos aritos de perlas y un collar con tres tiras de perlas, probablemente regalos de la novia.

Me gusta verla con cosas finas.

También me gusta con enteritos manchados de pintura, pero ahora mismo luce más de la realeza que cualquier miembro de la elite de Manhattan. Mis manos están en su cintura, mis labios prueban su cuello antes de siquiera darme cuenta de que me moví.

—Luces increíble.

—Tú como un billón de dólares. Ah, sí, pero eres un billón de dólares. —Ella me sonríe.

Mantengo las manos en su cintura. Se me ocurre que no quiero que este momento termine. Inicialmente, esto con Aubrey tenía un tiempo limitado. Habríamos trabajado juntos, cumplido con nuestras obligaciones conjuntas para la boda, y luego de eso, nos separaríamos.

Pero no quiero perderla. Mi lobo parece pensar que ella me pertenece.

Está ocupada cumpliendo con sus obligaciones de Dama de Honor: apretarle la mano a Madi y mirar mal junto a ella cuando la abuela paterna de Madi camina hacia el altar. Creo que escuché alto acerca de no inviar a su padre porque nunca se había interesado y que sería incómodo para su mamá.

Aubrey les choca el puño a los cachorros de Ruby, April y August, antes de que ellos corran hacia el altar como la chica de las flores y el que lleva los anillos. Vance, Jake, y Sully van hacia el altar solos. Nickel lleva a Scarlett. Eagle acompaña a Ruby. Y luego es nuestro turno. Tomo la mano de Aubrey y la pongo alrededor de mi codo para caminar hacia el altar con ella.

A mitad de camino, siento un olor que hace que mi lobo salga a la superficie con un peligro de vida o muerte. Un segundo. Dos. Controlo toda la adrenalina, justo como me enseñé a mí mismo hace años. Rechino los dientes y miro rápido a los invitados.

Ahí. Veo la parte de atrás de su pelada.

Maldito. *Cabrón.*

El pendejo de mi padre de alguna forma se metió en este evento. Si hace algo para arruinar esta boda para Brick y Madi, le serviré su propio hígado en una bandeja.

Aubrey

Acomodo el vestido de Madi mientras ella y Brick caminan juntos hacia desde altar ante los aplausos de sus invitados después de la ceremonia.

Fue perfecto. Madi lucía increíble con su vestido personalizado de Dior. Ver a su mamá y a su hermano acompañarla hacia el altar fue conmovedor y dulce y un buen recordatorio para su abuela malvada, Eleanor, quien se aseguró que ellos dos, y yo, fuéramos la única familia que tuvo Madi al crecer.

El ramo de Madi de rosas rojas oscuras combina con el rojo ladrillo, por obvias razones, de nuestros vestidos de damas de honor y tenemos ramos blancos para contrastar. Catherina, la suegra de Madi lleva un hermoso vestido rojo, lo que tiene sentido porque es su color preferido. Ella nombró a sus tres hijos con tonos de rojo.

Qué bueno que me puse máscara a prueba de agua porque lloré toda la boda. No fue por perder a mi mejor amiga, genuinamente estoy feliz por ella. Sobre todo, ahora que entiendo que Brick es un lobo y Madi literalmente adoptó otra manada. Había tanto que no podía compartir conmigo antes que ahora sí.

Billy me ofrece su brazo, pero su rostro está tieso. Sus ojos brillaron plateados cuando me vio con el vestido, una señal que ahora sé que significa que su lobo se muestra porque está excitado. Pero ahora parece distante. Algo sucedió cuando caminábamos hacia el altar.

Quería preguntarle al respecto, pero desde que escuché esa conversación entre él y Brick, le he estado dando lugar. Intenta saber si soy su pareja destinada y estoy segura de que eso se complica con su largo historial de prejuicios contra los humanos. Me duele un poco, pero intento ser comprensiva. Si me elige, quiero saber que es por amor, no aroma. No por algún instinto animal que intenta resistir. No quiero ser la pareja por la que desearía no sentirse atraído. Me merezco un hombre que me desee verdaderamente.

Él me acompaña a pararme junto a Brick y Madi en la línea de recepción, como ensayamos anoche. Miro rápido su rostro otra vez, pero es una máscara fría.

—¿Estás bien? —Le pregunto.

No me responde. Ni siquiera me mira.

Auch.

Pero entonces dice con voz oxidada,

—Mi padre está aquí.

Uh. Ay, mierda. Su padre abusivo y supremacista de transformistas. No me sorprende que se haya quedado tieso.

Brick escucha y lo mira con intriga.

—No tengo idea de cómo entró, —dice Billy— pero lo resolveré.

—Deja que se quede a menos que intente algo. No tengo nada que esconder.

Un músculo se tensa en la mandíbula de Billy. Él no responde, pero sus ojos brillan con los tonos plata de su lobo. Nos quedamos parados saludando a los invitados. Sólo conozco a la familia de Madi, así que mi trabajo es pararme aquí y lucir linda. La mayoría de los invitados están aquí por los Blackthroat. Ruby es una anfitriona natural, pero Madi emana cierto poder y liderazgo que no había visto antes en ella. Ya no es la graduada nerd de Princeton que es más inteligente que todos. Ahora tiene energía de CEO. Energía de Perra Jefa. Vibras de alfa de la manada.

Me encanta verla así. No me sorprende sentirme abandonada. Ha evolucionado con saltos cuánticos.

Se van los últimos invitados.

Billy observa el lugar.

—¿No salió?

Billy niega con la cabeza.

—No.

—Quizá se fue.

Billy asiente, pero todavía luce sombrío.

—Tengo que hacer pis, —me dice Madi murmurando y toma mi mano. No puede hacerlo sola con el largo tren de su vestido. Además, es hora de quitárselo para que pueda caminar y bailar en la recepción.

—Entendido. —Entramos al cambiador de la novia donde las mujeres se arreglaron para la ceremonia. Con cuidado desabrocho los seis ganchos que unen el tren—. Bien, estás libre. Volveré a salir para asegurarme de que Billy esté bien.

Madi se sorprende.

—¿Ustedes dos realmente son algo, no? Es una locura. Son lo más diferente posible, y nunca lo habría visto venir.

Dudo.

—¿Para ser honesta? No sé si somos algo o no. —El dolor apagado que ha estado allí desde escuchar su indecisión me carcome.

Encuentro a Billy esperándome justo afuera del cambiador con dos copas de champaña y quiero abrazarlo. Incluso cuando está destrozado por dentro, siempre es un caballero.

Acepto la copa.

—¿Alguna señal de tu papá?

—No. —Billy de pronto se tensa y gira hacia la derecha como si primero lo oliera—. Sí.

Un hombre con los mismos ojos grises-azules que Billy, cabello canoso, y una expresión que parece que hubiera chupado un limón avanza hacia nosotros.

—¿Quién es ella? —exige saber el hombre y me mira con desdén de arriba a abajo. Levanta la nariz en un gesto decididamente canino y luego la arruga—. Te has estado rebajando, hijo.

Mi instinto natural es ser realmente atrevida con este tipo, pero no quiero empeorar las cosas para Billy, así que me quedo callada, con el mentón elevado y una mirada de igual desdén en mi rostro.

—No te invitaron, viejo. —La voz de Billy es neutra. Sin vida.

—Estaba al lado en la fiesta de los Adalwulf y sólo pensé en venir a saludar, —dice el papá de Billy—. Yo también tengo amigos poderosos, hijo. Olvidas lo lejos que llega mi alcance. —Me vuelve a mirar con el entrecejo fruncido.

Qué idiota pretencioso. No me importa lo que piense de mí, pero quiero patearlo en las bolas por ser un padre horrible. Aunque quizá yo sea la que empeora las cosas para Billy. ¿Debería irme para que no tenga que intentar protegerme de la burla de su padre?

—No eres bienvenido aquí. Vete antes de que te saque. —Billy todavía suena apagado. Como si toda la energía hubiera abandonado su persona en la proximidad de su padre.

Estoy segura de que un niño que estuvo en peligro físico todo el tiempo aprendería a apagar su propio ser. El sistema nervioso adulto de Billy todavía reacciona en presencia de su torturador. Se mantiene totalmente quieto, pero escucho el aire que entra y sale de sus pulmones como si corriera una maratón.

La mirada de su padre se posa en mí mientras le habla a Billy.

—Será mejor que no estés siguiendo el camino de su alfa débil. —Él niega lento con la cabeza. La forma en la que me mira me pone la piel de gallina. Veo maldad detrás de esos ojos y está dirigida hacia mí.

Billy deja de respirar por completo.

—Deberías saber que no permitiré que mi hijo cometa ese error.

Es una amenaza y lo noto. El hielo congela mis venas.

—El destino no comete errores. —El tono de Billy podría congelar la lava.

La ira invade a William White segundo. Sus ojos brillan plateados.

—¿Intentas decirme que el *destino* eligió esta basura para *mi* hijo? —ruge—. Es una mascota, nada más.

Antes de siquiera ver que se mueve, sus manos toman el collar de perlas que me dio Madi como regalo de dama de honor y tiran. Las perlas salen explotadas de sus tiras y caen al suelo.

Billy le da una patada poderosa al estómago del hombre mayor y hace que caiga hacia atrás con tanta fuerza que vuela dos metros y medios en el aire y cae contra una pared. Qué bueno que estemos afuera en un pasillo donde no nos pueden ver los invitados.

Él me pasa su copa de champaña y sigue a su padre que parece estar luchando por respirar. Billy debe haberlo pateado en el diafragma.

Madi sale del cambiador.

—Ay, mierda, —murmura—. Buscaré a Brick o alguno de los chicos.

Sólo me quedo ahí, helada. Soy de Brooklyn, pero no he visto violencia como esa. Nunca así.

El papá de Billy lucha por pararse, pero no antes de que él lo tome por la garganta y lo levante con una fuerza sobrehumana. El viejo es alto, pero Billy lo levanta del suelo y golpea su cabeza contra la pared.

—No la toques. No la mires. Si vuelves a hablarle, acabaré contigo.

* * *

Billy

La ira me invade en olas. Él agarró a Aubrey de la garganta.

La quiere muerta.

El acero frío de una espada parece traspasar mi pecho. Nunca debí haberle dejado saber lo que significa para mí.

Imágenes de mi padre asesinando al cazador humano

hace años me hacen perder el equilibrio. Traen de vuelta a mis fosas nasales el mal olor a sangre. Gritos en mis oídos.

Soy ese niño de cinco años en el bosque, asustado y aterrado. Obligado a verlo torturar al hombre por traspasar el límite hacia la tierra de nuestra manada.

El miedo me invade. No puedo dejar que la torture a *ella*.

Pero ya no soy pequeño. Puedo pelear.

Golpeo a mi papá en el estómago, aunque todavía no se recuperó de que le golpeara la cabeza. Debería matarlo ahora mismo. Mi lobo quiere hacerlo. Él atacó a nuestra pareja.

Ahora estoy seguro: Aubrey es mi pareja. Lo supe todo el tiempo, pero estaba en negación.

Creo que es por esto.

Había enterrado el recuerdo del asesinato de ese cazador hasta ahora, pero el niño de cinco años en mí todavía teme por la vida de Aubrey si la reclamo.

En mi mente, el cazador es reemplazado por Aubrey. Veo a mi padre rodearla con un cuchillo. Sus piernas rotas. La piel arrancada de su cuerpo por mandíbulas de lobos. Sus gritos que irrumpen en el bosque.

Mira lo débil que es ella. No mires para otro lado mientras termino con ella, Billy.

¡No! Casi me transformo en lobo para salvarla.

—Aquí no. —Escucho la voz calmada y eficiente de Sully por encima de los gritos en mi cabeza.

Pestañeo. No estoy en el bosque.

No tengo cinco años y miro a Aubrey morir.

—Estás asustando a Aubrey.

Respiro profundo y miro por encima de mi hombro. Ella está congelada donde la dejé, con un vestido rojo sangre, sostiene dos copas de champaña. Sus ojos están grandes y horrorizados.

Él la matará.

Le doy cuatro golpes rápidos más, disfrutando el sonido de que se quiebran sus costillas.

—*Aquí. No.* —Gruñe Sully entre dientes.

Claro.

Aquí no.

Él, Vance y Jake están parados detrás de mí. Me apoyan, aunque no lo necesito. Ahora soy más grande. Los días en los que mi padre me atormentaba terminaron. Podría romperle el cuello aquí mismo.

Pero Aubrey está mirando. No quería que mi padre se le acercara. Definitivamente no quería que viera esto.

Y Sully tiene razón. Es la boda de mi alfa. Nuestra luna estaría horrorizada.

Vance y Sully toman un brazo de mi papá cada uno.

Jake inclina su cabeza hacia el pasillo.

—Puerta trasera.

—Puedes encargarte más tarde de él. Ve con tu pareja, tiene miedo, —dice Sully.

Tu pareja.

Ya lo saben.

No la he marcado, pero todos lo saben. Soy el único tonto que sigue negándolo.

Giro lento para mirar a mi hermosa mujer. Las perlas están tiradas en el suelo. No puedo recordar bien cómo llegaron ahí.

Aubrey traga saliva.

—¿Billy? —Suena insegura. Como si me tuviera miedo.

Como mi mamá cuando mi papá se enfurecía.

Mierda. La vergüenza me consume. Soy igual a él.

Es mi peor miedo. Mucho peor que el terror instintivo

de que vaya a matar a Aubrey porque mi parte lógica sabe que no dejaré que eso pase.

Pero acabo de imitar la violencia que vi de cachorro sobre el hombre que la ejerció en frente de la mujer que amo. La mujer que he estado negando ser mía.

De algún modo logro que mis pies se muevan. Los hago llegar frente a ella. Mis labios se mueven, y sale un sonido oxidado.

—Mierda, Aubrey. Lo siento.

Su pecho se levanta y sus senos se asoman por el corsé de su vestido sin mangas.

—¿Estás bien? —Muy ligeramente rozo el pulgar sobre su cuello. Hay un rasguño allí. ¿Qué sucedió? Pensé que él iba a estrangularla, pero se contuvo. Él le arrancó el collar.

Ella asiente.

—¿Tú? —susurra. Sus manos encuentran mi rostro.

Una parte de mí quiere alejarse. No es seguro que te toquen. Pero siento su aroma y calma a mi lobo. Reposo mi mejilla contra su mano.

—Billy... ¿soy tu pareja?

Mi cuerpo se tensa y el hielo endurece mi columna. Miro en la dirección a la que se llevaron a mi padre.

¿Lo escuchó? Si sabe que es mi pareja, intentará matarla.

Una vez más, estoy en el bosque. El cazador está de rodillas. Mi padre presiona un cuchillo contra mi mano. Se supone que acuchille a Aubrey.

No, no a Aubrey.

Es una boda. Está a salvo. No está en el bosque de rodillas.

—Creo... creo que las cosas son realmente complicadas. —Veo un dolor profundo en los ojos de Aubrey, pero no lo entiendo.

Apenas sé dónde estoy.

—Billy, ni siquiera sé si estamos en una relación. No creo que lo estamos porque, si así fuera, podríamos solucionar las cosas juntos.

Espera. ¿Qué está diciendo? Noto la tristeza en su aroma, y me hace querer caer de rodillas.

La puse triste. Perdí el control.

Soy un lobo violento y peligroso. No es seguro que esté con una humana. No estoy listo para estar en pareja.

Su mano sigue tocando mi mejilla. La tomo y la sostengo allí. No quiero que nunca me suelte.

—Tienes que pensar en lo que quieres. Yo también. Démonos un poco de espacio y hagámoslo.

¿Darnos... algo de espacio?

Mierda.

Está cortando conmigo.

No puedo lograr que se muevan mis labios. No sé qué palabras decir. Soy el que resuelve en la manada y en la empresa, pero estoy completamente perdido para solucionar esto.

—Aubrey. —Ahí. Dije algo. Pero no sé qué decir ahora. No sé cuáles son las palabras correctas. Adónde llevar la conversación.

Mi cerebro está desconectado. Se apagó. No sé qué es lo que quiere Aubrey o cómo hacer que se quede.

No sé cómo ser algo más que el hombre que odio.

El agresivo hijo enano de William White. El que aprendió a ser violento, despiadado, y estratégico para sobrevivir.

No sé cómo ser el tipo de pareja que merece Aubrey.

Su rostro se acerca al mío. Pestañeo mientras se para en puntas de pie y presiona un beso contra mis labios.

—No lo hagas, —murmuro.

Ella se queja por lo bajo mientras se aleja.

—Espera. —Tomo su codo.

Ella me mira a los ojos.

—Te amo.

Mi corazón explota. Mi cabeza explota. Quiero decírselo. Quiero arrodillarme y rogar que me perdone, pero no estoy seguro de qué parte la molestó. Estoy confundido porque no parece molesta. Sólo triste.

Te amo.

Te deseo.

Eres mi pareja.

Las palabras aparecen en mi mente, pero no sale ningún sonido de mis labios y ella ya se está alejando.

Ya me está dejando atrás.

Me paro completamente quiero y miro cómo lo mejor que me pasó se aleja de mi vida.

Capítulo veintiocho

ubrey

A El día siguiente, alguien llama a mi puerta.

Sigo en pijama aunque son las dos de la tarde. No tengo intención de salir de la cama hoy, mucho menos de vestirme.

Mañana me arrastraré de regreso a clases, pasaré los finales y me graduaré. Tengo el dinero de pintar el mural de Billy para vivir mientras pienso en los próximos pasos.

Todavía le debo el segundo, pero no puedo estar en su casa ahora mismo. Ni siquiera cuando está en el trabajo.

Las lágrimas que he estado conteniendo me sobrepasarían.

Terminar la boda anoche fue doloroso, pero no podía irme a llorar sin parar. Era la gran noche de mi mejor amiga. Tuve que fingir, sonreír, bailar y celebrarla hasta que ella y Brick se alejaron en la limusina que decoramos con crema de afeitar y latas. Tuve que esconder el hecho de que estaba muriendo por dentro.

Billy me acechó como un fantasma anoche. Se mantuvo

en modo robot, retraído y silencioso, pero cada vez que volteaba, se había puesto en un lugar donde podía mirarme como un guardaespaldas. Disponible para llegar a ayudarme cuando lo necesitara. Esperando cuando no lo hiciera.

Todavía lo preocupa mi seguridad, pero me negué a quedarme en su casa, así que hizo que dos tipos corpulentos me lleven a casa. Siguen estacionados en la calle.

Sentir que también sufría me rompió aún más el corazón.

Me sigo cuestionando. Sé que respondió por el trauma de ver a su padre. No es que no lo considere.

Pero le han preguntado directamente dos veces si soy su pareja, una vez Brick y otra yo, y no pudo responder.

Tengo demasiado orgullo como para dejarme arrastrar en este desastre sin siquiera saber si quiere que me quede.

Creo que estoy haciéndole un favor. O bien decidirá que me quiere y se comprometerá con esta relación, y pondremos todo sobre la mesa, o lo dejaré alejarse de una situación complicada y se sentirá aliviado de ya no tener que rebajarse con una humana.

Vuelven a llamar a la puerta.

—¿Srita. Cook? —Aunque no reconociera ese barítono formal, el ladrido de mi perro que lo acompaña me obliga a sentarme.

¿Cómo entró Grayson al edificio? No lo dejé pasar.

Gruño y salgo de la cama. Me envuelvo con una bata violeta para no mostrar demasiado de mi estado sin sostén y me muevo hasta la puerta.

La idea de que Billy envió a Pepper conmigo a través de Grayson duele. Es más que dolor, es como ser azotada y que te tiren sal en las heridas. Supongo que tomó una decisión.

Terminamos. Aquí tienes a tu perro aunque no te permitan tener mascotas en tu departamento.

Saco la cadena, destrabo la puerta y la abro.

—Ey.

Pepper tiene correa en vez de su bolso de viaje y se enloquece conmigo, llorando de alegría como un cerdo que chilla y mueve el trasero tanto que gira en círculos.

Las lágrimas invaden mis ojos.

—Hola, amiguito. Yo también te extrañé. —Lo levanto y me lame la cara frenéticamente.

Pestañeo fuerte intentando no llorar frente a Grayson.

—El Sr. White pensó que podría querer la compañía de su perro hoy. Ya solucionó las cosas con la propietaria. Le pagó un depósito generoso por mascotas, así que está dispuesta a romper las reglas por Pepper. —Él la quita la correa y la dobla.

Oh. Supongo que sí le importa. Eso hace que me arda aún más la nariz. Se me cierra la garganta con emoción. Esto podría ser más sencillo si fuera un gran pendejo. Entonces podría odiarlo y seguir.

Ahora mismo, sólo extraño todo de él. Me lamento no sólo por lo que teníamos, porque eso no era mucho más que sexo ardiente y alocado, sino por el vistazo que tuve de más. De un Billy abierto y vulnerable. De mostrar más de mí misma, aunque parecía ver más de lo que pensé que compartía. De ser parte de su mundo, no del mundo billonario porque todavía estoy incómoda con eso, sino del mundo lobo.

Pero quizá ya no se supone que sepa eso.

Con un miedo marcado, recuerdo la discusión de Billy y Brick sobre borrarme los recuerdos. ¿Cómo funciona eso? ¿Por eso está aquí Grayson? ¿Y si nunca más recuerdo nada de esto?

Al menos no se me rompería el corazón.

Pero no. No abandonaría estos recuerdos de Billy por nada.

Inhalo y levanto el mentón.

—¿Algo más?

Grayson pone el peso sobre su otro pie; luce incómodo.

—El Sr. White ordenó que haya guardaespaldas las veinticuatro horas hasta que sepamos quién le disparó. No quería que se asustara si los veía.

Oh. Definitivamente le importa.

Dios, en serio necesito llorar. ¿Por qué no me lo permití anoche cuando llegué a casa? Contenerlo ahora me ahoga.

Logro inclinar la cabeza, conteniendo la respiración.

—Bueno. —Mi visión se nubla.

Grayson se alarma ante las lágrimas. Se aclara la garganta.

—Me gustaría ofrecerle un abrazo, pero no estoy seguro de si el Sr. White me cortaría las bolas por tocarla.

Una risa llorosa sale de mis labios.

—Me gustaría aceptar, pero estoy a punto de derrumbarme.

Pepper intenta lamerme más.

—Dile gracias a Billy.

Grayson asiente y me pasa la correa; da un paso atrás después de que la tomo.

—Nuestros hombres están afuera en una Range Rover negra. Si necesita algo, hágaselos saber. —Inclina la cabeza.

—Bueno. Lo haré, —digo ahogada—. Gracias. —Cierro la puerta y apoyo la frente mientras el primer sollozo sale disparado de mi garganta.

Dios, esto duele.

Dejo que la emoción se derrame en lágrimas y sollozos. Caigo sobre el sofá y me acuesto encima.

Mierda.

Desearía poder llamar a Madi para hablar de esto, pero de ninguna forma la molestaré en su luna de miel.

No puedo controlar el resultado de esta situación. O bien Billy llegará o no lo hará.

O intentará borrarme la mente, en cuyo caso lucharé por mantenerlos.

Lo superaré. He terminado relaciones antes.

Pero ninguna de ellas se sintió como si me hubieran arrancado el corazón del pecho cuando todavía latía.

Volteo para ver el sofá y cerrar los ojos; dejo que otra ola de sollozos me recorra.

A pesar de todos mis esfuerzos de mantenerme en un amorío, Billy White logró infiltrarse firmemente en mi corazón. Ahora está expuesto, sangrando, y sigue latiendo por él. Y no hay nada que pueda hacer más que lamentarme por la pérdida y esperar que solucione su mierda.

* * *

Billy

Aubrey se ha ido.

Estoy solo.

Sé que está a salvo; he hecho todo lo posible para asegurarme de eso, pero tengo una sensación de pérdida que es insondable. Como si me faltara una parte de mí que nunca supe que tenía. Y nunca la tendré.

Mi lobo llora y se pregunta por qué no estamos con ella.

—Ella no quiere vernos, —le digo. No entiende. Para él, las cosas son simples. Una pareja es la única persona en el mundo con la que quieres estar. Así que estás con esa persona. La proteges. Cazas para ella. La ayudas a lamer sus heridas. Y cuando es de noche y están juntos, le aúllas a la luna.

Está tomando todo de mí no perseguirla. Pero... me pidió espacio y respeto eso.

También tengo que lidiar con mis propias cosas.

Por eso estoy en Maine, de regreso en las tierras donde crecí. Siempre me encantaron los bosques de aquí. El verde vivo del moho y de los helechos, las rocas cubiertas de liquen. Los lagos fríos alimentados por la primavera y muy silenciosos.

Pero la belleza está opacada porque cuando estoy aquí escucho la vez de mi padre desde el pasado. Ahora mismo se ha transformado en una burla furiosa.

—¿Estás triste? ¿Qué? ¿Llorarás? Deja de lloriquear, niño, —seguido de un golpe a la cabeza.

¿Y si supiera que tengo el corazón roto por una humana? No puedo imaginarme lo que me haría. Si fuera pequeño y débil de nuevo.

Recorro el bosque y me dirijo a las casas de la manada. Me freno cuando llego al claro donde mi padre me obligó a ver morir a un humano.

Se quiebra una rama.

—Sé que eres tú, —le digo—. Y sé que pisaste esa rama a propósito. Sueles ser más callada que eso. —Miro hacia atrás y hay un lobo gigante. Un lobo gris y blanco, como el mío, pero tiene una mancha negra en una oreja.

—Ey, Boo. —Mi hermana se transforma en humana y se para—. Estás loco, —me informa.

—Esto termina hoy. —Le dije todo por llamada mientras venía aquí.

—Mm hmm. —Pasa a mi lado hasta un árbol con un

gran agujero a la altura de la cabeza. Se pone en puntas de pie y saca una bolsa negra impermeable, del tipo que usan los que acampan. Parece que ya tiene un escondite de ropa lista.

Una vez vestida, la observo. Lleva vaqueros y una camiseta gastada de «Dark Side of the Moon». Incluso vestida parece un poco salvaje. Sus pies están descalzos y bronceados y su largo cabello cae enredado por su espalda.

Recuerdo cómo, cuando la expulsaron, apareció en la tierra de la manada en una camioneta vieja, desesperada por verme. Tenía tanto miedo de que mi padre les pidiera a sus secuaces que la mataran. Ella era lo bastante fuerte como para pelear contra ellos, pero si enviaba la cantidad suficiente de lobos, podrían derrotarla.

En ese entonces le escribí una nota e hice que un miembro de confianza de la manada se la llevara. En la carta le dije que se mantuviera alejada y que no se preocupara por mí. Quería que fuera feliz y libre. Planeaba escapar ni bien pudiera. Sólo tenía que sobrevivir mis años de adolescencia bajo la tiranía de mi padre.

Y ahora que lo he hecho, volví para cerrar el ciclo.

—¿Haremos esto? —pregunta.

—Será lo mejor. Hice un largo vieje. —Nos sonreímos.

Revisamos nuestro plan. Le pregunto cómo esconderá su aroma hasta el momento apropiado y ella sólo me sonríe.

—Tengo mis métodos.

—Ya has venido aquí antes, —señalo el árbol donde escondió su ropa—. ¿A visitar amigos?

—Alguien tiene que cuidar de esta manada.

—¿Y ese alguien eres tú?

Ella asiente y lo acepto.

—Entonces hagamos esto.

Desaparece y me adentro más en el bosque para encontrar a mi padre.

Después de unos minutos, el viento cambia. Estaba dirigido hacia la manada. Llevaría mi aroma directo a la puerta de mi padre. Ahora me trae su aroma a mí.

Está llegando. Tiene algunos matones con él. Por supuesto que sí.

No son Chip y Dale, sino otros. Mi padre es un bravucón, pero también es cobarde e incapaz de luchar sus batallas solo.

Cuando aparece, tiene cerca a sus secuaces. Hay seis que puedo ver y más en el bosque, escondidos.

—¿Hijo? —pregunta con cautela—. ¿Qué estás haciendo aquí? —Huele el aire y sus ojos se enciende un poco, probablemente porque no puede sentir a Aubrey en mí—. ¿Estás aquí para redimirte?

—¿Por qué? —Me mofo.

—Por defender a una humana.

Contengo un gruñido. No puedo perder el control ahora; arruinaría el plan que tengo con mi hermana. Pero quiero herirlo por escupir la palabra humana como una maldición. *Pronto.*

—¿Por qué tendría que redimirme por eso? —Lo tiento.

El labio de mi padre se eleva.

—Mírenlo, —les dice a sus matones—. Mi hijo, el amante de humanos. Sabes, te crie bien. Un verdadero hijo mío nunca se juntaría con una especie más débil...

—Suficiente.

Él me muestra los dientes; nota que acabo de darle una orden. Como alfa, debería poder resistirse a mí. Pero no puede.

Porque soy más fuerte.

Es hora de probarle que ya no soy su hijo. Lo rechazo a él y su perspectiva tóxica del mundo, de una vez por todas.

Un viento frío me recorre y me lleva al lugar vacío en donde no siento nada. Sé lo que tengo que hacer, y estoy listo.

—Llama a la manada. A todos. Hay algo que tienen que ver.

Su rostro se vuelve rojo mientras intenta resistir la orden alfa en mi voz. Luego les grita órdenes a sus matones.

—Llamen a todos. —Pisotea y quiere hacer que parezca que la decisión es su idea. Pero ambos sabemos qué ocurrió: Le di una orden y tuvo que obedecer.

La manada se junta rápido. Están acostumbrados a que los llamen a este lugar a escuchar los sermones de mi padre.

—Estoy aquí para juzgar a William White segundo. Mi padre. Ya no eres apto para ser alfa.

Mi padre se mueve sobre sus talones.

—¿Qué?

—Me escuchaste. Tienes que responder por tus delitos.

—¿Mis delitos? —Los dientes de mi padre se afilan y crecen demasiado grandes para su rostro. Su lobo está mostrándose ante su furia—. ¿Qué hay de los tuyos? Juntarte con una humana. Te vi. —Me señala y voltea hacia la manada para acusarme de mis supuestos delitos—. La recogió en una limusina. Ella llevaba un vestido y él un esmoquin. Estaba coqueteando con ella. —Mi padre lo escupe como si fuera el peor crimen concebible.

Mi lobo está muy alerta. *Me vio con Aubrey.* La noche de la gala, debe haberme seguido. Ha sabido que estaba con Aubrey más tiempo del que pensé. Si no noté eso, ¿de qué más me perdí? Algo empieza a tomar forma en mi mente, una premonición de lo que está por venir.

—Mi propia sangre, —continúa—. ¿Y ahora piensa que me puede desafiar? ¿Encargarse de mi manada?

—No, —interrumpo su sermón. Necesito que volvamos a encaminarnos—. Esto no se trata de mí. No tengo intenciones de liderar esta manada. Sólo estoy aquí para detenerte, de una vez por todas.

—¿Quieres pelear? ¿Probar que eres más fuerte? Esa humana te ha vuelto débil.

Casi me río en su cara. Aubrey me vuelve más fuerte. Necesito ser la mejor versión de mí sólo para merecer respirar su aire.

—Veremos qué tan débil soy. —Me quito la chaqueta y la arrojo al suelo. Lucharemos como lobos.

Mi padre no ganará.

Y lo sabe. La manada también. Todos miran con atención, las parejas, los viejos, los matones. Las madres sostienen a sus cachorros cerca y los callan cuando hacen ruido. Hay una energía en el aire. Se aproxima el cambio.

Mi padre deja de hablar y voltea hacia mí. Su voz se vuelve quejosa. Intenta con otra táctica.

—Lo intenté, sabes, hijo, —dice—. Intenté ocuparme del problema por ti. Pensé que si no estaba la humana, pensarías lógicamente, pero...

—¿De qué hablas? —La piel de gallina aparece en mis brazos—. ¿Qué hiciste?

—¡Hice lo que tenía que hacer! Hice lo que harías si una alimaña invadiera tu casa. ¡Contraté un exterminador para acabar con ella!

El mundo se vuelve negro por un momento. Cuando me doy cuenta, he cruzado el claro y estoy levantando a mi padre por la garganta. Todos gritan, pero lo único que puedo ver es lo blanco en los ojos de mi padre. Si aprieto sólo un poco más fuerte...

—Billy, —grita la voz de mi hermana—. ¡Billy! Detente, —su voz tiene un poco de poder alfa. La orden pasa por mis brazos y los vuelve más débiles—. Así no, —dice—. Sé que quieres matarlo, pero hay una forma correcta de hacer esto.

Lo suelto y doy un paso atrás; mi hermana les ordena a todos que se alejen un poco. Lo hacen aunque los matones no lucen felices al respecto.

Mi estómago se siente vacío, como si estuviera por vomitar. Mi padre era una amenaza más grande de lo que pensé. No lo vi y casi pierdo a mi pareja.

—¿Esto es verdad? —le pregunta mi hermana a mi padre —. ¿Intentaste lastimar a la amiga humana de Billy?

—Pareja, —digo con la necesidad de reclamar públicamente a Aubrey—. La humana es mi pareja.

Hay un murmullo entre los lobos que miran. La mitad de la manada está sorprendida, pero algunos parecen curiosos. Esto parece enfurecer a mi padre.

—¿Lastimarla? ¡Intenté matarla! Ella envenenó su mente.

El francotirador de Mónaco. Sentience no estaba detrás de eso. La manada de Luka tampoco. Era mi padre.

Mi propio padre intentó quitarme a mi pareja por siempre.

—¿Cómo? —Le pregunto—. ¿De dónde sacaste el dinero? Necesitaría una suma importante para contratar a un francotirador.

—Él nos llevó a la bancarrota, —dice uno de las ancianas. Es una mujer canosa y jorobada con manos agarrotadas que descansan sobre un bastón de madera tallada—. Ha estado vaciando los fondos de la manada para su propia ganancia personas por años, pero está empeorando. Y hace unos días descubrí que vació nuestros ahorros.

—¿Eso es verdad? —Pregunta Boudicca con gentileza.

La anciana asiente y otros murmuran en acuerdo. La manada parece acercarse más a mi hermana, buscando liderazgo. Ella confirma un par de detalles y luego me mira—. Sabía que la situación estaba mal, pero no me di cuenta cuánto.

—Ni siquiera deberías estar aquí, —le dice mal mi padre. No puedo siquiera mirarlo ahora mismo. Si lo hago, le arrancaré la cabeza—. Estás exiliada, traidora...

—Cállate, —dice Boudicca. Ella da la orden sin siquiera levantar la voz.

La boca de mi padre se cierra de golpe. Parece sorprendido de que ella pueda darle órdenes, pero gran parte de la manada no.

Un par de matones empiezan a acercarse a ella y dice «No»; el poder sale de ella, detiene a los matones en su lugar.

—Alfa, —murmura la anciana. Todos miran a Boudicca. Mi hermana suspira.

Si fuera cualquier otro momento le diría «te lo dije» a mi hermana. Sabía que tenía habilidades de alfa. Pero no estoy de humor para bromas. No cuando acabo de darme cuenta de que mi padre intentó asesinar a Aubrey.

El viento vuelve a cambiar. Es hora.

—Hoy es la hora de la verdad. Ha pasado mucho tiempo. —Mi hermana enfrenta a nuestro padre—. William White segundo, te declaro incapaz de liderar a esta manada como alfa.

—Lo apoyo, —digo. Siguiendo el protocolo, así nadie podrá disputar la forma en la que quitamos a mi padre del mando. Pero no puedo evitar añadir—. Eres cruel. Has torturado a humanos y a tus propios hijos. Exiliaste a buenos lobos y sacaste a la luz lo peor en esta manada. —Veo que algunas cabezas asienten. Muchos miembros de la manada no piensan que exiliar a Boudicca fuera lo correcto. Todavía la consideran parte de la manada.

—Crees que la debilidad debería ser castigada, no protegida, —dice mi hermana—. Confundiste crueldad por fuerza.

—Eres un bravucón, —agrego—. Y es hora de mostrarte lo patético que eres. —Me quito los zapatos y sigo desvistiéndome.

—Billy, —dice mi hermana—. Déjame a mí.

—No. Intentó matar mi pareja.

Sus ojos azules me miran. Quiere asegurarse de que esté dispuesto de llevar la carga del fratricidio. Me protege incluso ahora.

Por eso sería una buena alfa.

—Eres la verdadera alfa de esta manada, —digo—. Yo no. Pertenezco con los Blackthroat. Pero primero... quiero venganza.

—Está bien. —Da un paso atrás para darle lugar. En algún punto, una loba negra llega a su lado. Reconozco a la loba como su pareja, Kali. La gran loba negra presiona contra las piernas de Boudicca, y mi hermana apoya una mano sobre su cabeza.

Volteo para mirar a mi padre.

—Enfréntame como lobo, —le digo—. Es hora de que mueras.

El rostro de mi padre enrojece. Quiere discutir, pero no puede. Lucha contra la compulsión, pero no tiene la fuerza necesaria para resistirse a mi orden dicha con suavidad. Al final, sus ojos se ponen en blanco con miedo.

Es un poco triste.

Espero hasta que se desviste y luego llamo a mi lobo y me entrego al cambio.

La pelea es rápida. Dos lobos luchando. Pero mi padre

es viejo y canoso y yo soy blanco como la nieva y rápido. Golpeo mi hombro contra él y cae extendido. Salto sobre él en un segundo y entonces toma un momento hundir mis dientes en su suave barriga para arrancarle las tripas.

Luego vuelvo a transformarme y también le ordeno que lo haga. Se transforma en humano. Está tirado en la tierra boca arriba, respirando con dificultad e intentando contener sus órganos dentro de su cuerpo. Intenta y no puede.

No siento pena. Ni dolor. Es simplemente el trabajo que tenía que hacerse.

Me arrodillo y pongo la mano alrededor de su cuello.

—Hay algo que deberías saber, —digo. Hablo bajo, pero sé que todos los transformistas pueden oírme—. Amo a mi pareja humana. Lucharé a diario para merecerla. Ella me hace un mejor lobo y la amaré hasta el día en que me muera, incluso si nunca vuelve a pensar en mí.

Los ojos de mi padre se abren grande. Intenta hablar, pero no puede hacer mucho más que regurgitar su propia sangre. No dejo que hable. No permitiré que manche el nombre de mi pareja en su boca. Lo ahogo hasta que sus ojos se vuelven vidriosos y su cuerpo, inerte.

El poder pasa por mí. Lo siento. Todos en el claro lo sienten.

Pero no se queda en mí. Se mueve por todos nosotros, el poder de un alfa, y se posa en mi hermana. Sus ojos brillan azules y luego se desvanece.

—Alfa, —la saludo.

—Alfa, —murmura el resto de la manada. Uno por uno empiezan a arrodillarse.

Es justo lo que le dije antes. Ella siempre luchó por esta manada. Protegió a los débiles. Es porque se suponía que liderara. Siempre fue una alfa, y es hora de que ocupe su lugar. No será fácil. Algunos de los matones la desafiarán o se irán. Pero tiene muchos más aliados de los que cree. Y tiene a su pareja apoyándola. Estoy aprendiendo que un lobo puede hacer lo que sea si tienen una pareja fuerte.

Esta ejecución debería haber ocurrido hace mucho. Pero no lo hice por mí o por mi hermana, ni siquiera por la manada.

Lo hice por Aubrey. Ahora estará a salvo.

Y ahora puedo ir a casa.

Capítulo veintinueve

ubrey
Me siento sola en All Night. Es noche de karaoke y algunos borrachos asesinan «We are the Champions» de Queen en el escenario, gritando la letra con vasos levantados de cerveza. Muy original, chicos. Esa canción nunca se canta en las noches de karaoke.

Pero como sea. No hay rencor. La música cura. Por eso estoy aquí. Bebiendo un gin tonic porque eso le gusta a Billy. Han pasado diez días desde la boda y no se ha vuelto más sencillo.

Ya terminaron las clases. Oficialmente me gradúo el sábado. No tengo ningún trabajo en espera más allá de mis horas a medio tiempo en La Résistance, lo que significa que no tengo nada que hacer.

No tengo nada que ocupe mi tiempo y me haga concentrarme.

Demasiadas horas para pensar en por qué Billy no decidió que valíamos la pena.

La primera semana después de la boda, tenía un poco

de esperanza pensando que Billy podría llamar o aparecerse. Quería solucionar las cosas con él.

Me siento patética por admitirlo, pero quería que me eligiera. Quería que dijera que soy su pareja destinada. Que soy la única.

Pero no lo hizo.

No he sabido nada de él.

Todavía hay dos tipos que me vigilan todo el tiempo. Incluso están aquí esta noche, sentados en una mesa junto a la puerta.

Pido otro trago e intento no revisar mi teléfono. Todavía tengo la foto de Billy como fondo de pantalla. Cuando tomé la foto, la guardé allí para molestarlo. *Mírennos, criando un cachorro juntos.* Es el tipo de fotos que sacaría y guardaría una novia o pareja. Ahora no hay esperanzas de que seamos pareja, pero no soporto cambiarla.

Madi regresó ayer de su luna de miel en Grecia. Quería darle tiempo de acomodarse y recuperarse del cambio horario antes de llamarla, pero terminé dejándole un mensaje hace una hora para decirle que necesitaba un hombro donde llorar.

Necesito otra perspectiva.

Y música. La música ayuda.

—Sigue Aubrey Cook, —anuncia el presentador.

Me inscribí cuando llegué por si tenía ganas de cantar. Suspiro. ¿Quiero?

A la mierda, ¿por qué no? Me paro y encuentro el camino al escenario.

—¿Qué canción de los ochenta para esta noche? —pregunta el presentador.

Sí, aquí me conocen.

—"Pictures of You" de The Cure.

El presentador asiente y tomo el micrófono; cierro los

ojos y me muevo con la introducción melancólica. Es una balada de siete minutos y pienso disfrutarla toda. Y sí, sé que estoy arruinando el clima del lugar.

Qué mal.

Dejo que la música me envuelva. Me trague. Soy el tipo de persona que se siente la emoción como la música: ambas están totalmente interconectadas para mí.

Recorro el pequeño escenario con los ojos mayormente cerrados, cantando, no para la audiencia, sino para quitarme esta sensación de tristeza del pecho. Para hacer catarsis.

Son pacientes conmigo durante media canción y luego el público se molesta.

—¡Muy triste! —grita alguien.

—¿Por qué tienes que deprimirnos? —me abuchea alguien más.

—Cállate y deja que cante.

Mis ojos se abren de golpe. Reconozco esa voz.

Madi está sentada en la mesa justo frente al escenario. Debe haber entrado cuando estaba cantando. Se mueve con la música triste y muestra su aprecio por New Wave como una buena chica emo con una nostalgia alegre.

Me bajo del escenario y me acerco a ella, compartiendo el micrófono para que pueda cantar los últimos versos conmigo.

El público abuchea y me río en el micrófono antes de volver a pasárselo al presentador.

Él pone la versión original de Eric Carmen de la canción «All by Myself» para burlarse.

—Vuelve a subir, Aubrey. Sabemos que estás triste. Sácalo de tu sistema.

Le muestro el dedo del medio.

Madi se ríe y me abraza.

—Agh. Recibí tu mensaje. ¿Qué pasó? ¿Es por Billy?

Intento tragar el bulto del tamaño de una nuez que está en mi garganta mientras asiento y me siento frente a ella. Le cuento lo de escuchar que Brick le preguntó acerca de sus intenciones y que hablaron acerca de que un vampiro me borre la mente.

Madi se estremece.

—¿Eso es algo real?

Ella asiente.

—Es cómo protegen su secreto.

—Nadie tocará mis recuerdos, —gruño.

Ella duda y asiente, estira la mano por la mesa para apretar la mía.

—No dejaré que suceda. Ya dejé que los secretos de los lobos nos separaran una vez. Sin importar qué pase con Billy, estás en mi círculo de confianza.

Una gran presión se levanta de mi pecho.

—Gracias. —Inhalo—. De todos modos, cuando Brick preguntó eso, Billy dijo que no sabía si yo era su pareja. Y luego su padre se nos acercó en la boda.

Madi asiente.

—Claro. Dime qué sucedió.

Le cuento sobre el altercado y sobre preguntarle a Billy de nuevo si era su pareja y cómo él sólo se paró allí con una expresión neutra en su rostro.

Madi me mira fijo. Prácticamente veo cómo giran los engranajes en su mente. Espero que su mente brillante pueda salvarme de mis pensamientos enredados y complicados.

—Billy no muestra emociones. Creo que aprendió a disociarse cerca de su padre. Entonces en vez de mostrarte lo enojado o molesto que estaba, puede que sólo se haya desconectado.

Me arde la nariz por Billy. Quizá me equivoqué al

alejarme. Quizá necesitaba que me acercara en ese momento. Que lo devolviera a la vida.

—Además es probable que se sintiera avergonzado. Tanto por los insultos de su padre y quizá por cómo reaccionó. No le gusta perder el control. Prefiere pensar tres pasos por adelantado y entonces derrotar a su oponente con calma. La violencia complicada no es lo normal para él.

La angustia me recorre.

Si tuviera que volver a hacerlo, me gustaría intentar hacer que Billy se abriera más. Hacer que sintiera que era seguro expresar su verdadero ser conmigo. Estaba demasiado ocupada protegiendo mi corazón, jugando a luchar con él mientras me decía que sólo era un amorío.

Pensé que necesitaba algo de espacio para pensar las cosas, pero quizá necesite justo lo opuesto. Quizá necesitaba que me metiera en su cama y le dijera que no me iría. Pero estaba muy dolida por su indecisión. No me gustaba sentir que era una opción mediocre por ser humana. Como si estar conmigo fuera algún tipo de sacrificio para él.

Pero probablemente no sea diferente de mis prejuicios en su contra por ser un billonario de Wall Street. No estaba segura de si mi propia imagen incluía tener un novio que podría terminar con el hambre de los niños de Nueva York con su salario anual. Pensé que me estaba vendiendo u olvidando mis ideales para estar con alguien como él.

Hasta que me alejé, no me había dado cuenta de que valía la pena. Que el dinero no hace que un hombre sea malvado. No me había dado cuenta de lo mucho que me había adentro con él mientras me decía que me estaba conteniendo.

Pienso en las palabras de Madi sobre cómo a Billy no le gusta mostrar su próximo movimiento.

—Cuando estábamos haciéndolo, a veces había

momentos en los que la pasión dominaba y perdía el control. Me daba cuenta de que lo odiaba. Después se iba o se retraía, como si necesitaba componerse.

Madi levanta las cejas.

—Eso podría ser porque su lobo intentaba marcarte.

Frunzo el ceño.

—¿Eso qué significa?

—Si un lobo encuentra a su pareja destinada, lo sabe porque saca en él el instinto de marcarla. Ella baja el cuello de su camisa para señalar cuatro cicatrices pálidas donde el cuello se une con el hombro.

—¿Brick te *mordió*?

—Es una mordida de apareamiento. Deja su aroma embebido en mi piel para que todos los otros hombres sepan que me reclamaron.

Em, guau.

—¿Sus ojos cambiaban de color cuando tenían sexo?

Respiro profundo.

—Sí. A plateado.

—Suena a que luchaba contra su instinto de marcarte. Brick casi perdió el control de su lado animal cuando cortamos, y su lobo quería marcarme.

—¿Crees... crees que soy su pareja, Madi?

Ella se para.

—Ven aquí. Tengo que mostrarte algo.

Cuarenta minutos después salimos de la limusina que Madi llevó a Brooklyn (sí, puse los ojos en blanco por eso) seguidas por los dos perros guardaespaldas que me puso Billy. Madi los invitó a venir en la limusina porque me tuvieron que seguir en el subte y dejaron su vehículo cerca de mi casa.

—Esto habría sido mucho más fácil si sólo nos dejaran conducir para empezar, —-murmura uno de ellos, pero con una mirada represiva de Madi, inclina la cabeza. Juraría que puedo ver cómo mete la cola entre las piernas con su postura.

Estamos frente al edificio Sentience. Madi me lleva a la puerta principal. Mis guardaespaldas esperan.

Mientras nos acercamos, veo que los ventanales del frente están cubiertos con madera laminada desde adentro. Un cartel de vinilo pasa por la entrada y dice GALERÍA ARTÍSTICA PLATA Y ESPACIOS DE ARTISTAS, PRONTO.

—Oh por dios. —La sorpresa me hace perder el equilibrio y me agacho para tocar el piso y recomponerme. Miro el edificio—. ¿Qué pasó? ¿Billy hizo esto?

Madi deja salir una risa ligera.

—Supongo que ha estado ocupado desmantelando Sentience desde que regresamos de Mónaco. Él y Brick conversaron con los dueños. Cambiaron de opinión y decidieron usar su financiamiento para pagarles a los artistas a los que les robaron. Luego, Billy compró el edificio y lo convirtió en esto.

Una banda tensa se cierra alrededor de mi garganta. Las lágrimas caen de mis ojos. Me tapo la boca.

Billy acabó con una empresa de un billón de dólares. Por mí.

Y luego lo convirtió en un lugar donde crear y mostrar arte. Escuchó y analizó el deseo más profundo de mi corazón y convirtió mi sueño en realidad.

El hombre que pensé que no estaba seguro de mí acaba de tener el mayor gesto posible mientras yo me lamía las heridas en casa pensando que había decidido que yo no valía la pena.

Renee Rose & Lee Savino

—¿Entonces... soy su pareja? —No sé por qué, pero sólo necesito que alguien lo diga en voz alta. Billy no lo hace.

—Puede que no te haya marcado, pero está claro que es tuyo. Está matando tus dragones, incluso cuando no están juntos. Intenta hacer que tus sueños se vuelvan realidad.

Dios, estoy llorando como un bebé. Me tapo la boca para esconder un fuerte sollozo.

¿Por qué dudé de él?

Billy está roto, eso es seguro. Pero eso no significa que no podamos funcionar. Puede que todavía no esté dispuesto a admitir que soy su pareja destinada, pero puedo admitir que es la mía.

Es hora de que solucione esto.

Si él no está dispuesto a reclamarme, iré allí y lo reclamaré yo.

Me limpio las lágrimas que hay debajo de mis ojos y levanto el pecho.

—Llévame a tu edificio.

Capítulo treinta

Billy
Me estiro en mi sofá e intento emborracharme mientras miro a la gran flor gris que se expande por mi pared. Es atrevida y brillante y ruega tener color.

Aubrey lo hizo a propósito.

Ella me hizo eso.

Entró a mi vida, me mostró la textura y la belleza y señaló mi falta de color. Mi falta de alma. Lo vacío y chato y gris.

Hasta que conocí a Aubrey pensaba que estaba satisfecho. Había luchado por salir de mi niñez y el destino me había puesto junto al alfa más poderoso del país. No era el lobo más grande ni fuerte de su manada, pero sí el más despiadado. El más paranoico, calculador y manipulador. Gané todos los desafíos por dominancia y me volví indispensable para Brick cuando su vida implosionó. Lo ayudé a mantener a la manada unida cuando los Adalwulf casi nos conquistan. Lo ayudé más que a sólo reemplazar la riqueza que le habían arrancado a su manada.

Tenía mi vida bajo control. Era poderoso, exitoso, y estaba junto a la manada más poderosa de Nueva York.

Entonces ella entró en mi vida y prendió fuego todo.

Mierda.

Me bebo la botella de gin. Me bajé casi toda la botella, pero con mi metabolismo de transformista es difícil mantener el estado de embriaguez.

Alguien abre la puerta sin golpear. Mis dientes se muestran en un gruñido mientras me levanto para arrancarle las tripas a quien sea que haya sido.

—Cariño, estoy en casa.

Me quedo helado.

Está aquí.

Pareja, aúlla mi lobo.

Lo sé.

Me quedé helado cuando me lo preguntó.

Me congelé cuando mi alfa me lo preguntó.

Pero ni bien terminó conmigo, se volvió claro como el agua: He sabido que Aubrey es mi pareja desde la primera vez que nos conocimos en La Résistance. Me resistí al destino en algún nivel porque mi inconsciente la registraba como una amenaza.

El amor no es simple ni claro. No es ordenado. No puedo controlarlo.

El niño abusado en mí temía por su vida además de la mía porque estaba congelado en el tiempo, sin saber que ya crecí.

Crecí y mi torturador está muerto.

Nadie volverá a amenazar a mi pareja.

Si puedo lograr que lo sea.

Pero ahora estoy congelado de nuevo. Sin poder decirle nada a la mujer que significa todo para mí.

Pareja, gruñe mi lobo.

Sí, *lo sé*.

Necesito avanzar. Necesito decir algo.

Aubrey mira la botella de licor de mi mano. El desastre sobre mi mesita en mi sala de estar que usualmente está inmaculada. Debo verme como me siento: como si me hubiera sumergido en el infierno y me hubiera quedado allí. Ella se acerca a mí.

Tengo que hablar. Soy el hombre que se encarga de acuerdos de billones de dólares. Puedo lograr mover los labios.

—Eres mi pareja. —Las palabras suenan rígidas y oxidadas.

Aubrey detiene su avance y me mira fijo.

Me aclaro la garganta.

—Perdón por no responderte en la boda, pero sí, eres mi pareja. Haría lo que fuera por ti, mi Plata. Mi veneno perfecto. Mi kryptonita. Yo... yo te necesito en mi vida. No lo lograré sin ti.

Ella corre hacia mí, se apoya sobre sus Doc Martens y da un gran salto volador.

La atrapo en el aire y se sienta sobre mi cintura.

—Te amo, Billy White tercero.

—Te amo, Aubrey Cook primera.

—Estoy aquí para reclamarte y marcarte como mío, como sea que se haga eso maldita sea, —declara Aubrey.

La sonrisa que se forma en mi rostro casi me rompe las mejillas. Un sonido extraño sale de mis labios. Al principio no lo reconozco, luego me doy cuenta de que es una risa.

—No puedo esperar a ver qué se te ocurre.

Ella me lame la oreja y luego la muerde. Nos giro de a poco y disfruto sentirla en mis brazos. La increíble liviandad que de pronto se apodera de mi ser. Esta mujer me rompió el corazón y volvió a entrar en mi vida como si nada hubiera pasado.

—Pensaré en algo, —promete—. ¿Un tatuaje en el trasero, tal vez?

Otra risa sale de mí.

—¿Quieres tatuarme el trasero?

—Aján. Con mi nombre. ¿O quizás una foto de mi rostro?

Presiono mi cara entre sus pechos e inhalo el aroma. Beso su esternón.

—Regresaste.

—Para el futuro, la próxima vez que me aleje quiero que me persigas.

Una tercera risa sale de mi boca. Estoy elevado; me sorprende no salir flotando hasta el techo.

—No habrá una próxima vez, —gruño y llevo a Aubrey al sofá. Me siento con ella encima de mi cintura—. Te reclamaré, Plata. Te marcaré como mi pareja para que todos los lobos sepan que me perteneces. Y si vuelves a dejarme, habrá consecuencias.

—¿Qué tipo de consecuencias? —Ella mueve las cejas; sus labios se estiran en una sonrisa gigantesca.

—Del tipo que te tienen desnuda sobre mi regazo para que te dé unas buenas nalgadas.

Los ojos de Aubrey se oscurecen. El aroma de su excitación llena mis fosas nasales.

—Mmm. —Ella se retuerce contra mi verga—. Tal vez deberías mostrarme.

—Lo haré. Después de que me digas por qué te fuiste. —Algo de pesadez vuelve a descender como un bloque de hormigón sobre mi pecho—. ¿Fue por la violencia?

Aubrey sostiene mi rostro e inclina la frente contra la mía.

—No, —dice suavemente—. O sea, me asustó, pero lo entendí. Tu papá me atacó. Te detonó.

Observo su rostro. No quiero decir esto. Me duele físicamente hablar, pero hay tanto dolor no hablado entre Aubrey y yo. Tenemos que poner todo sobre la mesa ahora.

—Tengo un lado violento. Los transformistas somos más violentos físicamente en general, pero me obligaron a luchar por mi vida toda mi niñez. Yo... no quería que vieras ese lado mío. Me avergonzaba. Me avergüenza.

Aubrey aleja su frente de la mía y sus ojos rebalsan de lágrimas. Me alarman. Agarro sus caderas con más fuerza como si alguien fuera a intentar llevársela. Alejarla de mí.

—No debería haber elegido ese momento para preguntarte si era tu pareja. Es sólo que... los escuché con Brick hablando de eso en Mónaco. Hablando de borrarme la mente. —Le tiemblan los labios.

—Mierda. —La auto recriminación me recorre—. Maldición, lo siento mucho. Nunca dejaría que una sanguijuela borre tus recuerdos. No sé por qué no pude admitirle a Brick que eras mi pareja. Lo sabía. Todos los chicos lo sabían. Mi comportamiento era tan errático. Empezó con un incidente internacional entre manadas cuando el rey de Mónaco te insultó. Trabajé desde casa para estar cerca de ti. Crie contigo un cachorro, por el amor de Dios.

Aubrey me sonríe de forma reticente.

—Supongo que inconscientemente sabía que marcarte llevaría las cosas al límite con mi papá. Cosas que había pospuesto por demasiado tiempo. Entonces me demoré y fingí no estar seguro. Pero sí lo estaba, bebé. —Le acaricio la mejilla con el pulgar—. Y realmente lamento lastimarte y hacerte sentir que no eras lo suficientemente buena. Ese nunca fue el tema. Yo era el que no era lo suficientemente bueno para ti. Todavía no. Pero me encargué de eso. Mi papá y esos idiotas de Sentience nunca volverán a amenazarte a ti o a tus amigos.

Ella observa mi rostro.

—¿Qué hiciste? —susurra.

Dudo. Este es el lado violento que no quiero que vea. Pero si es mi pareja tiene que saber quién soy. Lo que haré para que ella y nuestra familia estén a salvo.

—Enterré a mi padre.

Ella respira profundo.

—Mientras estuviera vivo, tú y nuestros cachorros estarían en riesgo y no podía permitirlo.

Los ojos de Aubrey vuelven a ponerse llorosos.

—¿Nuestros cachorros? —se ahoga.

Mi garganta también se cierra, pero ahora las palabras fluyen. No puedo seguir conteniéndolas.

—Por favor, cásate conmigo. Deja que te proteja, que sea tu proveedor y tu familia.

Aubrey se quiebra y pone una mano sobre su boca para acallar un sollozo.

Contengo la respiración y la miro. Me preparo para su reacción.

—Sí. —Ella asiente—. Bueno. Estoy de acuerdo, Billy White, el primero y el único. Estoy muy de acuerdo.

Me inclino sobre el sofá, inerte con alivio. He sido un zombi los últimos doce días, apenas vivo, apenas respirando, apenas cuerdo.

Pero se terminó.

Aubrey es mía.

Sé que todavía tenemos trabajo por delante. Tengo que aprender a hacerla feliz. A mantenerla interesada. A complacerla de otras formas en la habitación. Tengo que aprender a abrirme. Mi silencio la hizo alejarse.

—Cuando no me contactaste, pensé que estabas aliviada porque termináramos, —me dice.

Mi corazón se aprieta dolorosamente.

—Mierda. Sólo intentaba honrar tus deseos.

—Sí, no vuelvas a hacer eso. —Ella me muestra una sonrisa triste—. Esta noche Madi me llevó a Sentience y me mostró lo que hiciste por mí. Me di cuenta de que todavía debía importarte.

Me enderezo y presiono mi pecho contra el suyo. Tomo su nuca.

—Me importa. Me importa demasiado, Plata. Lamento no saber cómo mostrarlo.

—No, sí sabes. Lo muestras a la perfección. Eres un tipo de «actos de servicio». Estaba buscando «palabras de afirmación». Pero ahora sé cómo expresas el amor.

Mis cejas bajan con confusión.

—Es algo del lenguaje del amor. Tenemos que aprender a hablar el lenguaje del otro.

Le sostengo la mirada.

—Lo aprenderé, —juro como si hiciera un juramento ante mi alfa—. Aprendo rápido.

Me dedica otra de esas sonrisas brillantes.

—Lo sé. Eres el tipo que aprendió lengua de señas a la perfección en los últimos meses. Madi me dijo que puedes leer un contrato de 50 hojas en cinco minutos y exigir cambios pensados y extensos. Eres mucho más inteligente que yo.

—Soy un idiota comparado contigo.

Ella me besa.

—No es verdad. Dejé que mi orgullo *y* prejuicio se metiera entre nosotros. Pero ahora somos un equipo. Lidiaremos con los conflictos juntos, no separados.

Siento el conflicto en mi pecho. El viejo yo, el blanco y

negro en mí, con paredes divisorias lucha por respirar mientras caen mis barreras. El placer de la luz y la guerra cálida con la necesidad de volver a levantar las murallas.

Me rindo ante todo eso. Esto es lo que significa amar. Ser vulnerable y abierto. Me alimenta al mismo tiempo que sacude mi mundo.

Me inclino para besarla y ella se aleja.

—Plata.

Ella se toca la nariz. Se quitó el diamante que le di volvió a ponerse su antiguo arito de plata. Realmente estaba dolida.

—Quemará.

—Vale la pena. —Acaricio sus labios con los míos en un lento beso que la saborea.

* * *

Aubrey

Muerdo su labio inferior y tiro.

—¿Dónde me morderás? —Hago que mi voz sea seductora.

La expresión de Billy se vuelve salvaje. Sus ojos cambian a plateado mientras se para y me levanta.

—Algún lugar erótico. —Me lleva a su habitación.

—Mmm.

—Por desgracia, esto dolerá, Plata. Tengo que traspasar la piel. Así que si te haré gritar, bien podríamos hacerlo en una zona erógena. —Me deja caer en el centro de la cama y levanta mi camisa por encima de mi cabeza—. Así podré recordarte que me perteneces cada vez que te dé placer.

Busco su camisa e intento abrírsela como si estuviéramos en una novela romántica, pero no tengo la fuerza necesaria.

Billy se ríe y lo hace por mí; hace volar los botones por la habitación.

Le hago un gruñido de tigre y una garra en su pecho.

Él toma mis muñecas y se sube sobre mí, poniéndolas junto a mi cabeza.

—Entonces la pregunta es... —baja la cabeza para besar entre mis pechos— te muerdo aquí? —Muerde la parte superior de uno de mis pechos y luego pasa la pierna abruptamente para ponerme boca abajo—. ¿O morderé este hermoso trasero? —Pasa los pulgares en el elástico de mis pantalones cortos y los baja junto con mis bragas, justo debajo de mi trasero.

Tiemblo mientras pasa su gran palma ligeramente por mi trasero; sé lo que viene. Me provoca, sus caricias siguen siendo ligera. Luego empiezan a caer las primeras nalgadas.

Grito.

Toma mis muñecas y las pone detrás de mi espalda como si estuviera bajo arresto; luego las sostiene allí. Su caricia es gentil. Casi reverencial, pero cuando empieza a darme nalgadas, no se contiene.

Deja caer una seguidilla de golpes rápidos que me hacen retorcerme contra su agarre.

—¡Auch! —Me quejo mientras muevo las caderas cuando se detiene.

—Eso es por dejarme, Plata. —Vuelve a acariciarme ligeramente, llevando su palma alrededor de mis glúteos.

Su mano sube por mi columna hasta llegar al sostén, que desabrocha. Moviendo mis trenzas a un lado, sube sobre mí una vez más para morder y besar mi cuello y hombro expuesto.

Luego se detiene. Espero, pero se acomoda a mi lado.

—Dolerá, Aubrey. —Su voz es seria.

Giro para verlo. Sus ojos brillan completamente

plateados y juraría que las puntas de sus colmillos se han alargado.

La habitación está oscura y la luna brilla casi llena encima de las luces de la ciudad. Deja un brillo pálido sobre su rostro.

—No quiero lastimarte. No quiero asustarte. No quiero que nunca más vuelvas a alejarte.

Lo noto: Billy tiene miedo. Tiene miedo de perderme y está compartiendo sus sentimientos. Este momento es más importante que cualquier mordida, al menos para mí. Así aprendemos a ser una pareja real. Escuchando y compartiendo.

Apoyo la cabeza sobre la almohada.

—¿Dolería si fuera loba?

Él niega con la cabeza.

—El dolor sería placentero y la herida sanaría de inmediato. Pero para una humana, una mordida de apareamiento puede ser fatal si doy en el punto incorrecto. Sangrará y dejará una cicatriz. Escuché gritar a Madi cuando Brick la marcó.

La sorpresa me recorre. Debería haberle sacado más información a Madi.

—¿Estuviste ahí?

—Sí. Estábamos allí para proteger a Madi. Cuando un lobo alfa no encuentra a su pareja destinada, o peor aún, la encuentra y no la marca, puede volverse salvaje. Lo llamamos la locura de la luna. El lobo se apodera y se pierde al humano; tienen que matarlo.

Mi boca forma una «O» silenciosa. Es probable que mis ojos también tengan esa forma.

—¿Brick se volvió lunático?

—Sí. Casi lo perdemos.

Me vuelve el recuerdo de Ruby viniendo a buscar a Madi y rogando que la ayude después de que terminaron.

—Así que estaba casi lunático cuando la mordió.

Algo se acalla en Billy. Puede ver adónde voy con esto.

—Sí.

—Pero tú estás perfectamente cuerdo ahora. —Toco su mejilla y masajeo su oreja—. Sé que no te gusta perder el control. Incluso cuando tenemos sexo y te sueltas al final, parece que te contienes e intentas cerrarlo todo después.

Billy apoya la cabeza sobre un brazo y toca mi seno con su mano libre, pasando el pulgar por el pezón.

—¿Viste eso?

Asiento.

—Y dijiste que no te gustó perder el control frente a mí en la boda con tu papá.

Él se frota el rostro con una mano.

—Odio que me hayas visto de esa forma.

—*Yo* no, —insisto—. No le temo a ese tipo. Sé que nunca me lastimarías. —Presiono un beso sobre sus labios—. Quiero ver todas tus partes y formas. Hasta las feas. Hasta las que te avergüenzan. Te amo, Billy. Eso significa todo tu ser. No me alejé porque vi algo que no me gustó. Me alejé porque no estabas dispuesto a compartir todo tu ser conmigo.

La vulnerabilidad aparece en el rostro de Billy, y esta vez no oculta su expresión.

—Entonces enloquece conmigo. Suéltate la correa. Me encanta que tengas un poderoso lado animal, Billy. Marca mi cuerpo con tus dientes y muéstrame cómo es que te reclamen.

Y sólo así, su autocontrol se pierde.

Me encuentro recostada boca arriba. Billy me arranca

los pantalones cortos y las bragas todo lo que faltaba bajarlos.

Se desabrocha los pantalones y busco su erección.

Nunca vi sus ojos tan plateados. Y sus colmillos *definitivamente* están largos y afilados. Me morderá con ellos. Un escalofrío de emoción me recorre.

—Condón, —digo ahogada cuando lo olvida y empieza a empujar contra mí—. A menos que quieras tener esos cachorros ahora. —No sé qué me hace decirlo, pero se siente correcto. No mentí cuando dije que estaba de acuerdo. Quiero todo con Billy: matrimonio, familia, todo.

Su mano se queda helada junto a la mesita de luz.

—*Sí.* —Su voz no suena humana. El gruñido grave que viene de su pecho es de otro mundo.

Empuja contra mí y me parte con su erección; va profundo con el primer envión.

Grito y pongo la mano contra el cabezal de la cama.

—Pondré mi cachorro en ti, Aubrey White. —Se mueve hacia adentro y afuera.

—No tomaré tu nombre, —le digo, pero sonrío de oreja a oreja. Nos casaremos. Esto es una locura.

—Pondré mi cachorro en ti, Aubrey Cook-White, —se corrige y sigue empujando contra mí, sosteniendo mi hombro para evitar que salga volando contra el cabezal.

Ya estoy delirante por el placer. Colmada de hormonas de amor.

Mueve el rostro para pasar la lengua sobre mi pezón y luego morderlo.

—Haré todo lo humano de las bodas, lo que sea que quieras, pero esta noche, serás mía. Esta noche, embeberé mi aroma en tu piel, Plata. —Lo dice como si fuera una advertencia. O un castigo. Quizá me está dando una última oportunidad de arrepentirme.

De ninguna forma.

Paso los tobillos detrás de su espalda para llevarlo más profundo y mostrarle que quiero más.

—Te reclamaré y no hay vuelta atrás. No podrás alejarte. —Sus ojos brillan en la oscuridad. Hacen que mi corazón se acelere.

Mi novio es un lobo. Es emocionante y real y *correcto* al mismo tiempo.

Billy se mueve contra mí, acelera, usa tanta fuerza que caminaré raro mañana. Quiero más. Me estiro para marcar sus hombros con mis uñas, moviendo la pelvis para llevarlo incluso más profundo.

—No hay futuro si no estamos juntos, —gruñe—. Eres mi pareja y los lobos están en pareja toda la vida.

Me río, pero estoy llorando. Al menos mi rostro está húmedo, así que debe ser eso.

—Hazlo, —insisto—. Hazme tuya.

Él deja salir una exhalación de lobo. Sus mandíbulas se abren y sus colmillos brillan con la luz de la luna. Tengo un momento de miedo, pero de inmediato se ve eclipsado por placer.

Se viene dentro de mí y llego al orgasmo alrededor de su verga latiente. Las paredes de mi canal aprietan para succionar su esencia hacia adentro y hacia arriba. Grito de placer.

—*Mía*, —ruge Billy, empujando profundo y quedándose quieto.

—¡Sí, tuya!

Toma mi pecho con una mano y baja la cabeza.

—Mía. —Esta vez está más bajo.

Cierra la mandíbula. La mordida es gentil y superficial, en la parte de afuera de mi pecho sobre el músculo pectoral.

Vuelvo a venirme, muevo la cadera y aprieto su verga

mientras él saca los dientes cuidadosamente de mi seno y empieza a lamer la herida para cerrarla.

—¿Estás bien, Plata? —Toma mi mandíbula y gira mi rostro hacia el suyo. Sus ojos volvieron a ser azules, pero observan mi rostro con preocupación.

Mis párpados se abren y sonrío. Muevo la cadera para mostrarle lo bien que estoy.

—¿Te duele?

—Duele de una buena manera.

—¿Sí? —Me pelliza el pezón del pecho marcado y lo sostiene.

Llego al orgasmo otra vez.

—Oh, —lloro.

Me pellizca el otro.

—Mía. —Esta vez lo susurra.

—Toda tuya, —le respondo susurrando—.

Te amo. Besa las lágrimas en mi rostro.

—No sé cómo tuve tanta suerte, pero nunca te dejaré ir.

—Será mejor que no...

Capítulo treinta y uno

Aubrey

Es un día cálido afuera en la ceremonia de graduación de la universidad de la ciudad, así que me estoy muriendo con mi toga negra.

—Felicitaciones a la clase de 2025, —dice el presidente en el micrófono.

Bueno, lo logré. Oficialmente me gradué de la universidad con un título bastante inútil es Estudios de la Mujer. Me uno al grupo de mis compañeros que festejan y arrojo el birrete en el aire.

Mis padres están en el público, sentados con mi abuela, Caroline, Jan, Madi y su mamá.

Ayer llamé a Jamie y Jan para decirles que Billy había desmantelado Sentience y que ahora estaban totalmente a salvo. Jamie todavía quiere vengarse, así que ahora puede buscar exponer todo lo que tiene en *New York Times*.

Madi me saluda y señala el cielo. Miro hacia arriba. Hay un zepelín que lleva un cartel que dice «¡Felicitaciones, Aubrey!».

Me río y señalo a Madi.

—¿Tú? —Gesticulo.

Sonríe y niega con la cabeza. Entonces Billy. Mi pareja. Por supuesto.

Miro el público.

¿Dónde está? Sé que está aquí en alguna parte. Me hizo volver a mudarme a su departamento la noche que me marcó; envío a algunos de sus hombres a buscar a Pepper y empacar mis cosas.

Cuando me quejé de que podría querer seguir usando el departamento porque la antigua habitación de Madi era mi estudio, me mostró una habitación gigante de su penthouse que ya había convertido en un estudio para mí.

Mientras habíamos terminado.

Guau.

Cuando le pregunté esta mañana si quería venir y conocer a mis padres, dijo que nada lo detendría. Le advertí que lo presentaría como mi nuevo novio, no prometido, porque era demasiado pronto para una relación humana que estuviéramos comprometidos. Él gruñó, pero he aprendido en el último día que dejar que vea o huela su marca en mí lo calma de inmediato, así que le mostré un pecho y me puse en su regazo para besarme entre ellos con tanta reverencia que podría empezar una nueva religión.

La religión de los senos marcados.

Veo la fila de lobos transformistas parados al fondo, detrás de las sillas blancas plegables del jardín. Billy, Brick, Nickel, Vance, Jake, y Sully están parados contra la cerca como cuidadores. Todos ellos son altos, hermosos e imponentes, incluso sin sus trajes de tres piezas. Ahora que sé que son lobos, tiene más sentido. Irradian poder y carisma.

No me sorprende que arrasaran todo Wall Street como una tormenta.

Encuentro el camino hasta Billy y él me levanta para girarme.

—Auch. Me duele el pecho, —murmuro y de inmediato me baja con preocupación en el rostro—. El zepelín fue un detalle sorprendente. —Me paro en puntas de pie y lo beso; luego volteo hacia Brick—. Muchas gracias por venir. —Lo abrazo.

—Bienvenida a la manada, Aubrey.

Guau. Soy parte de la manada. ¡Qué loco!

—Gracias.

—Bienvenida a la manada. —Cada uno de los chicos me abraza y me da la bienvenida. Hay un ritual en esto que me hace sentir como si fuera una iniciación formal. He sido marcada; ahora no sólo le pertenezco a Billy, soy una de ellos.

Me encanta.

Madi trae a mi familia adonde estamos parados y recibo sus abrazos, globos y felicitaciones.

—Mamá, papá, todos: él es Billy, el tipo con el que he estado saliendo. Fue el padrino de Brick.

Mi papá le da la mano a Billy. Mi mamá lo abraza.

Jan y Caroline deciden hacerse los padres severos y lo miran mal mientras le dan la mano. Por supuesto, probablemente ya sepan que es un *bro* billonario y se estén preguntando si me volví loca.

Todo esto tomará algo de tiempo.

No cederé mis ideales, pero mi imagen propia tendrá que cambiar. Sé que encontraré la forma. Madi lo logró.

Billy se aclara la garganta.

—Bueno, si te gustaría, hice que llevaran algo de comida a nuestro hogar. Podemos llevar a todos en las limusinas.

—¿Nuestro hogar? —Las cejas de mi mamá salen volando—. ¿De ambos?

La felicito por no quedar boquiabierta con la parte de la limusina.

—Bueno, es la casa de Billy. En el edificio de Brick y Madi.

—Es nuestro hogar, —dice Billy con firmeza—. Aubrey está pintando murales en las paredes.

La mandíbula de mi mamá se abre.

—¡Cariño! ¿Hace cuánto de esto? ¿Por qué no me contaste?

Miro rápido a Billy. Está tenso, parece distante, como siempre, pero me doy cuenta de que está intentándolo.

—Es reciente. Billy me contrató para pintar los murales y las cosas empezaron entonces. —Busco su mano y de inmediato me la da.

Madi, quien está junto a Brick, sonríe.

—Todo estará genial. No puedo esperar a verlos. ¡Vamos!

Caminamos hacia las limusinas, pero Billy me lleva hacia su Porsche. Abre la puerta del pasajero para mí. Hay una pequeña caja de joyería en mi asiento con un moño.

—Te tengo un regalo, —me dice—. No es perfecto, pero seguiremos buscando.

Es perfecto. Sé que será perfecto. Billy presta atención.

Me siento en el asiento del pasajero y espero a que Billy se acomode en el del conductor para tirar un extremo del moño. Se abre y quito la tapa.

Hay tres filas de diamantes rosas. Simple. Espectacular. Totalmente mi estilo.

—Me encanta. —Observo su rostro—. ¿De laboratorio?

—Ningún diamante de sangre para mi esposa.

Su esposa. Escuchar que dice esas palabras me provoca cosquillas de emoción en todo el cuerpo.

—¿Este es un anillo de compromiso? —Le pregunto, probándolo en mi dedo.

Asiente.

—¿Te casas conmigo?

Ya sabe la respuesta. Ya me pidió el por siempre.

—Sí.

* * *

Billy

Abro la puerta y levanto a Aubrey para llevarla a través del umbral.

Se ríe.

—Creo que se supone que esperes a que estemos casados.

—¿Sí? No logro comprender todas sus tradiciones de bodas humanas. —La apoyo cuando suena el ascensor anunciando que llegan nuestros invitados.

Cuando no estábamos, los organizadores decoraron el departamento con globos plateados y negros y pusieron algunas mesas altas por la habitación cubiertas con lino blanco y confeti plateado.

—¡Oh, por Dios! ¿Qué es esto? —Chilla Aubrey cuando Pepper nos recibe en la puerta con un birrete de graduación y una pequeña capa que representa una toga—. ¡Eres tan tierno! —Levanta el cachorro y Pepper intenta frenéticamente lamer el rostro de Aubrey.

—¿Quién es esta dulzura? —dice su mamá. Me mira con curiosidad, como si intentara comprender por qué o cómo un hombre como yo tendría un caniche de mascota.

—Es de Aubrey, —digo.

—Es *nuestro*, —insiste, como insistí en que el penthouse era nuestro.

—¿Ustedes dos tienen un *perro*? —Caroline suena asombrada. Frota ambas orejas de Pepper al mismo tiempo y dice lo lindo que es el perro.

—Sip. Lo criamos juntos. —Aubrey cree que es muy gracioso decir eso. Espero que le parezca igual de entretenido cuando ponga un cachorro real en su barriga.

—Aubrey, esto es increíble. —Jan observa el primer mural. Sigue siendo blanco y negro, pero Aubrey le puso acentos plateados a todo y de alguna forma lo trajo a la vida.

Igual que me trajo a mí a la vida.

—¿Te gusta? —Aubrey lo mira con un ojo crítico. Todavía no decidió si lo ha terminado.

—Me encanta, —exclama la mamá de Aubrey.

—Está muy lejos de tu estilo usual, —dice Jan—. Tu exploración del blanco y negro para las flores realmente tiene inspiración.

Los ojos de Aubrey brillan y me sonríe grande.

Le guiño el ojo.

Nunca antes guiñé un ojo. No soy travieso. No coqueteo. Ni siquiera me imagino qué me hizo guiñar. Pero luego Aubrey pone una mano en mi pecho y cierra los ojos como si se estuviera desmayando por el guiño y siento que miro un millón de metros.

Es la razón por mi trasplante de personalidad. Ella me dio vida. Su caos irrumpió en las reglas y patrones estrictos de mi vida y nunca volveré a ser el mismo.

No quiero volver a ser el mismo.

—¡Uh, me encanta este! —Exclama Caroline cuando ve el segundo mural en el que Aubrey pasó todo el día y la mayor parte de la noche de ayer.

Está pintado tecnicolor con naranjas, azules, amarillos y rojos brillantes. Un gigante lobo azul ve al espectador con las patas traseras levantadas y mostrando los pies. Yo. A su derecha, justo detrás de su hombro hay un pequeño perrito rojo, a salvo bajo la protección del lobo. Pepper.

Aubrey no se incluyó en el mural, lo que me molesta, pero me prometió pintarme un autorretrato en un lienzo. Ella dice que ama su nuevo estudio con vista a Central Park, y por supuesto, puede usar cualquiera de los espacios para artistas en el Centro Artístico de Plata después de que completemos la estructura que prefiera.

Les asiento a los meseros para que abren el Dom Perignon mientras Aubrey le cuenta a su familia sobre el Centro de Arte de Plata. Todos están un poco sorprendidos de lo mucho que ha ocurrido que no sabían, pero ninguno parece ofendido.

Los meseros traen bandejas llenas de copas de champaña y levanto la mía.

—Me gustaría proponer un brindis, —digo.

El rostro de Aubrey se suaviza de nuevo. La forma en la que me mira me hace querer ponerme de rodillas y agradecerle al destino y a la Diosa de la Luna por darme una mujer así.

—Por Aubrey, la mujer que me puso la vida de cabeza. Que me hizo cambiar y crecer y aprender a amar. Estoy tan agradecido de que irrumpieras en mi vida y me patearas la cabeza.

Los ojos de la mamá de Aubrey se abren, pero todos ríen.

—Por Aubrey, —repite Madi.

—Por Aubrey, —dicen los invitados.

Aubrey choca su copa con la mía, bebe y la apoya. Luego sus brazos pasan alrededor de mi cuello y me besa como si fuera nuestro último momento en la tierra.

Nuestros invitados festejan.

Envuelvo los brazos a su alrededor con cuidado de no apretar muy fuerte esta vez y la beso intensamente, como quiero besarla todos los días por el resto de mi vida.

Epílogo

S *eis meses más tarde...*

Noah

Abro la puerta de la Galería de Artes de Plata y entro.

Cuando el jefe te invita a una gran apertura del nuevo centro de artes de su pareja, vas.

Incluso si no te han invitado a unirte a su manada.

Hay arte en donde sea que mire. Todo desde fotografía a escultura, hasta pinturas al óleo. Flores gigantes de papel cubren toda una pared y las estatuas talladas con madera de ébano se muestran sobre pedestales esbeltos.

Veo a Billy con su pareja humana de la mano, parados frente a un gran mural de flores para tomarse fotos. Un pequeño perro está junto a Billy; lleva un esmoquin y un moño. El perro es tan completamente opuesto a la personalidad de Billy que me quedo mirando, intentando entender. Luego su pareja se agacha a levantar al perrito y me queda claro. Billy, como cualquier buen lobo, haría lo que fuera por su pareja. Lo que incluye ser padre de un perrito ridículo si quiere uno.

Lindo.

En el centro del espacio frente al mural, los meseros han puesto varias mesas juntas para formar una épica tabla de quesos.

Madi y Blackthroat se unen a Billy. Otra pareja sorprendente: el alfa de una de las manadas más importantes del país con una humana. Pero ella es sorprendente. Brillante, generosa, y amistosa. No sé exactamente qué sucedió entre ellos, pero creo que Blackthroat casi se volvió lunático intentando rechazar la unión.

Tuvo algo que ver con la manada Adalwulf y una oferta de trabajo porque Blackthroat me llamó para leer los labios en un video en que Madi hablaba con Aiden Adalwulf, su alfa.

Madi me ve y me saluda.

Le hago la seña de "hola" mientras me acerco.

Madi me presenta a Aubrey, su mejor amiga y la pareja de Billy.

—Aubrey es la artista de este hermoso mural, —dice Madi y me hace señas a la vez, lo que conlleva no sólo saber hacer señas sino interpretar.

—Es hermoso, —le digo en voz alta a Aubrey—. ¿La galería es para tu trabajo?

Aubrey se ríe y niega con la cabeza.

—No. Pero fui la curadora. Nuestra próxima temática será el arte de justicia social, crear cambios a través del arte, ese tipo de cosas.

Asiento.

—Los pisos superiores son espacios para artistas y el de abajo es una galería.

—Felicitaciones. Es un proyecto osado, —le digo.

Aubrey sonríe y luego su mirada pasa a Billy, quien se pone a su lado. Ha cambiado drásticamente en los últimos meses desde que se puso en pareja. No es mejor poderoso, pero su lado salvaje y agresivo se ha ido. Ahora tiene un estilo de liderazgo más calmado.

Blackthroat estrecha mi mano.

—Qué bueno verte aquí, Noah.

—Me honra estar incluido.

No me suelta la mano por un momento y analiza mi rostro. Quizá piense que le estoy insinuando que me deje entrar a la manada.

No lo hago. Prefiero ser un lobo solitario, pero sospecho que eso no es aceptable para un alfa como Blackthroat.

Encaré la búsqueda de un trabajo en Wall Street como un humano. Me gradué de Harvard con una maestría y apliqué a trabajos en Manhattan. Apliqué a ambas empresas de manadas de lobos, pensando que mi aroma podría ser una ventaja en una entrevista.

También sabía que podría ser una desventaja si los lobos de aquí fueran como mi manada de nacimiento y me consideraran «defectuoso». No me acerqué a ninguna manada para ser miembro porque no sabía cómo me tratarían o dónde conseguiría trabajo. Si ninguna de las empresas me contrataba, sería mejor que no me uniera a ninguna manada.

Ese fue mi primer error.

El representante de recursos humanos de Moon Co era humano, así que mi aroma no fue un factor, pero supongo que me fue muy bien en la entrevista porque conseguí el trabajo. En ese momento me encantó saber que me contrataron sólo por mérito.

Luego conocí al CEO, Brick Blackthroat. Él me olió en

una reunión y me llamó a su oficina después. Me encontré sostenido contra una pared por la garganta hasta que juré que no era un espía de los Adalwulf.

Luego me exigió saber por qué no me había contactado con él, como alfa de su territorio, para unirme a la manada. No se puede mentirle a un alfa, pero decir la verdad fue mi segundo error. No le gustó que admitiera que había jugado con los dos bandos para conseguir trabajo.

Mi tercer error fue almorzar con Madi antes de que estuvieran en pareja. Ella me invitó como amigo, y no estaba marcada, así que no tenía idea de que le pertenecía. Me dijo de forma muy clara que me mantuviera alejado de ella.

Así que no he tenido ninguna invitación para unirme a su manada. No creo que la razón sea porque sean intolerantes y me vean como «defectuoso» como mi manada original porque después de que Billy vio a Madi haciéndome señas en el trabajo, él y el resto del equipo aprendieron lengua de señas rápidamente. En mi hogar, sólo mi abuela se molestó en aprenderla. Aprendí a leer los labios y a hablar e hice todo lo que pude por integrarme.

Pero no tener manada tiene sus desventajas. No tengo dónde correr en la ciudad. No me he transformado en meses. Mi lobo se pone irritable y me acecha con sueños y sueños de cacería.

Usualmente es un juego de cacería. A veces es una chica hermosa con cabello pálido como la luna y ojos grandes y desenfocados.

Como la que vi salir de una limusina con Aiden Adalwulf.

La vidente de su manada, dijo Billy.

Soñé con ella anoche.

Llevaba un camisón fino y su habitación (¿o era una prisión?) estaba adornada con muebles elegantes de otra era.

Su Visión la llevaba lejos de las murallas de su castillo.

Su visión la trajo hasta mí.

Estaba sentada en su cama, pero me vio encima y gritó. Yo estaba en mi propia cama en Soho y en su habitación a la vez.

—*Noah.* —Dijo mi nombre con sorpresa. No con la voz. No con las manos.

Con su mente.

No podía tener mucho más que dieciocho, aunque no soy juez de las edades de las lobas. Me sonrió.

—He estado esperando conocerte por tanto tiempo.

—¿Quién eres? —Yo también lo dije en mi mente.

Su sonrisa era triste y misteriosa.

—¿No lo sabes?

La conocía, pero en el sueño, no recordaba cómo.

Quería decirle que *sí* porque no quería decepcionarla. Quería decirle que la conocía. Que la había reclamado en una vida pasada. ¿O era en una futura? Había algo dolorosamente familiar en ella. ¿Era un fantasma? ¿Un espíritu guía?

Por supuesto, no podía sentir su aroma. No en el sueño. Quizá si hubiera podido sentirlo, habría sabido lo que significaba para mí.

Sólo negué con la cabeza.

—Quiero saberlo.

Ella agachó la cabeza y se puso el cabello detrás de una oreja. ¿Su piel pálida se estaba sonrojando? Seguramente los fantasmas no se sonrojan. De pronto fui consciente de ella de una forma menos efímera. Miré la piel que se asomaba sobre la línea de su camisón. La hinchazón de sus pechos. Sus manos delicadas. Esos labios gruesos. Mi sangre se apresuró al sur, debajo de mi cintura.

—Lo harás, —me dijo.

Di un paso para acercarme a su cama.

—¿Por qué estoy aquí?

Una línea se formó entre sus cejas y su imagen perdió nitidez por un momento; luego me miró pensativa e inclinó su encantadora cabeza.

—*Se acerca la guerra. Debes decidir de qué lado estás. Encuéntrame antes de que sea demasiado tarde.*

Fin

Gracias por leer . Si te ha gustado, agradecería muchísimo tu reseña: marcan una gran diferencia para autores independientes como yo.

Obtendrás acceso a todos los materiales adicionales así como libros gratuitos.

https://www.subscribepage.com/reneerose_es

Osos malvados

El reclamo del alfa, Libro 1
por *Renee Rose y Lee Savino*

Mi oso está salvaje. Totalmente incivilizado. Descontrolado.

No soy un oso bueno. Ese es mi gemelo, Teddy.

Yo mantengo a mi oso enjaulado.

Hasta que conocí a Paloma y mi oso se enloqueció. Em...

Es hermosa y talentosa, pero hay algo podrido en esta mansión de Hamptons.

Su padrastro la tiene encerrada en una torre rodeada de guardias.

Se rumorea que habrá una subasta, una subasta por la virgen.

Mi oso está a punto de liberarse y volverse loco.

Pero no puedo dejarlo salir.

Incluso si pudiera salvar a Paloma, nunca podría reclamarla.

Ni aunque huela a orquídeas silvestres.

Ni aunque se sienta a libertad.

Ni aunque sea mi futuro y mi pareja destinada.

Leer ahora

Libro Gratis - La virgin y el vampiro

Quiere un libro gratis de Renee Rose y Lee Savino? Suscríbete a su newsletter para recibir **La virgin y el vampiro** y otro contenido especialmente bonificado y noticias de nuevos. https://BookHip.com/XJPQQXK

Libro Gratis de Renee Rose

Quiere un libro gratis de Renee Rose? Suscríbete a mi newsletter para recibir **Padre de la mafia** y otro contenido especialmente bonificado y noticias de nuevos. https://BookHip.com/NCVKLK

Otros Libros de Renee Rose

Hombres lobo de Wall Street

Un Gran Jefe Malvado: Medianoche

Un Gran Jefe Malvado: Lunático

Un Gran Jefe Malvado: Marcada

Un Gran Jefe Malvado: Su pareja

Un gran bravucón

Osos malvados

El reclamo del alfa

Secundaria Wolf Ridge

Alfa Bravucón

El caballero alfa

Alfa-nastro

Vegas Clandestina

Rey de diamantes

Padre de la mafia

Sota de picas

As de corazones

El comodín del Loco

Su reina de tréboles

La mano del muerto

El comodín

Otros libros de Lee Savino

Saga Guerreros Berserker

Vendida a los Berserker

Emparejada con los Berserker

Raptada por los Berserker

Entregada a los Berserker

Reclamada a los Berserker

Alfas Peligrosos

La tentación del alfa

El peligro del alfa

El premio del alfa

El reto del alfa

La obsesión del alfa

El deseo del alfa

La Guerra del alfa

La Misión del alfa

El tormento del alfa

El secreto de alfa

La presa del alfa

La sangre del alfa

El sol del alfa

La virgen y el vampiro

Conoce a la autora

RENÉE ROSE, LA AUTORA BESTSELLER EN USA TODAY, ama los héroes dominantes, ¡los machos alfa que saben hablar sucio! Ha vendido más de un millón de copias de tórridas novelas románticas con diferentes niveles de sexo no convencional. Sus libros han sido presentados en el Happily Ever After de USA Today y en Popsugar. Nombrada en el Eroticon de los Estados Unidos como la Próxima Autora Erótica Top en 2013, ha ganado también como Autora Preferida en Ciencia Ficción y Antología Valiente y Atrevida y con la mejor novela romántica histórica en The Romance Reviews. Figuró catorce veces en la lista de USA Today con su serie Rancho Wolf y varias antologías.

**Suscríbete a mi newsletter para recibir contenido especialmente bonificado y noticias de nuevos lanzamientos en Español.

https://www.subscribepage.com/reneerose_es

facebook.com/reneeroseromance

x.com/reneeroseauthor

instagram.com/reneeroseromance

Conoce a la autora

Lee Savino tiene objetivos grandiosos, pero la mayoría de los días no encuentra ni su cartera ni sus llaves, así que se queda en casa y escribe.

Mientras estudiaba escritura creativa en la Universidad de Hollins, su primer manuscrito ganó el premio Hollins de Ficción.

Lee vive en Estados Unidos, con su increíble familia.

Puedes conectar con ella en su sitio web, su grupo de lectores, y sus redes sociales.